GARGANTUA

ŒUVRE DE RABELAIS

Dans Le Livre de Poche :

PANTAGRUEL.

RABELAIS

Gargantua

PUBLIÉ SUR LE TEXTE DÉFINITIF
ÉTABLI ET ANNOTÉ PAR PIERRE MICHEL
PRÉFACE DE VICTOR HUGO

LE LIVRE DE POCHE

PRÉFACE

RABELAIS, c'est la Gaule; et qui dit la Gaule dit aussi la Grèce, car le sel attique et la bouffonnerie gauloise ont au fond la même saveur, et si quelque chose, édifices à part, ressemble au Pirée, c'est la Rapée. Aristophane trouve plus grand que lui; Aristophane est méchant, Rabelais est bon. Rabelais défendrait Socrate. Dans l'ordre des hauts génies, Rabelais suit chronologiquement Dante; après le front sévère, la face ricanante. Rabelais, c'est le masque formidable de la comédie antique détaché du proscenium grec, de bronze fait chair, désormais visage humain et vivant, resté énorme, et venant rire de nous chez nous et avec nous. Dante et Rabelais arrivent de l'école des cordeliers, comme plus tard Voltaire des jésuites; Dante le deuil, Rabelais la parodie, Voltaire l'ironie; cela sort de l'église contre l'église. Tout génie a son invention ou sa découverte; Rabelais a fait cette trouvaille, le ventre. Le serpent est dans l'homme, c'est l'intestin. Il tente, trahit, et punit. L'homme, être un comme esprit et complexe comme homme, a pour sa mission terrestre trois centres en lui, le cerveau, le cœur, le ventre; chacun de ces centres est auguste par une grande fonction qui lui est propre; le cerveau a la pensée, le cœur a l'amour, le ventre a la paternité et la maternité. Le ventre peut être tragique. *Feri ventrem,* dit

7

Agrippine. Catherine Sforce, menacée de la mort de ses enfants otages, se fit voir jusqu'au nombril sur le créneau de la citadelle de Rimini, et dit à l'ennemi : *Voilà de quoi en faire d'autres.* Dans une des convulsions épiques de Paris, une femme du peuple, debout sur une barricade, leva sa jupe, montra à l'armée son ventre nu, et cria : *Tuez vos mères.* Les soldats trouèrent ce ventre de balles. Le ventre a son héroïsme; mais c'est de lui pourtant que découlent, dans la vie la corruption, et dans l'art la comédie. La poitrine où est le cœur a pour cap la tête; lui, il a le phallus. Le ventre étant le centre de la matière est notre satisfaction et notre danger; il contient l'appétit, la satiété et la pourriture. Les dévouements et les tendresses qui nous prennent là sont sujets à mourir; l'égoïsme les remplace. Facilement, les entrailles deviennent boyaux. Que l'hymne puisse s'aviner, que la strophe se déforme en couplet, c'est triste. Cela tient à la bête qui est dans l'homme. Le ventre est essentiellement cette bête. La dégradation semble être sa loi. L'échelle de la poésie sensuelle a, à son échelon d'en haut, le Cantique des cantiques et, à son échelon d'en bas, la gaudriole. Le ventre dieu, c'est Silène; le ventre empereur, c'est Vitellius; le ventre animal, c'est le porc. Un de ces horribles Ptolémées s'appelait le Ventre. *Physcon.* Le ventre est pour l'humanité un poids redoutable; il rompt à chaque instant l'équilibre entre l'âme et le corps. Il emplit l'histoire. Il est responsable presque de tous les crimes. Il est l'outre des vices. C'est lui qui par la volupté fait le sultan et par l'ébriété le czar. C'est lui qui montre à Tarquin le lit de Lucrèce; c'est lui qui finit par faire délibérer sur la sauce d'un turbot ce sénat qui avait attendu Brennus et ébloui Jugurtha. C'est lui qui conseille au libertin ruiné César le passage du Rubicon. Passer le Rubicon, comme ça vous paye vos dettes! passer le Rubicon, comme ça vous donne des femmes! quels bons dîners après! et les soldats romains entrent dans Rome avec ce cri : *Urbani, claudite uxores; mœchum calvum adducimus.* L'appétit débauche l'intelligence. Volupté remplace volonté. Au début comme toujours, il y a peu de noblesse. C'est l'orgie. Il y a une nuance entre se griser et se soûler. Puis l'orgie dégénère en gueuleton. Où il y avait Salomon, il y a Ramponneau. L'homme est barrique. Un déluge intérieur d'idées ténébreuses submerge la pensée; la conscience noyée ne peut plus faire signe à l'âme ivrogne. L'abrutissement est consommé. Ce n'est même plus cynique, c'est vide et bête. Diogène s'évanouit; il ne reste plus que le tonneau. On commence par Alcibiade, on finit par Trimalcion. C'est complet. Plus rien, ni dignité, ni pudeur, ni honneur, ni vertu, ni esprit; la jouissance animale toute crue, l'impureté toute pure. La pensée se dissout en assouvissement; la consommation charnelle absorbe tout; rien ne surnage de la grande créature souveraine habitée par l'âme; qu'on nous passe le mot, le ventre mange l'homme. État final de toutes les sociétés où l'idéal s'éclipse. Cela passe pour prospérité et s'appelle s'arrondir. Quelquefois même les philosophes aident étourdiment à cet abaissement en mettant dans les doctrines le matérialisme qui est dans les consciences. Cette réduction de l'homme à la bête humaine est une grande misère. Son premier fruit est la turpide visible partout sur tous les sommets, le juge vénal, le prêtre simoniaque, le soldat condottière. Lois, mœurs et croyances sont fumier. *Totus homo fit excrementum.* Au seizième siècle, toutes les institutions du passé en sont là; Rabelais s'empare de cette situation; il la constate; il prend acte de ce ventre qui est le monde. La civilisation n'est plus qu'une masse, la science est matière, la religion a pris des flancs, la féodalité digère, la royauté est obèse; qu'est-ce que Henri VIII? Une panse. Rome est une grosse vieille repue; est-ce santé? est-ce maladie? C'est peut-être embonpoint, c'est peut-être hydropisie; question. Rabelais, médecin et curé, tâte le pouls à la papauté. Il hoche la tête, et il éclate de rire. Est-ce parce qu'il a trouvé la vie? Non, c'est parce qu'il a senti la mort. Cela expire en effet. Pendant que Luther réforme, Rabelais bafoue. Lequel va le mieux au but? Rabelais bafoue le moine, bafoue l'évêque, bafoue le pape; rire fait d'un râle. Ce grelot sonne le tocsin. Eh bien, quoi! j'ai cru que c'était une ripaille, c'est une agonie; on peut se tromper de hoquet. Rions tout de même. La mort est à table. La dernière goutte trinque avec le dernier soupir. Une agonie en goguette, c'est superbe. L'intestin colon est roi. Tout ce vieux monde festoie et crève. Et Rabelais intronise une dynastie de ventres, Grandgousier, Pantagruel et Gargantua. Rabelais est l'Eschyle de la mangeaille, ce qui est grand, quand on songe que manger c'est dévorer. Il y a du gouffre dans le goinfre. Mangez donc, maîtres, et buvez, et finissez. Vivre est une chanson dont mourir est le refrain. D'autres creusent sous le genre humain dépravé des cachots redoutables; en fait de souterrain, ce grand Rabelais se contente de la cave. Cet univers que Dante mettait dans l'enfer, Rabelais le fait tenir dans une futaille. Son livre n'est pas autre chose. Les sept cercles d'Alighieri bondent et enserrent cette tonne prodigieuse. Regardez le dedans de la futaille monstre, vous les y revoyez. Dans Rabelais ils s'intitulent : Paresse, Orgueil, Envie, Avarice, Colère, Luxure, Gourmandise; et c'est ainsi que tout à coup vous vous retrouvez avec le rieur redoutable, où? dans l'église. Les sept péchés, c'est le prône de ce curé. Rabelais est prêtre; correction bien ordonnée commence par soi-même; c'est donc sur le clergé qu'il frappe d'abord. Ce que c'est qu'être de la maison! La papauté meurt d'indigestion, Rabelais lui fait une farce. Farce de titan. La joie pantagruélique n'est pas moins grandiose que la gaîté jupitérienne. Mâchoire contre mâchoire; la mâchoire monarchique et sacerdotale mange; la mâchoire rabelaisienne rit. Quiconque a lu Rabelais a devant les yeux à jamais cette confrontation sévère, le masque de la Théocratie regardé fixement par le masque de la Comédie.

Victor Hugo
(Extrait de *William Shakespeare*)

INTRODUCTION

Rabelais, au temps de Gargantua.

DEPUIS la Toussaint 1532, Rabelais est médecin-chef de l'Hôtel-Dieu de Notre-Dame-de-Pitié du Pont du Rhône, à Lyon : fonctions peu lucratives (40 livres par an), mais qui attestent la réputation médicale de Rabelais, bien qu'il ne figure pas dans le catalogue de Symphorien Champier. Ses premières publications concernent la médecine (*Lettres médicales* de Manardi, *Aphorismes* d'Hippocrate) ou la satire humaniste (pseudo-*testament de Cuspidius*). Mais son véritable génie éclate avec *Pantagruel*[1], publié pour la foire de novembre 1532, défoulement par le rire devant la sottise humaine. Dans le sillage d'Erasme, mais d'une manière moins concertée et plus joviale, Rabelais contribue à enterrer la tradition scolastique et à restaurer l'âge d'or des Humanités. Il est en relation avec des Humanistes, comme Hilaire Bertoul, ancien secrétaire d'Erasme, Antoine du Saix, prélat cultivé, Salmon Macrin poète néo-latin, Clément Marot, etc... Va-t-il se reposer sur le succès de son roman, que consacre la condamnation par la Sorbonne (1533), pour obscénité? Tout au contraire, il persévère, et prenant à l'envers la généalogie de son héros, il conte les aventures du père de celui-ci, Gargantua, bien connu du public depuis la parution du livret de colporteur, *Les*

1. Cf. *Pantagruel*, p. 12, le Livre de Poche.

grandes et inestimables Cronicques de l'énorme géant Gargantua
(1532).

Voyages en Chinonais et à Rome.

Ni le poste à l'Hôtel-Dieu, ni ses diverses publications
ne font de Rabelais un sédentaire; en 1532, il s'en est allé
revoir son *pays de vaches* avec la Devinière natale et les
bourgs voisins, Gravot, Chavigny, Cinays. Il a écouté les
jérémiades de son vieux père, Antoine Rabelais, en procès avec son voisin et ancien ami, Gaucher de Sainte-
Marthe, seigneur de Lerné, médecin de l'abbesse de
Fontevrault. La chicane a transformé en enfer le paradis
rustique. Antoine ne peut plus, comme le bonhomme
Grandgousier, cuire ses châtaignes dans l'âtre en toute
quiétude. François a-t-il mis à son service ses connaissances juridiques? On n'en sait rien, mais il fera mieux,
puisque dans son roman l'irascible Gaucher deviendra
l'arrogant Picrochole, finalement défait et réfugié à
Lyon, pauvre gagne-denier colérique, attendant *la venue
des cocquecigrues*. Le rire consolera des tracas de la procédure.

En 1534, autre voyage, accomplissement du rêve de
tous les Humanistes : Rabelais accompagne à Rome,
comme médecin particulier, Jean du Bellay, évêque de
Paris, envoyé près du pape par François Ier, pour le
détacher de l'alliance avec Charles Quint. Rabelais
s'initie-t-il, comme le poète Joachim du Bellay, aux jeux
subtils de la cour romaine? Son *épître dédicatoire* de la *Topographie romaine* de Marliani, adressée à Jean du Bellay
(31 août 1534) est surtout le reflet de son enthousiasme
pour les vestiges de l'Antiquité, et de sa curiosité scientifique : *Ce que j'ai souhaité le plus depuis que j'ai quelque
sentiment du progrès des belles-lettres, c'est de parcourir l'Italie
et de visiter Rome, tête du monde... Longtemps avant que nous*

16

*fussions à Rome, je m'étais formé en esprit et en pensée une
idée des choses dont le désir m'avait attiré là. D'abord, j'avais
résolu de visiter les hommes doctes... Ensuite (ce qui appartient
à mon art), je voulais voir les plantes, les animaux et certains
médicaments. Enfin, je me promettais de décrire l'aspect de la
ville à l'aide de la plume et du crayon...* (A. Lefranc, traduc-
tion de l'épître en latin.)

Par la suite, Rabelais retournera plusieurs fois encore
en Italie, notamment en 1535-1536, mais les préoccupa-
tions du moine en rupture de cloître l'emporteront sur
les joies de l'humaniste.

Généalogie à rebours.

Si l'édition collective de 1542 place en tête le *Gargantua,* ordre logique, puisque son héros est le père de
Pantagruel, en fait, la publication du *Pantagruel* a
devancé celle du *Gargantua,* puisque sa première édition
est de 1532, alors que la première, datée, de *Gargantua,*
est de 1535, précédée, il est vrai, par une édition dépourvue de date, et antérieure sans doute d'un an. Dans
l'ordre de la création littéraire, le fils est donc né avant
le père. A. Lefranc a établi cette antériorité d'une façon
fort probante, en se fondant sur les propres confidences
de Rabelais dans les deux romans : celui-ci ne qualifie-
t-il pas de premier livre le *Pantagruel* (chap. XXXIV) et,
dès le premier chapitre du *Gargantua* ne renvoie-t-il pas
au *Pantagruel* pour s'excuser de ne pas énumérer tous les
aïeux de son géant : *Je vous remeiz à la grande chronicque
pantagrueline recongnoistre la généalogie et antiquité dont nous
est venu Gargantua...* Pour allécher le lecteur, le sous-titre
déclare que le roman est *plein de pantagruelisme,* garantis-
sant ainsi la parenté spirituelle des deux ouvrages. Enfin,
frère Jean, ce moine paillard, *bien fendu de gueule* n'apparaît pas dans le *Pantagruel,* alors qu'on le retrouve dans

le *Tiers* et le *Quart Livre,* postérieur au *Gargantua*. L'interprétation du texte confirme les indications données par
la chronologie des éditions.

Gargantua et les Théologiens.

Si la postériorité du *Gargantua* est un fait acquis, on se
perd encore en hypothèses sur la période de composition et la date de la publication : l'une et l'autre pré-
cèdent sans doute de peu l'*Affaire des Placards* (17-18
octobre 1534). Au moment de la condamnation du
Pantagruel (1533) par la Sorbonne, le gouvernement royal
est favorable aux Réformateurs; François Ier fait rayer
d'une liste d'ouvrages interdits le *Miroir de l'âme pécheresse*
de sa sœur Marguerite de Navarre; Beda, principal du
collège de Montaigu, ce *collège de pouillerie,* défenseur
de la tradition, et de ce fait, tête de Turc des théologiens
humanistes, est exilé; Gérard Roussel, acquis à l'Évangélisme, prêche au Louvre. Mais le conflit rebondit sans
cesse : un discours imprudent du recteur de l'Université,
Nicolas Cop, suscite la répression, contre les suspects
du luthéranisme : c'est au tour de Gérard Roussel et
des lecteurs du *Collège des Trois Langues* d'être incarcérés.
Cependant François Ier, qui négocie avec les protestants
d'Allemagne, les fait élargir, et pendant quelques mois
l'Évangélisme l'emporte. L'affichage de pamphlets contre
la messe (17-18 octobre 1534) retourne la situation : le
roi, outragé dans son autorité, traite les Réformateurs en
sujets séditieux, ne distinguant pas les Évangélistes des
Luthériens : arrestations, exils, supplices se succèdent
jusqu'en février 1535, date à laquelle François Ier amorce
un rapprochement avec les États allemands.

Dans cet imbroglio politico-théologique, quel pouvait être le rôle de *Gargantua?* La satire des *cagotz, escargotz, hypocrites, caffars,* du culte des saints, des « pardons »

18

est déjà fort vive dans le *Pantagruel,* mais elle ne dépasse
guère les plaisanteries traditionnelles et les attaques des
Humanistes, en particulier celles d'Érasme dans ses
Colloques et dans l'*Éloge de la Folie.* Dans le *Gargantua,*
la critique des *institutions humaines* s'élargit et s'appro-
fondit. On retrouve les plaisanteries sur les noms et l'in-
fluence des saints (chap. xvii, xxvii), sur l'eau bénite
(chap. xliii), les reliques et les pèlerinages (chap. xlv),
mais plus appuyées, et plus concertées. Au chapitre vi,
Gargamelle, sur le point d'accoucher *ayme beaucoup*
mieulx ouyr telz propos de l'Évangile que de ouyr la vie de
saincte Marguerite..., se faisant ainsi l'interprète de la
pensée de Rabelais. Parmi les pratiques ridicules ensei-
gnées par les précepteurs gothiques, Maître Tubal Holopherne et Jobelin Bridé, figurent en bonne place les
vingt et six ou trente messes quotidiennes, avec les *Kyrielles*
d'heures et de prières marmonnées machinalement
(chap. xxi). En revanche, sous la direction de Ponocrates,
aucune station à l'église, pas de messe, mais la lecture
matinale de *quelque pagine de la divine Escripture* (chap.
xxiii). Dans le chapitre xlv, il exhorte les pèlerins à ne
pas croire les *faulx prophètes,* qui imaginent les saints
capables de répandre des maladies pour avoir ensuite
le plaisir de les guérir. Les règles monacales et la vie des
religieux sont cruellement raillées aux chapitres xxvii,
xl (*Pourquoi les moynes sont refuyz du monde...*) et xli
(*Comment le moyne feist dormir Gargantua, et de ses heures et*
bréviaire). Bien plus, des allusions au dogme de la Grâce
(chap. xxix et xl), au *bon docteur évangélicque* et au *bon*
apôtre sainct Paul témoignent d'une sympathie déclarée
pour le retour à la simplicité évangélique, dégagée des
superstitions et coutumes accumulées par les siècles.
Peut-on imaginer une prise de position aussi manifeste
en pleine répression? Il est vraisemblable que la composition du roman satirique eut lieu pendant une accalmie,
où le roi de France et le bon géant Gargantua pouvaient

INTRODUCTION

faire bon ménage. En 1535, Rabelais abandonne brusquement ses fonctions à l'Hôtel-Dieu; on ne retrouve ses
traces que plusieurs mois après, dans la suite de Jean du
Bellay, promu cardinal; adroite manœuvre : il prend ses
distances avec la Sorbonne, plus intolérante que Rome,
et obtient sa réintégration dans l'ordre des Bénédictins.
Est-ce une monnaie d'échange? L'édition de 1542 de
Gargantua, sans renier les positions fondamentales,
atténue les audaces verbales : les *théologiens* se muent en
sophistes, ce qui ne trompe aucunement les lecteurs aver-
tis, mais sauve la face pour les profanes.

Du Chinonais au royaume des Canarres.

Dans le joyeux pot pourri des parodies des romans de
chevalerie français ou italiens, des emprunts aux *Grandes
Cronicques,* des souvenirs des années de *moinage,* des procès familiaux, et des conflits entre Réformateurs et Tra-
ditionalistes, les héros de Rabelais, qu'ils soient géants
ou simplement hommes, tantôt vivent dans la province
natale, aux bords de Loire, et tantôt évoquent des fabuleux pays, Utopie et le royaume des Canarres, au-delà
des mers (chap. XIII, XXXI, L). Ce mélange d'expériences
et de rêves, de réel et d'irréel, qui surprend parfois le
lecteur d'aujourd'hui, n'étonnait pas les contemporains
de Rabelais. Le culte de la raison n'avait pas encore
banni de l'imagination populaire les fées, les magiciens,
les géants et les monstres. Combien croyaient, comme le
Sganarelle de Molière, aussi fermement au loup-garou
et au moine-bourru qu'au diable?
Les romans de chevalerie fournissent le plan général :
la naissance du géant, ses « Enfances », son « Institution », enfin ses prouesses guerrières. Les conteurs italiens introduisent dans l'univers des géants des com-
parses aux dimensions humaines et aux noms symbo-

liques, procédé retenu par Rabelais dans le *Pantagruel* et le *Gargantua* : Épistemon représente la sagesse, Eusthènes la force, Ponocrates l'ardeur intellectuelle, Picrochole, le bilieux emporté, etc. Inutile de traduire les noms des capitaines Spadassin et Merdaille. D'origine grecque, italienne ou populaire, cette onomastique est justifiée par le comportement des personnages : quoi d'étonnant si Gymnaste, l'écuyer de Gargantua, stupéfie le capitaine Tripet par une éblouissante voltige (chap. xxxv)?

Les *Grandes Cronicques* transmettent à Rabelais son personnage central, Gargantua, dont la stature gigantesque, la boulimie, la bonne humeur et la bonhomie étaient déjà familières au public. Le nom, qui évoque un gosier monstrueux, capable d'avaler six pèlerins comme escargots en salade (chap. xxxviii), figure dès 1471 dans un *Registre de Jehan Georges,* curé de Hérignat, receveur de l'évêque de Limoges, comme sobriquet d'un familier du prélat. Il était sans doute aussi ancien que celui du diablotin Pantagruel, minuscule ancêtre du premier géant de Rabelais. Quelques épisodes, parmi les plus désopilants, dérivent également du livret populaire : le costume de Gargantua (chap. viii); l'origine de la plaine de Beauce, forêt abattue par la queue de la jument de Gargantua plus rapidement que par un bulldozer (chap. xvi); les cloches de Notre-Dame servant de clochettes à ladite jument (chap. xvii).

Mais au milieu de cette fantaisie carnavalesque, où lieux et temps se confondent, l'actualité de la chronique chinonaise apporte sa saveur de terroir.

Depuis toujours les critiques avaient remarqué que la guerre picrocholine se déroulait dans les environs immédiats de la Devinière, dans un périmètre limité par Lerné, La Roche-Clermault, Vaugaudry, La Vauguyon et le gué de Vède, localités et lieux-dits existant encore aujourd'hui; il est possible de suivre sur une carte les mouvements des troupes de Gargantua et de son adversaire.

Mais les références à la topographie chinonaise étaient-elles un artifice du conteur désireux d'illustrer son pays natal par une épopée fabuleuse, et dans le style burlesque, le rendant aussi fameux que Troie, Rome ou Roncevaux? Abel Lefranc et ses disciples par de minutieuses enquêtes dans les archives locales purent établir que non seulement le cadre de la guerre picrocholine était réel, mais que celle-ci était la transposition du procès qui opposa Gaucher de Sainte Marthe à Antoine Rabelais et à la confédération des marchands et transporteurs fluviaux. L'identification de certains acteurs paraît acquise, en particulier celle d'Ulrich Gallet, messager de Grandgousier près de Picrochole (chap. xxx) avec Jehan Gallet, avocat du roi à Chinon, parent des Rabelais, et défenseur de la confédération près du Parlement de Paris. Marquet, *le grand bastonnier de la confrairie des fouaciers* de Lerné, qui, par ses brutalités, déclenche les hostilités évoque le beau-père de Gaucher. Tout le pays chinonais dut être en ébullition, le différend opposant un ensemble de familles et de villages. La famille Sainte-Marthe se reconnut dans Picrochole, et sa haine à l'égard des Rabelais ne s'apaisa certainement pas par cette immortalisation grotesque. Le pamphlet de Gabriel de Puy-Herbault, religieux de l'abbaye de Fontevrault (dont Gaucher était médecin) contre le conteur qualifié d'athée et d'épicurien, (*Theotimus,* 1549) n'est-il pas une séquelle lointaine du procès et une réplique au *Gargantua*? En tout cas, Charles de Sainte-Marthe, second fils de Gaucher, par ailleurs humaniste et poète, trouva fort à son goût le pamphlet.

La *guerre picrocholine* apparaît donc comme le travestissement épique de la chronique chinonaise, où la famille Rabelais avait joué un rôle prépondérant.

Convient-il cependant de chercher des sources de réalité sous chaque épisode, sous chaque personnage? Ce serait nier toute invention, toute fantaisie au génie créateur du romancier. Autant croire que le *Lutrin* est l'histoire exacte du conflit entre les chantres et les chanoines de la Sainte-Chapelle. Rabelais part du réel, mais il agrandit, transforme et généralise cette vérité de fait pour lui donner une signification symbolique aux dimensions universelles. Il s'évade du pays chinonais pour rêver des îles d'outre-mer, comme le royaume de Canarre (chap. L), ou d'Utopie, le pays de nulle part.

L'Humaniste devant la pédagogie et la politique.

Au milieu des calembredaines et des obscénités, la lettre de Gargantua (*Pantagruel,* chap. VIII) surprend par sa gravité : elle exprime la satisfaction de Rabelais devant le progrès des lumières, et sa confiance dans l'avenir. Mais ce n'est qu'une esquisse. En revanche, le *Gargantua* développe, sinon un système, du moins une attitude raisonnée devant la vie.

Les critiques ébauchées contre le pédantisme et l'ignorance dans le *Pantagruel* (chap. VII, *les beaulx livres de la librairie de Sainct Victor,* et chap. VIII, la *Lettre* de Gargantua) sont mises en forme dans plusieurs chapitres du *Gargantua,* qui accusent sans aucune ambiguïté l'esprit, les programmes et les méthodes de la scolastique (chap. XIV, XV, XXI). Sous les précepteurs gothiques, Tubal Holopherne et Jobelin Bridé, Gargantua, malgré ses heureuses dispositions ne peut devenir que *fou, niays, tout resveux et rassoté*.

Tout au contraire, Ponocrates transforme son élève en puits de science, tout en soignant son corps. Grâce à un horaire rationnel, il lui permet d'aborder toutes les branches du savoir, sans jamais perdre le contact avec la Nature, qui est le livre suprême. Des exercices physiques méthodiques complètent l'instruction (chap. XXIII, XXIV). Au lieu du massif et obtus chevalier, il forme un prince savant et sage au corps souple, endurant et agile.

Dans le premier roman, le roi n'apparaît que comme chef de guerre : Pantagruel bat et fait prisonnier son adversaire, le roi Anarche; le sort de celui-ci est réglé en quelques pages. Le *Gargantua* met en scène trois types de souverains, dont le caractère et les actes sont largement décrits. L'irascible Picrochole est le type du mauvais roi : ambitieux, brutal, belliqueux, crédule, il obéit sans réfléchir aux suggestions des mauvais conseillers et se croit déjà maître du monde (chap. XXXIII). Emporté par sa démesure, il oublie tous sentiments humains : l'ancienne amitié avec Grandgousier, le respect dû aux ambassadeurs, l'obéissance aux préceptes du christianisme. Son châtiment est beaucoup plus motivé que celui d'Anarche.

Grandgousier représente un vieux souverain débonnaire, consciencieux et pacifique. Il est si sûr de son droit, qu'il ne veut pas croire d'abord à l'agression de Picrochole; si désireux de la paix, qu'il propose de recouvrer celle-ci, même au prix de concessions exorbitantes (chap. XXVIII, XXX, XXXI); si attaché à ses sujets, qu'il considère de son devoir de les protéger aux dépens de son repos : *La raison le veult ainsi, car de leur labeur je suis entretenu et de leur sueur je suis nourry, moi, mes enfans et ma famille* (chap. XXVIII). Victorieux, il renvoie Toucquedillon à son maître avec un message de paix. Toute sa politique est conforme aux leçons de l'Évangile : *Le temps n'est plus d'ainsi conquester les royaulmes avecques dommaige de son prochain frère christian. Ceste imitation des anciens Hercules, Alexandres, Hannibalz, Scipions, Césars et aultres telz est contraire à la profession de l'Évangile, par laquelle nous est commandé guarder, saulver, régir et administrer chascun ses pays et terres, non hostilement envahir les aultres...* (chap. XLVI).

Gargantua, dans la force de l'âge, est moins méditatif

et dévot que son bonhomme de père. Lorsque Eudémon, étonné de l' « honnêteté » de frère Jean, demande pourquoi les moines sont *refuyz du monde,* Gargantua fait une violente satire de ces mangeurs de péchés, aussi inutiles que les singes : *Semblablement, un moyne (j'entends de ces ocieux oisifs moynes) ne laboure comme le paisant, ne guarde le pays comme l'homme de guerre, ne guerist les malades comme le midecin, ne presche ny endoctrine comme le bon docteur evangelicque et pedagogue...* (chap. XL). Grandgousier, choqué par cette diatribe, intervient : *Voyre, mais... ilz prient Dieu pour nous.* Gargantua balaie l'objection et redouble de véhémence; *Rien moins... Vray est qu'ilz molestent tout leur voisinage à force de trinqueballer leurs cloches... ilz marmonnent grand renfort de legendes et pseaulmes nullement par eulx entenduz; ilz content force patenostres entrelardées de longs* Ave Mariaz *sans y penser ny entendre, et ce que je appelle mocquedieu, non oraison...* (Ibid.) Rabelais visiblement, fait ici le portrait du roi selon ses vœux : un souverain dégagé des traditions ecclésiastiques, capable à l'occasion d'exterminer les Sorbonnagres (chap. XX), et d'encourager l'Évangélisme.

Cet ancêtre des « despotes éclairés » est aussi habile stratège que rude combattant. Les victoires de Pantagruel sont des tours de force ou d'énormes farces; celles de Gargantua exigent à la fois de la force (chap. XXXVI) et de l'intelligence (chap. XLVIII); à tel point que sa tactique contre Picrochole a fait parfois supposer que Rabelais avait suivi les cours de l'École de guerre d'aujourd'hui!

Après la victoire, il se montre aussi généreux et avisé que Grandgousier, pardonnant aux vaincus, neutralisant les responsables de la guerre et préparant une paix durable par une réconciliation générale; sa *contion* aux vaincus est un bel exemple de discours politique (chap. L). Sur ce point encore, le *Gargantua* reflète les idées communes à Érasme, Guillaume Budé et bien d'autres

Humanistes sur les devoirs et les responsabilités des rois, sur la guerre et la paix dans une civilisation chrétienne. On peut, sans exagérer, tirer non seulement une péda-gogie, mais une politique et une théologie de ces *joyeuses et nouvelles cronicques*. Le *Prologue de l'auteur* disait vrai en assurant que *la drogue dedans contenue est bien d'autre valeur que ne promettoit la boîte*.

L'art et la vie.

Mais chez Rabelais, les doctrines ne se dessèchent jamais en concepts; c'est la vie même qui impose ses lois et éclate de toutes parts en saillies juteuses comme la sève de la vigne au printemps. Témoins *les propos des bien yvres* (chap. v), où chaque personnage agit et parle selon son tempérament, son âge et sa condition. Témoin Frère Jean, *bien fendu de gueule,... bien advantaigé de nez,* aussi expert au service du vin qu'au service divin, qui, pendant que ses confrères récitent des litanies, extermine avec le bâton de la croix les 13 622 ennemis, qui avaient envahi le clos de Seuilly. Ignorant sans scrupule, croyant sans dévotion, amateur de joyeux propos et de bonne chère, intrépide combattant, Frère Jean est un luron aussi étonnant que Panurge, mais plus dynamique et plus épanoui. A lui revient de droit d'organiser *à son devis* l'anti-couvent de Thélème.

L'abbaye de Thélème est la clé de voûte de tout le roman : c'est l'aboutissement des études rénovées, la récompense pacifique des épreuves subies pendant la guerre, le rêve d'une existence accordant les joies natu-relles et les plaisirs raffinés de la société. P. Villey y voit *le mythe principal du Gargantua, le plus riche de substance... Il oppose au rêve d'ascétisme du Moyen Age, dont le cloître était le symbole,... l'idéal nouveau de vie libre, luxueuse et savante.* Assurément, Thélème est l'envers de la vie monastique, puisqu'il n'y a d'autre règle que le plaisir, aucune clôture, aucune séparation des sexes, et que les Thélémites, loin de prononcer des vœux perpétuels, quittent l'abbaye pour faire un mariage conforme à leurs sentiments. Avant Rabelais, Érasme dans ses *colloques* et dans l'*Éloge de la Folie* s'était montré beaucoup plus violent contre les règles conventuelles; de son côté, un franciscain d'Avignon, François Lambert, avait imaginé une abbaye mixte, où les sexes étaient rapprochés au lieu d'être séparés (*Humanisme et Renaissance,* tome XI, 1949). Mais ce qui est nouveau, c'est de construire un couvent, qui soit un palais comme ceux de Chantilly ou de Bonnivet, c'est de faire vivre ces pseudo-religieux et religieuses comme les dames et seigneurs de la cour. L'absence de contrainte est corrigée par la naissance, l'heureux naturel et l'éducation. Plus qu'une opposition systématique à la tradition monastique, l'abbaye de Thélème est un *charmant tableau de la Renaissance... Les Luthériens et les Calvinistes n'auraient pas admis la liberté de Thélème* (Morçay).

Du *Pantagruel* au *Gargantua* non seulement la pensée de Rabelais a gagné en vigueur et en cohésion, mais aussi son art en maturité. Finies les accumulations d'obscénités gratuites (au chap. xv, par exemple) ou les calembredaines démesurées (chap. xi, xii, xiii), ou les mimiques hermétiques (chap. xix), ou les digressions intempestives. Sans s'astreindre à une composition rigide qui n'était conforme ni à son tempérament ni aux usages littéraires du temps, Rabelais a organisé les épisodes de son roman avec clarté et ordre : précédée (ou peu s'en faut) par une fantaisie poétique, *Les Fanfreluches anti-dotées* (chap. ii) et suivie par l'*Énigme en prophétie* (chap. lviii), poème de Saint-Gelais, la vie de Gargantua se déroule avec une vraisemblance relative : naissance, éducation, exploits guerriers, récompense des vainqueurs. L'*énigme* surprend le goût d'aujourd'hui et donne du fil à retordre aux critiques; mais c'était un jeu d'esprit fort apprécié au XVIe siècle. Pour piquer la curiosité des lecteurs, Rabelais a imaginé deux solutions contradictoires : que chacun choisisse selon ses préférences celle de Gargantua ou celle de Frère Jean. Mais il y a fort à parier que l'interprétation du moine est une façon d'esquiver la condamnation des *caffars,* tout aussitôt après les avoir raillés une dernière fois.

Dans ce second volume, conclut Morçay, *Rabelais a mis le meilleur de lui-même, un rire sain, plus gaulois qu'athénien, un réalisme de bon aloi, un esprit satirique où il y a surtout de la gaieté, un art supérieur de conteur et de portraitiste, une philosophie faite d'épicurisme souriant et modéré. Il n'y a pas de hors-d'œuvre et les éléments très variés qui composent cette épopée en prose sont fondus dans une unité parfaite. Le* Gargantua *est le chef-d'œuvre de Rabelais.*

P. MICHEL

UNE première édition du *Gargantua*, dépourvue de date,
mais vraisemblablement de 1534, se trouve à la Bibliothèque nationale; deux autres, publiées chez Juste, à
Lyon, lui succédèrent en 1535 et 1537, puis une qua-
trième, à Paris, également en 1537. La cinquième édition, publiée à Lyon, chez Juste, en 1542, est la dernière
qui ait été revue par l'auteur; aussi, selon l'usage des
éditions critiques, notamment suivi par A. Lefranc dans
son édition magistrale, c'est ce texte que nous avons
pris pour base.

Une sixième édition fut publiée à Lyon en 1542 par
l'humaniste Étienne Dolet, sans tenir compte des modi-
fications apportées par l'auteur et sans son consentement : de là le mécontentement de Rabelais et sa rupture avec Dolet.

D'autres éditions, dérivées soit de celle de Rabelais
(1542), soit de celle de Dolet, parurent à Lyon, Valence
et Paris.

Les différences entre le texte de 1534-1535 et celui
de 1542 consistent surtout en des atténuations formelles
de la satire contre les théologiens, qui deviennent des
« sophistes ». Elles sont mentionnées dans les variantes.
De celles-ci, nous n'avons retenu que celles présentant
une nuance de sens. Par contre, toutes les notes suscep-
tibles d'éclairer la compréhension du texte ont été non

seulement maintenues, mais mises à jour à la lueur des travaux récents, l'érudition servant au plaisir de la lecture. Et maintenant, selon le conseil de Maître Alcofribas dans son *Prologue : Esbaudissez-vous, mes amours, et guayement lisez le reste, tout à l'aise du corps et au profit des reins !*

LA VIE TRÈS HORRIFICQUE
DU GRAND GARGANTUA

PÈRE DE PANTAGRUEL

Jadis composée par M. Alcofribas, Abstracteur de Quinte Essence[1].

Livre plein de Pantagruelisme.

---

1. C'est le même nom, anagramme abrégée de *François Rabelais,* qui figurait dans les éditions du *Pantagruel,* à partir de 1534. — L'*Abstracteur de Quinte Essence* est l'Alchimiste.

1. *Passion.*

2. *Sujet.*

3. *Consume.*

4. Cette maxime célèbre, devenue le symbole de la gaieté rabelaisienne, est tirée d'Aristote, *De partibus animalium,* III, 10, « Seul parmi les êtres animés, l'homme sait rire » et se trouve également dans les œuvres du poète Guillaume Bouchet, ami de Rabelais. La seconde édition connue du *Gargantua* (éd. Juste, Lyon, 1535) donnait à la suite du dizain le conseil : *Vivez joyeux,* exhortation que confirme la conclusion du *Pantagruel* (éd. Juste, 1542) invitant à vivre en « *bons Pantagruelistes* », c'est-à-dire « *en paix, joye, santé, faisans tousjours grande chère* ». On rapprochera ce dizain du *Dizain de Maistre Hugues Salel,* qui ouvre le *Pantagruel* : le ton est identique.

AUX LECTEURS

Amis lecteurs, qui ce livre lisez,
Despouillez vous de toute affection[1] ;
Et, le lisant, ne vous scandalisez :
Il ne contient mal ne infection.
Vray est qu'icy peu de perfection
Vous apprendrez, si non en cas de rire;
Aultre argument[2] ne peut mon cueur elire,
Voyant le dueil qui vous mine et consomme[3] :
Mieulx est de ris que de larmes escripre,
Pour ce que rire est le propre de l'homme[4].

1. Dans le *Prologue* du *Pantagruel* (« Livre de poche »,
p. 33) : *« que diray je des pauvres vérolez et goutteux ? »*

2. *Ou* (parfois *on*) : dans le...

3. *Aux.*

4. Monstres ailés ayant un visage de femme et un corps de
vautour.

5. Rabelais complète les monstres de la mythologie par
des animaux de fantaisie, accumulant les rapprochements
cocasses : *oisons bridés,* comme les chevaux; *lièvres cornus,*
comme les vaches; *canes bâtées,* comme on dit *âne bâté,
boucs volants* et *cerfs limonniers,* attelés entre les limons
comme des chevaux. Platon, *Le Banquet,* 215 A, avait seulement écrit « Je dis qu'il [Socrate] est tout à fait semblable à ces Silènes exposés dans les boutiques des statuaires,
et que les artistes ont représentés tenant des pipeaux ou
des flûtes : lorsqu'on sépare les deux pièces dont sont
formées ces statuettes, on découvre à l'intérieur l'image
d'un dieu. » — Silène, père nourricier de Bacchus, était
représenté comme un bouffon hilare et grotesque.

6. Tel.

7. *Baume de La Mecque,* suc résineux — *Ambre gris,*
sécrétion du cachalot, que Rabelais appelle *« sperme de
baleine »* dans le *Pantagruel* (chap. XXIV, p. 309) — *Amomon :* amome, plante odoriférante d'Asie — *Musc,* produit
odorant tiré du chevrotain — *Civette :* petit carnivore,
dont on extrayait un parfum — *Pierreries :* les apothicaires
mélangeaient des pierres précieuses à des excipients, comme
remèdes, « pour réparer les esprits vitaux... à cause de leur
lumière qui symbolise avec les esprits. » (Guillaume Bouchet). Ces drogues faisaient réellement partie de la phar-
macopée du temps, ainsi que les remèdes bizarres cités
par Montaigne (*Essais,* II, 37, « Livre de poche »).

8. Alcibiade disait que Socrate était tel.

9. *Une pelure d'oignon,* c'est-à-dire *moins que rien.*

10. Comparaison tirée de Platon (Phédon, 117 B). Les
Anciens ont souvent mis en opposition la laideur d'Esope
et de Socrate avec leur sagesse.

11. Hiver ou été, Socrate portait les mêmes vêtements,
sans aucune recherche (Montaigne, *Essais* III, chap. 13).

PROLOGUE DE L'AUTEUR

Beuveurs tres illustres, et vous, Verolez tres precieux[1], — car à vous, non à aultres, sont dediez mes escriptz, — Alcibiades, ou[2] dialogue de Platon intitulé *Le Bancquet,* louant son precepteur Socrates, sans controverse prince des philosophes, entre aultres parolles le dict estre semblable es[3] Silenes. Silenes estoient jadis petites boites, telles que voyons de present es bouticques des apothecaires, pinctes au dessus de figures joyeuses et frivoles, comme de harpies[4], satyres, oysons bridez, lievres cornuz, canes bastées, boucqs volans, cerfz limonniers[5] et aultres telles pinctures contrefaictes à plaisir pour exciter le monde à rire (quel[6] fut Silene, maistre du bon Bacchus); mais au dedans l'on reservoit les fines drogues comme baulme[7], ambre gris, amomon, musc, zivette, pierreries et aultres choses precieuses. Tel disoit[8] estre Socrates, parce que, le voyans au dehors et l'estimans par l'exteriore apparence, n'en eussiez donné un coupeau[9] d'oignon, tant laid il estoit de corps et ridicule en son maintien, le nez pointu, le reguard d'un taureau[10], le visaige d'un fol, simple en meurs, rustiq en vestimens[11], pauvre de fortune[12], infortuné en femmes[13], inepte à tous offices de la republique, tousjours riant, tousjours beuvant d'autant[14] à un chascun,

12. La pauvreté de Socrate était proverbiale dans l'Antiquité.

13. « Il s'est vu vingt et sept ans, de pareil visage, porter la faim, la pauvreté, l'indocilité de ses enfants, les griffes de sa femme... » (Montaigne, *Essais,* III, chap. 13). Xanthippe, femme de Socrate, passe pour avoir été fort acariâtre. Sa première femme, Myrto, aurait été contrefaite.

14. *Faisant raison* — Montaigne insistera aussi sur la facilité de Socrate à s'accommoder aux usages de la société : « Cet homme-là était-il convié de boire à lut [d'autant], par devoir de civilité? C'était aussi celui de l'armée à qui en demeurait l'avantage; et ne refusait ni à jouer aux noisettes avec les enfants, ni à courir avec eux sur un cheval de bois. » *(Ibid).*

15. *Se moquant.*

16. *Inappréciable.*

17. *Sobriété.*

18. *Mépris.*

19. *Veillent.*

20. Cet éloge de Socrate, conforme aux portraits laissés par Platon (cf. *Le Banquet*) et Xénophon, est inspiré (et parfois traduit) d'Erasme, *Adages, Silenni Alcibiadis,* (III, 2. 1), qui a peut-être été aussi la source de Montaigne. La comparaison entre Socrate et Silène était très populaire chez les Humanistes.

21. L'expression, venue sans doute du jeu de paume, se trouve chez Marot (*Préface* de l'*Adolescence Clémentine,* 1532) : « Ce sont œuvres de jeunesse, ce sont coups d'essay ».

22. *Parce que.*

23. *Fous de séjour :* Fous de loisir, oisifs.

24. Allusion possible au livret populaire, *Les grandes et inestimables chronicques de l'énorme géant Gargantua.*

25. Le *Pantagruel,* paru en 1532, chez Claude Nourry, à Lyon.

26. *Fessepinte :* buveur de pinte. Le mot est employé comme nom commun au chapitre VIII (p. 93) et comme titre de roman dans le *Prologue* du *Pantagruel :* « *Fessepinte, Orlando furioso, Robert le Diable, etc.* » (« Livre de poche », p. 35).

tousjours se guabelant[15], tousjours dissimulant son divin sçavoir; mais, ouvrans ceste boyte, eussiez au dedans trouvé une celeste et impreciable[16] drogue : entendement plus que humain, vertus merveilleuse, couraige invincible, sobresse[17] non pareille, contentement certain, asseurance parfaicte, deprisement[18] incroyable de tout ce pourquoy les humains tant veiglent[19], courent, travaillent, navigent et bataillent[20].

A quel propos, en voustre advis, tend ce prelude et coup d'essay[21] ? Par autant que[22] vous, mes bons disciples, et quelques aultres foulz de sejour[23], lisans les joyeulx tiltres d'aulcuns livres de nostre invention, comme *Gargantua*[24], *Pantagruel*[25], *Fessepinte*[26], *La Dignité des Braguettes*[27], *Des Poys au lard cum commento*[28], etc., jugez trop facilement ne estre au dedans traicté que mocqueries, folateries et menteries joyeuses, veu que l'ensigne exteriore[29] (c'est le tiltre) sans plus avant enquerir est communement receu à derision et gaudisserie[30]. Mais par telle legiereté ne convient[31] estimer les œuvres des humains. Car vous mesmes dictes que l'habit ne faict poinct le moyne[32], et tel est vestu d'habit monachal, qui au dedans n'est rien moins que moyne, et tel est vestu de cappe Hespanole, qui en son couraige nullement affiert à Hespane[33]. C'est pourquoy fault ouvrir le livre et soigneusement peser ce que y est deduict. Lors congnoistrez que la drogue dedans contenue est bien d'aultre valeur que ne promettoit la boite, c'est-à-dire que les matieres icy traictées ne sont tant folastres comme le titre au dessus pretendoit.

Et, posé le cas qu'au sens literal vous trouvez matieres assez joyeuses et bien correspondentes au nom, toutesfois pas demourer là ne fault, comme au chant de Sirenes[34], ains[35] à plus hault sens interpreter ce que par adventure cuidiez[36] dict en gayeté de cueur.

27. Ce titre facétieux se retrouve au chap. VIII, p. 91, et figure déjà dans le *Pantagruel* (chap. XV, p. 217) : Panurge promet de faire un livre *De la commodité des longues braguettes*.

28. *Des Pois au Lard, avec un commentaire.* Ce titre de fantaisie figure dans le *Catalogue de la librairie de Sainct Victor* (*Pantagruel,* chap. VII, p. 107). Au Moyen Age, les jeux de « pois au lard » ou « de pois pilés » faisaient partie des soties.

29. *L'enseigne extérieure.*

30. *Plaisanterie.*

31. Ellipse du pronom : *il* ne convient.

32. Proverbe déjà cité dans le *Roman de la Rose,* et dans les rondeaux de Charles d'Orléans. C'est peut-être encore un souvenir du *Sileni Alcibiadis,* où Erasme accuse les moines d'hypocrisie; cf. aussi la fin du *Pantagruel* (p. 439).

33. Dont le courage n'appartient nullement à l'Espagne — Les Espagnols étaient célèbres à la fois pour leur vaillance et leur hâblerie (cf. *Matamore* dans *L'Illusion Comique* de Corneille).

34. Les Sirènes (*Odyssée,* chant XII) s'efforcent d'attirer Ulysse par leur chant.

35. *Mais* (après une proposition négative).

36. *Croyiez.*

37. *Avez-vous jamais débouché...*

38. *Chienne!* (cf. l'interjection : « mâtin! » encore usuelle).

39. *Os à mœlle.* La référence à la *République* de Platon (376 B) est exacte, mais convient-il de la prendre au sérieux?

40. Le chien, dit Platon, flatte celui qu'il connaît ayant un naturel « véritablement philosophe ».

41. *Entame.*

42. *Élaboré.*

43. Référence à deux traités de Galien, *De Facultatibus naturalibus* et *De usu partium corporis humani.*

44. *Flairer.*

45. *Savoureux.* Rabelais assimile les livres à des animaux bien gras, comme les moutons de Dindenault (*Quart livre,* chap. VI).

Crochetastes[37] vous oncques bouteilles? Caisgne[38]! Reduisez à memoire la contenence qu'aviez. Mais veistes vous oncques chien rencontrant quelque os medulare[39]? C'est, comme dict Platon, *lib. ij de Rep.,* la beste du monde plus philosophe[40]. Si veu l'avez, vous avez peu noter de quelle devotion il le guette, de quel soing il le guarde, de quel ferveur il le tient, de quelle prudence il l'entomme[41], de quelle affec-tion il le brise, et de quelle diligence il le sugce. Qui le induict à ce faire? Quel est l'espoir de son estude? Quel bien pretend-il? Rien plus qu'un peu de mouelle. Vray est que ce peu plus est delicieux que le beaucoup de toutes aultres, pour ce que la mouelle est aliment elabouré[42] à perfection de nature, comme dict *Galen., iij Facu, natural.,* et *xj De usu parti*[43].

A l'exemple d'icelluy vous convient estre saiges, pour fleurer[44], sentir et estimer ces beaulx livres de haulte gresse[45], legiers au prochaz[46] et hardiz à la ren-contre; puis, par curieuse leçon[47] et meditation fre-quente, rompre l'os et sugcer la · sustantificque mouelle[48] — c'est à dire ce que j'entends par ces symboles Pythagoricques[49] — avecques espoir certain d'être faictz escors et preux[50] à ladicte lecture; car en icelle bien aultre goust trouverez et doctrine plus absconce[51], laquelle vous revelera de très haultz sacremens[52] et mysteres horrificques, tant en ce que concerne nostre religion que aussi l'estat politicq et vie oeconomicque.

Croiez vous en vostre foy qu'oncques Homere, escrivent l'*Iliade* et *Odyssée,* pensast es allegories lesquelles de luy ont calfreté* Plutarche[53], Heraclides Ponticq[54], Eustatie[55], Phornute, et ce que d'iceulx Politian a desrobé? Si le croiez, vous n'approchez ne de pieds ne de mains à mon opinion, qui decrete icelles aussi peu avoir esté songées d'Homere que

46. Il vous convient être légers à la poursuite (*prochaz* ou *pourchas*, terme de chasse).

47. Lecture attentive.

48. Substantielle — L'exhortation doit-elle être induire à chercher un sens caché sous chaque conte ou comporte-t-elle une part de malice, Rabelais comparant ces histoires de géant aux ouvrages les plus sérieux de l'Antiquité pour piquer l'attention du lecteur?

49. La philosophie de Pythagore était considérée par les Humanistes comme remplie de symboles, ainsi que les mystères d'Orphée.

50. *Avisés et braves*.

51. *Cachée*.

52. Même sens que *mystères*.

* Les deux éditions de 1537, ainsi que la plus ancienne, donnent *beluté*, qui évoque l'action de cribler le grain. *Cafreté* (calfaté) fait penser aux commentateurs bouchant les trous du texte.

53. On attribuait à Plutarque un traité *sur la vie et la poésie d'Homère*.

54. Allusion au traité *De Allegoriis apud Homerum* (Allégories homériques) d'un grammairien alexandrin, Héraclide du Pont.

55. Eustathe, archevêque de Thessalonique (XIIe s.) avait écrit un commentaire sur Homère. De même Cornutus (*Phornute*), philosophe stoïcien du 1er siècle ap. J.-C.; Politien, humaniste du XVe, édité à Lyon en 1533 par Gryphe. Politien avait copieusement pillé (*desrobé*) ses devanciers.

56. L'ironie de Rabelais à l'égard des amateurs de symboles se confirme. Les *Métamorphoses* avaient été considérées comme une anticipation allégorique de l'Évangile par le dominicain Walluys (XIVe).

57. *Frere Lubin*, synonyme de moine ignorant et stupide; cf. Marot, *ballade de frère Lubin;* il figure en bonne place dans le *Catalogue de la librairie de sainct Victor* (p. 107) dans *Pantagruel* : « Trois livres du Révérend Père frère Lubin, père provincial de Bavarderie, sur les lardons à croquer. »

58. *Pique-assiette*.

d'Ovide en ses *Metamorphoses* les sacrements de l'Evangile[56], lesquelz un Frere Lubin[57], vray croque lardon[58], s'est efforcé demonstrer, si d'adventure il rencontroit gens aussi folz que luy, et (comme dict le proverbe) couvercle digne du chaudron[59].

Si ne le croiez, quelle cause est pourquoy autant n'en ferez de ces joyeuses et nouvelles chronicques, combien que[60], les dictans, n'y pensasse en plus que vous, qui par adventure[61] beviez comme moy? Car, à la composition de ce livre seigneurial, je ne perdiz ne emploiay oncques plus, ny aultre temps que celluy qui estoit estably à prendre ma refection corporelle, sçavoir est beuvant et mangeant[62]. Aussi est ce la juste heure d'escrire ces haultes matieres et sciences profundes, comme bien faire sçavoit Homere, paragon[63] de tous philologes, et Ennie[64], pere de poetes latins, ainsi que tesmoigne Horace, quoy qu'un malautru ait dict que ses carmes[65] sentoyent plus le vin que l'huille.

Autant en dict un tirelupin[66] de mes livres; mais bren[67] pour luy! L'odeur du vin, ô combien plus est friant, riant, priant, plus celeste et delicieux que d'huille! Et prendray autant à gloire qu'on die de moy que plus en vin aye despendu[68] que en huyle, que fist Demosthenes, quand de luy on disoit que plus en huyle que en vin despendoit. A moy n'est que honneur et gloire d'estre dict et reputé bon gaultier[69] et bon compaignon, et en ce nom suis bien venu en toutes bonnes compaignies de Pantagruelistes. A Demosthenes, fut reproché par un chagrin[70] que ses *Oraisons* sentoient comme la serpilliere d'un ord et sale huillier[71]. Pour autant, interpretez tous mes faictz et mes dictz en la perfectissime partie; ayez en reverence le cerveau caseiforme[72] qui vous paist de ces belles billes vezées[73], et, à vostre povoir[74], tenez moy tousjours joyeux.

59. Ce proverbe est cité en latin par Erasme dans les *Adages*.

60. *Quoique*.

61. *Peut-être*.

62. Même mouvement dans le *Prologue* du *Tiers Livre* : « *Icy beuvant je délibère, je discours...* »

63. Modèle. Dès l'Antiquité, les poèmes homériques passaient pour contenir tout le savoir humain et étaient consultés comme recueils d'oracles. De là le titre de *philologe,* savant, décerné à Homère.

64. Ennius (239-169 av. J.-C.), introducteur de l'hellénisme à Rome, et auteur d'un poème épique, les *Annales*. D'après Horace (*Épîtres,* I, xix), il ne composait qu'après boire.

65. Poèmes (latin *carmina*).

66. Gueux.

67. *M... pour lui*.

68. *Dépensé*. Cet éloge est tiré des *Adages* d'Érasme. L'*huile* symbolise le travail acharné de l'écrivain.

69. Joyeux luron. *Gautier* est un nom propre généralisé.

70. Esprit chagrin.

71. *Comme la serpillière* (torchon ou tablier) *d'un malpropre et sale marchand d'huile — Oraisons :* Discours.

72. En forme de fromage.

73. *Qui vous repaît de ces billevesées* (paroles vides de sens).

74. Selon votre pouvoir.

75. Vits d'âne, d'où : Stupides, idiots.

76. Même imprécation à la fin du *Prologue* de *Pantagruel* (p. 36) : *Que l'ulcère aux jambes nous fasse boiteux;* c'est une locution gasconne.

77. *Moi. My* est une forme provinciale.

78. Autre locution gasconne (en partie) : « *Je vous ferai raison tout à l'heure.* »

Or esbaudissez vous, mes amours, et guayement lisez le reste, tout à l'aise du corps et au profit des reins! Mais escoutez, vietz d'azes[75], — que le maulubec vous trousque[76]! — vous soubvienne de boyre à my[77] pour la pareille, et je vous plegeray tout ares metys[78].

1. *Je vous renvoie...* Le chapitre I du *Pantagruel* (1532), intitulé *De l'origine et antiquité du grand Pantagruel,* comprend une longue généalogie amalgamant les géants bibliques, les géants antiques et les personnages de roman.

2. *D'où.*

3. *Abstiens.*

4. *Bien que.*

5. *Rappelée.*

6. Ces références au *Philèbe* et au *Gorgias* de Platon, ainsi qu'à l'*Art poétique* d'Horace (Horatius Flaccus), viennent des *Adages* d'Érasme (I, 2, 49), dont Rabelais est imprégné.

7. *Porteurs de reliques.* Certains moines ambulants transportaient des reliques, vraies ou fausses, pour solliciter (*rogare*) la charité. Henri Estienne (*Apologie d'Hérodote,* 1566), cite ce passage et en accentue le caractère satirique : « *appelés porteurs de rogatons, pour ce qu'ils ne vivent que d'aumônes des gens de bien.* »

8. *Hottes de vendanges,* ou *fagots.* L'expression revient souvent dans le *Pantagruel* et désigne toujours de pauvres hères : aux enfers, Perceforêt est « *porteur de coustretz* » (chap. xxx, *p. 383*).

9. *Gueux de l'hospice.*

CHAPITRE PREMIER

De la généalogie et antiquité de Gargantua.

Je vous remectz à la grande chronicque Pantagrueline[1]
recongnoistre la genealogie et antiquité dont[2] nous
est venu Gargantua. En icelle vous entendrez plus au
long comment les geands nasquirent en ce monde, et
comment d'iceulx, par lignes directes, yssit Gargantua,
pere de Pantagruel, et ne vous faschera si pour le
present je m'en deporte[3], combien que[4] la chose soit
telle que, tant plus seroit remembrée[5], tant plus elle
plairoit à vos Seigneuries; comme vous avez l'autorité
de Platon, *in Philebo* et *Gorgias*[6], et de Flacce, qui
dict estre aulcuns propos, telz que ceulx cy sans doubte,
qui plus sont délectables quand plus souvent sont
redictz.

Pleust à Dieu qu'un chascun sceust aussi certainement sa geneallogie, depuis l'arche de Noë jusques à
cest eage! Je pense que plusieurs sont aujourd'huy
empereurs, roys, ducz, princes et papes en la terre,
lesquels sont descenduz de quelques porteurs de rogatons[7] et de coustretz[8], comme, au rebours, plusieurs
sont gueux de l'hostiaire[9], souffreteux et miserables,
lesquelz sont descenduz de sang et ligne de grandz
roys et empereurs, attendu l'admirable transport des
regnes et empires :

10. Ce transfert de l'empire des Assyriens aux Français ne semblait pas fantaisiste aux contemporains de Rabelais; non seulement des écrivains (Jean Bouchet, Marguerite de Navarre), mais des juristes l'invoquaient pour étayer les prétentions de François Ier à l'empire — par *Grecs,* il faut entendre l'empire byzantin, détruit par les Turcs (1453).

11. *Désir passionné.*

12. Locution populaire, rendue célèbre par la farce de *Maître Pathelin.*

13. *Messie.*

14. Double sens : *diables* et *calomniateurs* (de l'étymologie grecque, διαβάλλω : calomnier).

15. *Hypocrites*; cf. *Pantagruel,* chap. XXXIV, p. 423 : « ... *vous et moy sommes plus dignes de pardon qu'un grand tas de... cagotz, escargotz, hypocrites, caffars...* »

16. Il existe encore un lieu-dit *Arceau Galeau,* dans la prairie *Saint-Mexme* près de Chinon, ainsi qu'une ferme appelée l'*Olive; Narsay* est un hameau situé à 4 km à l'est de Chinon. Ces éléments de réalité font penser que Jean Audeau était un personnage connu de Rabelais.

17. *Curant les fossés.*

18. *Houes de vigneron.*

19. *Marqué.*

20. *Gobelet.*

21. Érudition fantaisiste : aujourd'hui encore l'alphabet étrusque n'a pas été déchiffré avec certitude, et il n'a rien de commun avec le latin : *Hic bibitur* (Ici on boit.) Mais le *grand tombeau de bronze* est-il purement imaginaire, ou bien un tombeau réel grandi par l'imagination du romancier, comme le sépulcre de *Geoffroy à la grand dent* ou le dolmen de *La Pierre Levée?* (cf. *Pantagruel,* chap. V, p. 79.

22. Cette énumération cocasse se retrouve dans *Le Quart Livre,* chap. XLI : « *un grand, gras, gros, gris pourceau* ».

des Assyriens es Medes,
des Medes es Perses,
des Perses es Macedones,
des Macedones es Romains,
des Romains es Grecz,
des Grecz es Françoys[10].

Et, pour vous donner à entendre de moy qui parle,
je cuyde que soye descendu de quelque riche roy ou
prince au temps jadis; car oncques ne veistes homme
qui eust plus grande affection[11] d'estre roy et riche que
moy, affin de faire grand chere, pas ne travailler,
poinct ne me soucier, et bien enrichir mes amys et
tous gens de bien et de sçavoir. Mais en ce je me
reconforte que en l'aultre monde, je le seray, voyre
plus grand que de present ne l'auseroye soubhaitter.
Vous en telle ou meilleure pensée reconfortez vostre
malheur, et beuvez fraiz, si faire se peut.

Retournant à noz moutons [12], je vous dictz que
par don souverain des cieulx nous a esté reservée l'antiquité et geneallogie de Gargantua plus entiere que
nulle aultre, exceptez celle du Messias[13], dont je ne
parle, car il ne me appartient, aussi les diables[14] (ce
sont les calumniateurs et caffars[15]) se y opposent. Et
fut trouvée par Jean Audeau en un pré qu'il avoit
près l'arceau Gualeau[16], au dessoubz de l'Olive, tirant
à Narsay, duquel faisant lever les fossez[17], toucherent
les piocheurs de leurs marres[18] un grand tombeau
de bronze, long sans mesure, car oncques n'en trouverent le bout par ce qu'il entroit trop avant les
excluses de Vienne. Icelluy ouvrans en certain lieu,
signé[19], au dessus, d'un goubelet[20] à l'entour duquel
estoit escript en lettres Ethrusques[21] : HIC BIBITUR,
trouverent neuf flaccons en tel ordre qu'on assiet les
quilles en Guascoigne, desquelz celluy qui au mylieu
estoit couvroit un gros, gras, grand, gris[22], joly, petit,
moisy livret, plus, mais non mieulx sentent que roses.

23. Lettres en usage dans la chancellerie papale, cursive souvent illisible.

24. *Cire.*

25. *Écorce d'ormeau.*

26. *De suite.*

27. Référence fantaisiste à Aristote : les pédants se rapportaient en tout à ses ouvrages.

28. *Traduisis.*

29. *Bagatelles pourvues d'antidote.* Rabelais emploie parfois *fanfreluche* dans un sens libre : cf. *Pantagruel,* chap. XXIII, p. 303 : « *Ilsz fanfreluchoient à chasque bout de champ.* »

30. *Par respect pour de l'antiquité. Antiquaille* n'a pas un sens péjoratif. Il s'agit ici de l'*énigme* du chap. II, accumulation de calembredaines.

En icelluy fut ladicte geneallogie trouvée, escripte au long de lettres cancelleresques[23], non en papier, non en parchemin, non en cere[24], mais en escorce d'ulmeau[25], tant toutesfoys usées par vetusté qu'à poine en povoit ou troys recognoistre de ranc[26].

Je (combien que indigne) y fuz appelé, et, à grand renfort de bezicles, practicant l'art dont on peut lire lettres non apparentes, comme enseigne Aristoteles[27], la translatay[28], ainsi que veoir pourrez en Pantagruelisant, c'est-à-dire beuvans à gré et lisans les gestes horrificques de Pantagruel.

A la fin du livre estoit un petit traicté intitulé : *Les Fanfreluches antidotées*[29]. Les ratz et blattes, ou (affin que je ne mente) aultres malignes bestes, avoient brousté le commencement; le reste j'ay cy dessoubz adjouté, par reverence de l'antiquaille[30].

1. Les *Fanfreluches* sont une *énigme,* genre littéraire à la mode au XVIe s.; Thomas Sebillet, dans son *Art poétique,* définit l'énigme comme une *« allégorie obscure ».* Le jeu consiste à décrire un sujet banal à grand renfort d'images incohérentes. Le poète de cour Mellin de Saint-Gelais excellait dans ce genre. Le chap. LVIII du *Gargantua, Énigme en prophétie,* reproduit un poème de Saint-Gelais, que Gargantua interprète comme *« le décours et maintien de verité divine »,* tandis que Frère Jean n'y voit qu'une *« description du jeu de paume soulz obscures parolles ».* L'*énigme* se prête à l'introduction de coqs-à-l'âne entremêlés d'allusions satiriques. Ce sera encore le jeu favori des salons *Précieux* au XVIIe s. (cf. *Précieuses ridicules*).

2. Marius (156-86 av. J.-C.) vainquit les Teutons à Aix-en-Provence (102 av. J.-C.) et les Cimbres à Verceil (101 av. J.-C.) L'*énigme* commence par une parodie de ton épique pour mieux masquer la futilité du sujet. Rabelais corse le jeu en supposant que le début des premiers vers a été dévoré par les blattes, dégradation qui atteste l'antiquité du manuscrit. L'édition A. Lefranc restitue ainsi les lettres qui manquent :

    Voici venu le grand dompteur des Cimbres,
    Passant par l'aer, de peur de la rousée.
    A sa venue on a remply les timbres
    De beurre fraiz, tombant par une housée.
    Duquel... etc...

3. *Abreuvoirs.*

4. *Ondée;* le mot appartient au patois angevin.

5. *Seigneurs!* (de l'allemand *Herr*).

6. *Enduite de bouse de vache. Embousée* rime avec *arrousée* (arrosée), graphie encore en usage au XVIIe s. (La Fontaine, Molière). Du style épique, on passe au vocabulaire populaire.

7. Allusion possible à la *pantoufle* du pape, qu'il est de tradition de baiser à l'audience : *« ... L'ambassadeur... se mit sur un genou à terre et retroussa la robe du pape sur son pied droit, où il y a une pantoufle rouge, avec une croix-blanche au-dessus. Ceux qui sont à genoux... se penchent à terre pour le baiser. »* (*Journal de Voyage* de Montaigne).

CHAPITRE II

Les Fanfreluches antidotées,
trouvées en un monument antique[1].

ai? enu le grand dompteur des Cimbres[2],
V sant par l'aer, de peur de la rousée.
'sa venue on a remply les timbres[3]
c' beurre fraiz, tombant par une housée[4].
= uquel quand fut la grand mere arrousée,
Cria tout hault : « Hers[5], par grace, pesche le;
Car sa barbe est presque toute embousée[6]
Ou pour le moins tenez luy une eschelle. »

Aulcuns disoient que leicher sa pantoufle[7]
Estoit meilleur que guaigner les pardons[8];
Mais il survint un affecté marroufle[9],
Sorti du creux où l'on pesche aux gardons,
Qui dict : « Messieurs, pour Dieu nous en gardons;
L'anguille y est et en cest estau musse[10];
Là trouverez (si de près regardons)
Une grande tare au fond de son aumusse[11]. »

Quand fut au poinct de lire le chapitre,
On n'y trouva que les cornes d'un veau :
« Je (disoit il) sens le fond de ma mitre

51

8. Allusion à l'octroi d'indulgences, ou *pardons,* moyennant un don d'argent; Rabelais a critiqué cet abus dans le *Pantagruel* (chap. XVII, p. 233), *Comment Panurge guaingnoit les pardons...*

9. *Maraud, coquin.* Diderot l'emploiera encore (cf. *Neveu de Rameau*).

10. *Se cache en cette boutique* (*estau :* étal).

11. *Tiare. L'aumusse* est un chaperon fourré porté par les papes et les chanoines au Moyen Age.

12. *Un parfum de navet.*

13. Cette caricature du pape se chauffant au coin de l'âtre, et parfumé au navet (au lieu d'encens) est aussi irrévérencieuse que celle de Jules II, *« crieur de petitz pastez »* dans le *Pantagruel* (chap. XXX, p. 383).

14. *Enragés, fous furieux;* ces *acariâtres* sont vraisemblablement les *« cafards »* déchaînés contre les Humanistes et les Évangélistes. Le *limonnier nouveau,* que souhaite le pape retiré au coin du feu, représente-t-il son successeur éventuel, tirant la charrette de l'Église?

15. *Le trou de saint Patrice* (ou Patrick) se trouve dans une île du lac Derg, dans le comté de Donegal en Irlande. Il passait pour une des entrées du Purgatoire et devint un lieu de pèlerinage.

16. *Gibraltar,* appelé aussi *trou de la Sibylle,* par confusion entre Séville et Sibylle.

17. Ces *mille autres trous* ont peut-être ici une signification libre, nullement géographique.

18. *Bâiller.*

19. *Otage.*

20. *Minos,* juge aux Enfers. Cette mythologie de fantaisie a sans doute été appelée par l'idée du Purgatoire évoquée par le *trou de saint Patrice.*

21. *Prenne.*

22. *Boite.*

23. *Gentils, jolis.*

24. *Bougres* (homosexuels).

25. *L'an passé.*

26. L'aigle.

27. *Parier.*

28. Pris adverbialement : *à ras de terre.*

Si froid que autour me morfond le cerveau. »
On l'eschaufa d'un parfunct de naveau[12],
Et fut content de soy tenir es atres[13],
Pourveu qu'on feist un limonnier noveau
A tant de gens qui sont acariatres[14].

Leur propos fut du trou de sainct Patrice[15],
De Gilbathar[16], et de mille aultres trous[17] :
S'on les pourroit réduire à cicatrice
Par tel moien que plus n'eussent la tous,
Veu qu'il sembloit impertinent à tous
Les veoir ainsi à chascun vent baisler[18];
Si d'adventure ilz estoient à poinct clous,
On les pourroit pour houstage[19] bailler.

En cest arrest le courbeau fut pelé
Par Hercules, qui venoit de Libye.
« Quoy! dist Minos[20], que n'y suis-je appellé?
Excepté moy, tout le monde on convie,
Et puis l'on veult que passe mon envie
A les fournir d'huytres et de grenoilles;
Je donne au diable en quas que de ma vie
Preigne[21] à mercy leur vente de quenoilles. »

Pour les matter survint Q. B. qui clope[22],
Au sauconduit des mistes[23] sansonnetz.
Le tamiseur, cousin du grand Cyclope,
Les massacra. Chascun mousche son nez;
En çe gueret peu de bougrins[24] sont nez,
Qu'on n'ait berné sus le moulin à tan.
Courrez y tous et à l'arme sonnez :
Plus y aurez que n'y eustes antan[25].

Bien peu après, l'oyseau de Jupiter[26]
Delibera pariser[27] pour le pire,
Mais, les voyant tant fort se despiter,
Craignit qu'on mist ras[28], jus[29], bas, mat[30] l'empire,

29. *Par terre.*

30. *Échec et mat.*

31. Harengs saurs.

32. *Massorètes,* commentateurs hébreux de la Bible; cf. *Pantagruel,* chap. I : *« Massoretz, bons couillaux et beaux corne-museurs Hébraïcques. »* (p. 86), et chap. XVII, p. 237 : *« rabi Kimy et rabi Aben Ezra, et tous les Massoretz ».*

33. La déesse *Até,* dans la mythologie grecque, excitait les querelles.

34. Souvenir probable de Marot, *Épître au Roi...* (*Adolescence Clémentine,* 1532) :

> *« Et si m'a fait la cuisse héronnière,*
> *L'estomac sec, le ventre plat et vague »*

Marot était un ami de Rabelais.

35. *Penthésilée,* reine des Amazones, fut tuée par Achille au siège de Troie. Elle symbolise le courage; cf. *Pantagruel,* chap. XXX, p. 385 : *« Panthasilée estoit cressonnière. »* La dégra-dation burlesque des personnages mythologiques est iden-tique. *Penthésilée,* jeune héroïne tombée au combat ne peut être une vendeuse de cresson *« sur ses vieux ans ».*

36. *Tu l'enlevas, la romaine bannière...*

37. *Si ce n'eût été Junon qui...*

38. *Arc-en-ciel.*

39. *Grand duc,* utilisé à la chasse comme *oiseau de volerie.*

40. *Pénible.*

41. *Bon morceau.*

42. *Déesse des Enfers.*

43. *Aubépine.*

44. *Otez.*

45. *Celui qui détruisit Carthage :* Scipion l'Africain.

46. *Une lampée de potage.*

47. *Portefaix.*

48. L'acte, le contrat.

49. *Auquel.*

50. *Vérolé.*

Et mieulx ayma le feu du ciel empire
Au tronc ravir où l'on vend les soretz[31],
Que aer serain, contre qui l'on conspire,
Assubjectir es dictz des Massoretz[32].

Le tout conclud fut à poincte affilée,
Maulgré Até[33], la cuisse heronniere[34],
Que là s'assist, voyant Pentasilée[35],
Sur ses vieux ans prinse pour cressonniere.
Chascun crioit : « Vilaine charbonniere,
T'appartient-il toy trouver par chemin?
Tu la tolluz[36], la Romaine baniere
Qu'on avoit faict au traict du parchemin! »

Ne fust Juno[37], que dessoubz l'arc celeste[38]
Avec son duc[39] tendoit à la pipée,
On luy eust faict un tour si très moleste[40]
Que de tous poincts elle eust esté frippée.
L'accord fut tel que d'icelle lippée[41]
Elle en auroit deux œufz de Proserpine[42],
Et, si jamais elle y estoit grippée,
On la lieroit au mont de l'albespine[43].

Sept moys après — houstez[44] en vingt et deux —
Cil[45] qui jadis anihila Carthage
Courtoysement se mist en mylieu d'eux,
Les requerent d'avoir son heritage,
Ou bien qu'on feist justement le partage
Selon la loy que l'on tire au rivet,
Distribuent un tatin[46] du potage
A ses facquins[47] qui firent le brevet[48].

Mais l'an viendra, signé d'un arc turquoys,
De v. fuseaulx et troys culz de marmite,
Onquel[49] le dos d'un roy trop peu courtoys
Poyvré[50] sera soubz un habit d'hermite.

51. *Hypocrite*. Le mot se rencontre chez Marot et La Fontaine :

> « C'était un chat vivant comme un dévôt ermite,
> Un chat faisant la chattemite... »
> *(Le Chat, la Belette et le petit Lapin)*

52. *Le Diable* (cf. le serpent au Paradis terrestre).

53. *Dieu.*

54. *Ni brusquerie ni outrage.*

55. *Solas* ou *soulas : plaisir.*

56. *Étonnés.* Cette strophe évoque le bonheur paradisiaque retrouvé.

57. *Chaînes.* La paix universelle régnera!

58. *Hors de toute mesure.*

59. Personnage de fer sonnant les heures sur les horloges des clochers.

60. *Sire.*

61. *Celui qui agite une bouilloire.*

62. *Épée.*

63. *Les soucis pommés seraient bientôt supprimés.*

64. *Avec un fil d'emballage.*

65. *Tout ficeler.* Ce *magasin d'abus* désigne-t-il l'Église? Rabelais n'a pas livré le sens de son énigme. On peut penser qu'aux allusions satiriques s'ajoutent de joyeuses fantaisies, destinées à mettre sur les dents les futurs glossateurs. Les *fatrasies* ou suite de coqs-à-l'âne étaient fort goûtés au Moyen Age et au XVIe s. (cf. *Pantagruel,* chap. X, XI, XII, XIII).

O la pitié! Pour une chattemite[51]
Laisserez vous engouffrer tant d'arpens?
Cessez, cessez; ce masque nul n'imite;
Retirez vous au frere des serpens[52].

Cest an passé, cil qui est[53] regnera
Paisiblement avec ses bons amis.
Ny brusq ny smach[54] lors ne dominera;
Tout bon vouloir aura son compromis,
Et le solas[55], qui jadis fut promis
Es gens du ciel, viendra en son befroy;
Lors les haratz, qui estoient estommis[56],
Triumpheront en royal palefroy.

Et durera ce temps de passe passe
Jusques à tant que Mars ayt les empas[57].
Puis en viendra un qui tous aultres passe,
Delitieux, plaisant, beau sans compas[58].
Levez vos cueurs, tendez à ce repas,
Tous mes feaulx, car tel est trespassé
Qui pour tout bien ne retourneroit pas,
Tant sera lors clamé le temps passé.

Finablement, celluy qui fut de cire
Sera logé au gond du Jacquemart[59].
Plus ne sera reclamé : « Cyre, Cyre[60] »,
Le brimbaleur qui tient le cocquemart[61].
Heu, qui pourroit saisir son braquemart[62],
Toust seroient netz les tintouins cabus[63],
Et pourroit on, à fil de poulemart[64],
Tout baffouer le maguazin d'abus[65].

1. *Grandgousier*, père de Gargantua (cf. *Pantagruel*, chap. I. Généalogie des géants, et chap. VIII, Lettre de Gargantua à Pantagruel.)

2. *Railleur* : gai compagnon.

3. Laisser le verre net, sans le moindre liquide au fond.

4. *Provision*.

5. *Mayence*.

6. *Boutargues* (du provençal *boutargo*), sorte de caviar, fait d'œufs de divers poissons en Provence et en Languedoc.

7. *Bologne*.

8. De l'italien *boccone* : morceau empoisonné. Les Lombards passaient pour être experts en poisons.

9. Rabelais énumère les produits de charcuterie régionale les plus célèbres : saucisses de *Bigorre*, contrée de Gascogne, de Longaulnay, bourg près de Saint-Malo en Bretagne, de la Brenne (dans la Creuse), du Rouergue.

10. *Gargamelle*, comme *Grandgousier*, signifie : *au grand gosier*. La voracité est le caractère commun de toute la famille de géants.

11. *Papillons*. C'est postérieurement à Rabelais que le nom fut donné aux protestants.

12. *Belle fille*, bien entendu sans nuance péjorative.

13. La durée de la gestation était un sujet de controverse au XVIe s. Rabelais, en qualité de médecin, fut consulté comme expert par Pellicier, ambassadeur de François Ier à Venise, sur une contestation de la date de conception. Montaigne, (*Essais*, livre II, chap. XII), accepte la durée de onze mois : « Et moi je secours, par l'exemple de moi-même, ceux d'entre eux qui maintiennent la grossesse d'onze mois. »

14. *Surtout*.

15. La nymphe Tyro.

CHAPITRE III

Comment Gargantua fut unze moys porté ou ventre de sa mere.

GRANDGOUSIER[1] estoit bon raillard[2] en son temps, aymant à boyre net[3] autant que homme qui pour lors fust au monde, et mangeoit voluntiers salé. A ceste fin, avoit ordinairement bonne munition[4] de jambons de Magence[5] et de Baionne, force langues de beuf fumées, abondance de andouilles en la saison et beuf sallé à la moustarde, renfort de boutargues[6], provision de saulcisses, non de Bouloigne[7] (car il craignoit ly boucon[8] de Lombard), mais de Bigorre, de Lonquaulnay, de la Brene et de Rouargue[9].

En son eage virile, espousa Gargamelle[10], fille du roy des Parpaillos[11], belle gouge[12] et de bonne troigne, et faisoient eux deux souvent ensemble la beste à deux doz, joyeusement se frotans leur lard, tant qu'elle engroissa d'un beau filz et le porta jusques à l'unziesme moys[13].

Car autant, voire dadvantage, peuvent les femmes ventre porter, mesmement[14] quand c'est quelque chef d'œuvre et personnage que doibve en son temps faire grandes prouesses, comme dict Homere que l'enfant duquel Neptune engroissa la nymphe[15] nasquit l'an après revolu : ce fut le douziesme moys. Car (comme

16. C'est effectivement d'Aulu-Gelle (*Nuits attiques,* III, 16) que Rabelais a tiré cette légende.

17. Se reporter aux *Amphitryons* de Plaute, Molière et Giraudoux.

18. *Confirmé.*

19. Les références à Hippocrate, *Sur la nourriture,* à Pline l'Ancien, *Histoire Naturelle,* livre VII, chap. v, à Plaute, *Cistellaria,* v. 164-165, à Varron et à Aristote, *Histoire des animaux,* livre VII, chap. iv, au grammairien Censorinus, *Du jour natal,* à Aulu-Gelle (Gellius), à Servius commentateur de Virgile, sont exactes.

20. Vers de la ive *Bucolique* (v. 61). Servius ne commente pas la durée de la gestation donnée par Virgile : 10 mois.

21. Aulu-Gelle cite d'autres auteurs croyant à une grossesse de 11 mois.

22. Rabelais emploie les abréviations en usage au xvie s. pour les textes juridiques; *ff : Digeste ; l : loi.* Il s'agit ici du *De suis et legitimis heredibus, lege intestato. (De ses héritiers légitimes, loi sur l'intestat) ; De Authenticae. De restitutionibus et ea quae parit in undecimo mense post mortem viri* (loi sur *la légitimité. Des restitutions, et de la femme qui accouche le onzième mois après la mort de son mari.*)

23. *De plus.*

24. *Barbouillé ;* cf. Montaigne, III, 11 : « L'idée de leur amendement chaffourée ».

25. Loi de *ronge-lard,* mot formé par Rabelais sur le modèle de *rodilardique,* invention burlesque de l'Italien Calenzio, dont l'œuvre avait été traduite en 1534. Fantastiques batailles des *grans roys Rodilardus et Croacus.* Au *Quart Livre,* chap. lxvii, Rodilardus est un chat, comme plus tard chez La Fontaine (II, 2).

26. Loi *Gallus. De liberis et posthumis heredibus instituendis vel exheredandis* — Loi *De statu hominum. S. Septimo mense nasci perfectum partum jam receptum est, propter austoritatem doctissimi viri Hippocratis : Des enfants, s'il faut faire héritiers ou deshériter les enfants posthumes ; De l'état des hommes ; on admet que la gestation peut être terminée le septième mois, à cause de l'autorité du très savant Hippocrate.*

27. *Faire l'amour.*

28. *A tous risques ;* terme de jeu.

29. *Compagnons.*

dit A. Gelle[16], *lib. iij*), ce long temps convenoit à la majesté de Neptune, affin qu'en icelluy l'enfant feust formé à perfection. A pareille raison, Jupiter feist durer xlviij heures la nuyct qu'il coucha avecques Alcmene[17], car en moins de temps n'eust il peu forger Hercules qui nettoia le monde de monstres et tyrans.

Messieurs les anciens Pantagruelistes ont conformé[18] ce que je dis et ont declairé non seulement possible, mais aussi legitime, l'enfant né de femme l'unziesme moys après la mort de son mary :

Hippocrates, *lib. De alimento*[19],

Pline, *li. vij, cap. v,*

Plaute, *in Cistellaria,*

Marcus Varro, en la satyre inscripte *Le Testament,* allegant l'autorité d'Aristoteles à ce propos,

Censorinus, *li. De die natali,*

Aristoteles, *libr. vij, capi. iij et iiij, De nat. animalium,*

Gellius, *li. iij, ca. xvj.*

Servius, *in Egl.,* exposant ce metre de Virgile :
Matri longa decem, etc.[20].

et mille[21] aultres folz; le nombre desquelz a esté par les legistes acreu, *ff. De suis et legit., l. Intestato,* §*fi.,* et, *in Autent., De restitut. et ea que parit in xj mense*[22]. D'abondant[23] en ont chaffourré[24] leur rodibilardicque[25] loy *Gallus, ff. De lib. et posthu., et l. septimo ff. De stat. homi*[26], et quelques aultres, que pour le present dire n'ause. Moiennans lesquelles loys, les femmes vefves peuvent franchement jouer du serrecropiere[27] à tous enviz et toutes restes[28], deux moys après le trespas de leurs mariz.

Je vous prie par grace, vous aultres mes bons averlans[29], si d'icelles en trouvez que[30] vaillent le desbraguetter, montez dessus et me les amenez.

Car, si au troisiesme moys elles engroissent, leur fruict sera heritier du deffunct; et, la groisse[31] congneue,

30. *Qui*.

31. *Grossesse*.

32. *Qu'elles poussent hardiment leur pointe, et vogue la galère!*

33. Julie, fille d'Auguste (Octave), était célèbre pour son inconduite, qui la fit exiler. Macrobe, *Saturnales,* II, 5, 9 rapporte ses débordements.

34. *Tambourineurs*.

35. *De même qu'un navire…*

36. *Pilote*.

37. *Quelqu'un*.

38. *Rapetasser sur leur graisse*.

39. *Faisant acte de mâle*.

40. *Entendant*. Le participe s'accorde au XVIe s.

41. Terme médical : « engendrer de rechef sur un engendrement » (Ambroise Paré).

42. *Diable*.

43. *Tordre le fausset* (du tonneau), au sens libre.

poussent hardiment oultre, et vogue la gualée[32] puis que la panse est pleine! – comme Julie, fille de l'empereur Octavian[33], ne se abandonnoit à ses taboureurs[34] sinon quand elle se sentoit grosse, à la forme[35] que la navire ne reçoit son pilot[36] que premierement ne soit callafatée et chargée. Et, si personne[37] les blasme de soy faire rataconniculer ainsi suz leur groisse[38], veu que les bestes suz leur ventrées n'endurent jamais le masle masculant[39], elles responderont que ce sont bestes, mais elles sont femmes, bien entendentes[40] les beaulx et joyeux menuz droictz de superfection[41], comme jadis respondit Populie, selon le raport de Macrobe, *li. ij Saturnal*.

Si le diavol[42] ne veult qu'elles engroissent, il fauldra tortre le douzil[43], et bouche clouse.

1. *Quantité*.
2. *Échappe*.
3. *Trippes de bœuf* (dialecte angevin).
4. Mot poitevin : prés qu'on fauche deux fois par an.
5. *Printemps*.
6. *En quantité*.

7. Emprunt à la liturgie : la *commémoration* est une oraison évoquant un saint autre que celui du jour. Le rapprochement avec les salaisons *(saleures)* est comique.

8. *Mais la difficulté était que...* Une « diablerie » à quatre personnages était difficile à représenter; cf. l'expression proverbiale : *faire le diable à quatre*.

9. *Bâfreraient*.
10. Ironique, puisqu'il s'agit de villageois.

CHAPITRE IV

Comment Gargamelle, estant grosse de Gargantua, mangea grand planté[1] de tripes.

L'occasion et maniere comment Gargamelle enfanta fut telle, et, si ne le croyez, le fondement vous escappe[2]!

Le fondement luy escappoit une après dinée, le iij[e] jour de febvrier, par trop avoir mangé de gaudebillaux. Gaudebilleaux sont grasses tripes de coiraux[3]. Coiraux sont beufz engressez à la creche et prez guimaulx[4]. Prez guimaulx sont qui portent herbe deux fois l'an. D'iceulx graz beufz avoient faict tuer troys cens soixante sept mille et quatorze, pour estre à mardy gras sallez, affin qu'en la prime vere[5] ilz eussent beuf de saison à tas[6] pour, au commencement des repastz, faire commemoration[7] de saleures et mieulx entrer en vin.

Les tripes furent copieuses, comme entendez, et tant friandes estoient que chascun en leichoit ses doigtz. Mais la grande diablerie à quatre personnaiges[8] estoit bien en ce que possible n'estoit longuement les reserver, car elles feussent pourries. Ce que sembloit indecent. Dont fut conclud qu'ils les bauffreroient[9] sans rien y perdre. A ce faire convierent tous les citadins[10] de Sainnais, de Suillé, de la Roche Clermaud, de Vau-

11. Cinais *(Sainnais)*, Seuilly *(Suillé)*, La Roche-Clermault, Vaugaudry, le château de Coudray-Montpensier, Le Gué de Vede sont des villages ou châteaux voisins de La Devinière, maison natale de Rabelais, aux environs de Chinon. Abel Lefranc et ses disciples ont été les premiers à relever ces éléments de réalité parmi tant de fantaisie.

12. Au sens libre.

13. *Nourriture très louable*.

14. Le *muid* contenait environ 270 litres, le *bussard* est une futaille équivalant aux trois quarts du muid; le *tupin* est un pot de terre.

15. Prairie plantée de saules, près de La Devinière : son nom figure sur le cadastre actuel.

16. *Gaiement*.

gaudray, sans laisser arrieres le Coudray Montpensier, le Gué de Vede[11] et aultres voisins, tous bons beveurs, bons compaignons, et beaulx joueurs de quille[12] là.

Le bon homme Grandgousier y prenoit plaisir bien grand et commendoit que tout allast par escuelles. Disoit toutesfoys à sa femme qu'elle en mangeast le moins, veu qu'elle aprochoit de son terme et que ceste tripaille n'estoit viande moult louable[13] : « Celluy (disoit il) a grande envie de mascher merde, qui d'icelle le sac mangeue. » Non obstant ces remonstrances, elle en mangea seze muiz, deux bussars et six tupins[14]. O belle matiere fecale que doivoit boursouffler en elle!

Après disner, tous allerent pelle melle à la Saulsaie[15], et là, sus l'herbe drue, dancerent au son des joyeux flageolletz et doulces cornemuzes tant baudement[16] que c'estoit passetemps celeste les veoir ainsi soy rigouller.

1. *Goûter*.

2. *Brocs*.

3. *Mélange avec de l'eau*.

4. *Vide-moi ce verre d'un seul coup gaillardement*.

5. *Présente-moi* (comme devant un tribunal) *du vin clairet, débordant le verre*.

6. *Trêve de soif* : que la soif fasse trêve.

7. *Fièvre traîtresse*.

8. *Par ma foi, ma commère, je ne peux entrer en boisson*.

9. Juron fréquent chez Rabelais. C'est un saint de fantaisie.

10. Jeu de mots sur la mule qui porte le Pape, et la pantoufle *(mule)* qu'il a au pied. Rabelais (*Pantagruel*, chap. VII) cite une facétieuse *Apologie... contre ceux qui disent que la mule du pape ne mange qu'à ses heures* (p. 109). De même le mot *heures* est pris au sens de *Livre d'heures* (bréviaire) dans la réplique suivante.

11. Certains flacons avaient l'aspect extérieur d'un bréviaire. Ne fait-on pas aujourd'hui des « cabarets » dans de fausses reliures?

12. *Père gardien* : supérieur d'un couvent de Cordeliers. On sait que Rabelais avait quitté cet ordre.

13. Exemple de question donnée à débattre chez les scholastiques, comme les discussions sur l'antériorité de l'œuf ou de la poule.

CHAPITRE V

Les propos des bien yvres.

Puis entrerent en propos de resieuner[1] on propre
lieu. Lors flaccons d'aller, jambons de troter, goubeletz
de voler, breusses[2] de tinter :

« Tire!

— Baille!

— Tourne!

— Brouille[3]!

— Boutte à moy sans eau; ainsi, mon amy.

— Fouette[4] moy ce verre gualentement;

— Produiz[5] moy du clairet, verre pleurant.

— Treves de soif[6]!

— Ha, faulse fievre[7], ne t'en iras tu pas?

— Par ma fy, me commere, je ne peuz entrer en
bette[8].

— Vous estez morfondue, m'amie?

— Voire.

— Ventre sainct Quenet[9]! parlons de boire.

— Je ne boy que à mes heures, comme la mulle
du pape[10].

— Je ne boy que en mon breviaire[11], comme un
beau pere guardian[12].

— Qui feut premier, soif ou beuverye[13]?

14. Sans doute avant le péché originel.

15. « La privation suppose la possession », maxime juridique plaisamment appliquée au boire : la soif suppose la beuverie.

16. Les *« bien yvres »* appartiennent à diverses catégories sociales, et conservent les propos et les manières de leur état : celui-ci est clerc, il y a aussi des soldats, des moines, des juristes, et même des commères.

17. Citation d'Horace (*Épîtres*, I, 5, v. 19) : « Quel est celui que les coupes bien remplies n'ont pas rendu éloquent? » Avec un jeu de mots : le *calice* est le vase sacré de la messe.

18. La plaisanterie sur *innocent* (au sens théologique) et *pécheur* se poursuit.

19. Jeu de mots sur *entonner* un chant et *mettre en tonneau*.

20. Le juriste proteste : « Les autres boivent à ma place... », comme dans un mariage par procuration, le marié reste sur sa soif.

21. Le scholastique revient à la charge avec ses oppositions (cf. *Qui fut premier...*).

22. *Presse!*

23. Plaisanterie ecclésiastique tirée du pseudo-saint Augustin *(Quaestiones veteris et novi Testamenti, XXIII)* : « l'âme... ne peut habiter en sec. » Ce qui justifie ceux qui boivent *théologalement*.

24. Plaisanterie métaphysique : les sommeliers procèdent à un changement de « forme » grâce à la « substance » du vin.

25. *Perennité* : éternité.

26. *Pour rien*.

27. *Habillé* : *vêtir* un homme ou *parer* un veau (terme de boucherie)?

28. *Lesté*.

29. Plaisanterie juridique : *« Si le papier de mes cédules* (traites) *buvait aussi bien* [l'encre] *que moi* [je bois le vin], *mes créanciers* (créditeurs) *auraient leur pourboire* (leur vin), *quand on en serait à produire le titre de la dette,* c.-à-d. : Ils seraient bien attrapés, puisqu'il n'y aurait plus de texte, le papier ayant tout bu.

— Soif, car qui eust beu sans soif durant le temps de innocence[14]?

— Beuverye, car *privatio presupponit habitum*[15]. Je suis clerc[16].

Fœcundi calices quem non fecere disertum[17]?

— Nous aultres innocens ne beuvons que trop sans soif.

— Non moy, pecheur, sans soif, et, si non presente, pour le moins future, la prevenent comme entendez. Je boy pour la soif advenir. Je boy eternellement. Ce m'est eternité de beuverye, et beuverye de eternité[18].

— Chantons, beuvons, un motet entonnons!

— Où est mon entonnoir[19]?

— Quoy! Je ne boy que par procuration[20]!

— Mouillez vous pour seicher, ou vous seichez pour mouiller[21]?

— Je n'entens poinct la theoricque; de la praticque je me ayde quelque peu.

— Haste[22]!

— Je mouille, je humecte, je boy, et tout de peur de mourir.

— Beuvez tousjours, vous ne mourrez jamais.

— Si je ne boy, je suys à sec, me voylà mort. Mon ame s'en fuyra en quelque grenoillere. En sec jamais l'ame ne habite[23].

— Somelliers, ò createurs de nouvelles formes[24], rendez moy de non beuvant beuvant!

— Perannité[25] de arrousement par ces nerveux et secz boyaulx!

— Pour neant[26] boyt qui ne s'en sent.

— Cestuy entre dedans les venes; la pissotiere n'y aura rien.

— Je laveroys voluntiers les tripes de ce veau que j'ay ce matin habillé[27].

— J'ay bien saburré[28] mon stomach.

— Si le papier de mes schedules beuvoyt aussi bien

30. *Cette main* (trop souvent levée) *vous fait le nez rouge*.

31. *Combien d'autres*.

32. *Boire dans un si petit gué, c'est pour se rompre le poitrail;* comparaison avec le cheval qui se casse le poitrail en se penchant pour atteindre l'eau trop basse. L'ivrogne se plaint que son verre soit presque à sec.

33. *Piège à flacons*. Mais ce dernier mot peut être pris dans un sens libre, qui déclenche une cascade de jeux de mots obscènes, ou scatologiques.

34. *Vis* ou bien *vitz*, membre viril.

35. *Pots à boire*, ou *pots de chambre?* La réplique : *C'est bien chié chanté* : c'est bien inventé, s'enchaîne avec le dernier sens.

36. *« Voulez-vous confier quelque chose à la rivière? Celui-ci va laver les tripes. »* C'était l'usage de laver les tripes à la rivière, mais ici le buveur se lave les tripes au vin.

37. Cette locution proverbiale figure déjà dans le *Pantagruel*, chap. XVI : *« A l'une foys il assembloit troys ou quatre bons rustres, les faisoit boire comme Templiers... »* (p. 221).

38. *« Et moi comme un époux »*, expression biblique tournée en jeu de mots sur *sponsus* (époux) et *spongia* (éponge).

39. *« Et moi comme terre sans eau »*, autre comparaison biblique, (*Psaumes*, CXLII, 6). Ce sont des clercs qui plaisantent.

40. Terme de droit : procédure contraignant à produire des actes. Le *jambon*, lui, fait sortir les *buvettes*.

41. *Échelle de caviste*.

42. *La charge n'est pas complète*.

43. *« Regarde la personne; verse pour deux; bus n'est pas en usage. »* Jeu de mots sur *bus*, passé du verbe boire, et *bus* désinence pluriel de l'ablatif latin de *duo*; il aurait dû dire *pro duobus* et non *pro duos*, aussi excuse-t-il le solécisme par un calembour : Regarde à qui tu verses; verse pour deux (j'en vaux bien deux); *avoir bu* n'est pas en usage, mais *boire*.

44. *Depuis longtemps*.

45. Grand argentier de Charles VII (1395-1456).

46. *« Ainsi science conquit Melinde. »* Melinde se trouve à l'embouchure du Zambèze, première escale de Vasco de Gama, après le Cap. Le *royaume de Melinde* figure dans les navigations de *Pantagruel* (chap. XXIV, p. 313); c'est le symbole des fabuleuses richesses d'Extrême-Orient.

que je foys, mes crediteurs auroient bien leur vin quand on viendroyt à la formule de exhiber[29].

— Ceste main vous guaste le nez[30].

— O quants aultres[31] y entreront avant que cestuy cy en sorte!

— Boyre à si petit gué c'est pour rompre son poictral[32].

— Cecy s'appelle pipée[33] à flaccons.

— Quelle difference est entre bouteille et flaccon?

— Grande, car bouteille est fermée à bouchon, et flaccon à viz[34].

— De belles!

— Nos peres beurent bien et vuiderent les potz[35].

— C'est bien chié chanté. Beuvons!

— Voulez-vous rien mander à la riviere? Cestuy cy va laver les tripes[36].

— Je ne boy en plus qu'une esponge.

— Je boy comme un templier[37].

— Et je *tanquam sponsus*[38].

— Et moy *sicut terra sine aqua*[39].

— Un synonyme de jambon?

— C'est une compulsoire de beuvettes[40]; c'est un poulain[41]. Par le poulain on descend le vin en cave; par le jambon en l'estomach.

— Or çà, à boire, à boire çà! Il n'y a poinct charge[42]. *Respice personam; pone pro duos; bus non est in usu*[43].

— Si je montois aussi bien comme j'avalle, je feusse pieçà[44] hault en l'aer.

— Ainsi se feist Jacques Cueur[45] riche.

— Ainsi profitent boys en friche.

— Ainsi conquesta Bacchus l'Inde.

— Ainsi philosophie Melinde[46].

— Petite pluye abat grand vent. Longues beuvettes rompent le tonnoire[47].

— Mais, si ma couille pissoit telle urine, la vouldriez vous bien sugcer?

47. *Tonnerre.*

48. « *Page, verse! Je m'inscris pour mon tour de boire.* » Parodie du jargon juridique : l'*insinuation* est l'enregistrement d'une nomination sur les registres publics.

49. « *J'en appelle de la condamnation à la soif, comme abusive. Page, charge-toi de mon appel selon les formes.* »

50. *Rognure.*

51. *J'avais l'habitude.*

52. « *Voici tripes dignes d'enjeu et godebillaux* [sortes de tripes]*, qui méritent relance ; celles de ce bœuf de couleur fauve.* »

53. « *Raclons-le complètement.* » Accumulation de calembours : *Fauvel* ou *Fauveau*, héros d'un roman populaire, est un cheval que tout le monde *étrille*. Le nom de *Fauvel* signifie : *faux veau*. D'où les plaisanteries du *Quart Livre*, chap. IX : « *Bonjour, mon estrille.* » *Elle le resalua, disant : « Bonne estreine, mon fauveau. — Hay, Hay, Hay! s'escria Panurge, venez veoir une estrille, une fau et un veau. N'est ce estrille fauveau?...* »

54. « *A boire, compagnon !* », en basque.

55. « *Il n'y a trou de lapin en tout mon corps où ce vin ne chasse la soif au furet.* » En patois berrichon, *rabouillière* désigne le terrier, et le trou d'écrevisse.

56. « *Crions à son de corne...* » Mais ici, c'est *à son de flacons.*

57. « *J'ai soif.* » Une des dernières paroles de Jésus sur la Croix, quand tout est consommé. Les adaptations bouffonnes des textes sacrés ne choquaient pas au Moyen Age et au XVIᵉ s. ; elles étaient fréquentes dans les « sermons joyeux ».

58. « *Incombustible* ». Calembour sur *Paternité.* C'est un *Révérend Père* qui parle...

59. Allusion au dicton populaire, qui figure dans le traité *De Causis* (1525) de Jérôme de Hangest, évêque du Mans.

60. *Je vous y prends...* [à dormir].

61. *Briarée,* fils du Ciel et de la Terre avait cinquante têtes et cent bras... dont il ne se servait pas pour verser à boire!

62. « *Compagnon, trinque !* » Dialecte germanique employé par les lansquenets ou les mercenaires suisses. Après le valet basque, c'est le soldat germanique qui invite à boire.

63. « *De bon cœur.* »

64. « Bâfré ».

— Je retiens après.

— Paige, baille; je t'insinue ma nomination en mon tour[48].

— Hume, Guillot! Encores y en a il un pot.

— Je me porte pour appellant de soif comme d'abus. Paige, relieve mon appel en forme[49].

— Ceste roigneure[50]!

— Je souloys[51] jadis boyre tout; maintenant je n'y laisse rien.

— Ne nous hastons pas et amassons bien tout.

— Voycy trippes de jeu et guodebillaux d'envy de ce fauveau à la raye noire[52]. O, pour Dieu, estrillons[53] le à profict de mesnaige!

— Beuvez, ou je vous...

— Non, non!

— Beuvez, je vous en prye.

— Les passereaux ne mangent sinon que on leurs tappe les queues; je ne boy sinon qu'on me flatte.

— *Lagona edatera*[54]! Il n'y a raboulliere en tout mon corps où cestuy vin ne furette[55] la soif.

— Cestuy cy me la fouette bien.

— Cestuy cy me la bannira du tout.

— Cornons[56] icy, à son de flaccons et bouteilles, que quiconques aura perdu la soif ne ayt à la chercher ceans : longs clysteres de beuverie l'ont faict vuyder hors le logis.

— Le grand Dieu feist les planettes et nous faisons les platz netz.

— J'ai la parolle de Dieu en bouche : *Sitio*[57].

— La pierre dite ἄϭϭεϭτοϛ[58] n'est plus inextinguible que la soif de ma Paternité.

— L'appetit vient en mangeant, disoit Angest on Mans[59]; la soif s'en va en beuvant.

— Remede contre la soif?

— Il est contraire à celluy qui est contre morsure

65. *« O Larme du Christ ! »* Ce vin de muscat célèbre se récolte à l'abbaye de Montefiascone, sur les pentes du Vésuve. L'abbaye conserve dans son trésor une larme du Christ, d'où le nom du cru.

66. Métairie où Rabelais est né. Il y a encore aujourd'hui des vignobles à proximité. Le *pineau*, vin « blanc de blanc » était déjà fort apprécié au xve s. Ce sera encore le vin préféré de Montaigne. Les *« Bien Yvres »* égalent le pineau de La Devinière au *Lacryma Christi*.

67. On dit encore *un vin de velours*, pour vanter le moelleux du bouquet.

68. Métaphore restée obscure. Le vin est-il rare, parce qu'il n'a qu'une *oreille*, au lieu de *deux*, comme tout le monde (explication proposée par M. Jourda), ou bien le compare-t-on à un vêtement ou un tissu de laine, image amenée par *taffetas*?

69. Jeu de mots : *« j'ai fait une levée »*, comme aux cartes, mais en levant mon verre.

70. Application burlesque du psaume LXXIV : Dieu verse un calice de vin mêlé d'amertume tantôt à un pécheur, tantôt à un autre : *De ceci en cela*, comme : « de verre en bouche », ainsi qu'on chante dans les chansons de vignerons.

71. *« Hum, Hum ! »* Le convive feint de tousser.

72. Exemple d'antistrophe ou contrepèterie, plaisanterie fréquente chez Marot et Rabelais; cf. *Pantagruel*, chap. xvi, p. 225 : *« femme folle à la messe et femme molle à la fesse. »* On ignore qui est *prêtre Macé* : bourreau de Paris, versificateur adversaire de Marot? Ou bien, nom symbolique de *niais*, comme *Frère Lubin*, ou de mari trompé.

73. *Verse à ras bords.*

74. *A rouges bords !* Que le verre soit rouge comme un chapeau de cardinal. Locution usuelle, même s'il s'agit de *pineau*.

75. « La nature a horreur du vide », principe de l'ancienne Physique.

76. *« Une mouche n'y trouverait à boire. »*

77. Les Bretons avaient la réputation de boire sec (comme les Suisses et les Allemands...).

78. *« Vin »;* l'expression est très fréquente chez Rabelais.

79. *« Herbes médicinales »* : remède souverain (cf. le *Dit de l'Herberie*, de Rutebeuf).

de chien : courrez tousjours après le chien, jamais
ne vous mordera; beuvez tousjours avant la soif, et
jamais ne vous adviendra.

— Je vous y prens[60], je vous resveille. Sommelier
eternel, guarde nous de somme. Argus avoyt cent yeulx
pour veoir; cent mains fault à un sommelier, comme
avoyt Briareus[61], pour infatigablement verser.

— Mouillons, hay, il faict beau seicher!

— Du blanc! Verse tout, verse de par le diable!
Verse deçà, tout plein : la langue me pelle.

— Lans, tringue[62]!

— A toy, compaing! De hayt[63], de hayt!

— Là! là! là! C'est morfiaillé[64], cela.

— *O lachryma Christi*[65]!

— C'est de La Deviniere[66], c'est vin pineau!

— O le gentil vin blanc!

— Et, par mon ame, ce n'est que vin de tafetas[67].

— Hen, hen, il est à une aureille[68], bien drappé et
de bonne laine.

— Mon compaignon, couraige!

— Pour ce jeu nous ne voulerons pas, car j'ay faict
un levé[69].

— *Ex hoc in hoc*[70]. Il n'y a poinct d'enchantement;
chascun de vous l'a veu; je y suis maistre passé.

— A brum! A brum[71]! je suis prebstre Macé[72].

— O les beuveurs! O les alterez!

— Paige, mon amy, emplis icy et couronne le vin[73],
je te pry.

— A la Cardinale[74]!

— *Natura abhorret vacuum*[75].

— Diriez vous qu'une mouche y eust beu[76]?

— A la mode de Bretaigne[77]!

— Net, net, à ce pyot[78]!

— Avallez, ce sont herbes[79]! »

1. *Étendue sur l'herbe*. Les convives après dîner sont allés danser sur l'herbe drue, à la Saulsaie (cf. fin du chap. IV).

2. *Bref.*

3. Comme les chevaux mis au vert, et dont les sabots usés repoussent.

4. *Enlèverait.*

5. *Débarrassez-vous.*

6. *Je ferai tous mes efforts.*

7. *Sang des chèvres.*

* Variante des éditions de 1535 à 1537 (à quelques graphies près) : « *Soubvenance. Je le prouve, disait-il. Dieu (c'est nostre Saulveur) dict en l'évangile Joan, 16 : « La femme qui est à l'heure de son enfantement a tristesse, mais lorsqu'elle a enfanté, elle n'a soubvenir aulcun de son angoisse.* » *Ha (dist elle) vous dictes bien et ayme beaucoup mieulx ouyr telz propos de l'Évangile et mieulx m'en trouve que de ouyr la vie de saincte Marguerite ou quelque aultre capharderie* ». Le *Prologue* du *Pantagruel* compare l'effet curatif de cet ouvrage à celui de la vie de sainte Marguerite (p. 35). Rabelais se moque de cette dévotion, en l'opposant à l'Évangile. Elle était pourtant très répandue de son temps. Pourquoi le texte du *Gargantua* de 1542 a-t-il été allégé de ce passage? Peut-être par prudence, le terme *capharderie* soulignant son caractère satirique; peut-être aussi pour éviter une répétition, puisque la référence à cette superstition est maintenue dans le *Pantagruel* de 1542.

CHAPITRE VI

Comment Gargantua nasquit en façon bien estrange.

Eulx tenens ces menuz propos de beuverie, Gargamelle commença se porter mal du bas, dont Grandgousier se leva dessus l'herbe et la reconfortoit honestement,
pensant que ce feut mal d'enfant, et luy disant qu'elle
s'estoit là herbée[1] soubz la Saulsaye et qu'en brief[2] elle
feroit piedz neufz[3] : par ce luy convenoit prendre couraige nouveau au nouvel advenement de son poupon,
et, encores que la douleur luy feust quelque peu en
fascherie, toutesfoys que ycelle seroit briefve, et la joye
qui toust succederoit luy tolliroit[4] tout cest ennuy, en
sorte que seulement ne luy en resteroit la soubvenance*.

« Couraige de brebis (disoyt il) depeschez vous[5] de
cestuy cy, et bien toust en faisons un aultre.

— Ha! (dist elle) tant vous parlez à votre aize, vous
aultres hommes! Bien, de par Dieu, je me parforceray[6],
puisqu'il vous plaist. Mais pleust à Dieu que vous l'eussiez coupé!

— Quoy? dist Grandgousier.

— Ha! (dist elle) que vous estes bon homme! Vous
l'entendez bien.

— Mon membre? (dist il). Sang de les cabres[7]! si
bon vous semble, faictes apporter un cousteau.

8. *Pardonne.*

9. *Beaucoup.*

10. *Coups de vin* (en gascon).

11. *Appeler, en mettant les mains en porte-voix.*

12. *Morceaux de peau.*

13. *Par le relâchement de l'intestin droit.*

14. *Sale.*

15. Nom réel d'un hameau, commune de Saint-Genou, cant. de Buzançais, près de Châteauroux.

16. *Soixante ans auparavant.*

17. *Astringent.*

18. *Sphincters.*

19. *Bouchés.*

20. *Galantes.*

21. Allusion à une légende racontée dans le *Mystère de la vie de saint Martin :* pendant que le saint célèbre la messe, le diable note sur un parchemin les bavardages de deux commères. Comme son *rolet* est trop court pour tout enregistrer, il tire sur le parchemin avec ses dents pour l'allonger; mais celui-ci se déchire et le diable en tombant heurte un pilier.

22. *La veine cave.*

23. *Grimpant.*

24. *Aussitôt qu'il.*

— Ha! (dit-elle) jà Dieu ne plaise! Dieu me le pardoient[8]! je ne le dis de bon cueur, et pour ma parolle n'en faictes ne plus ne moins. Mais je auray prou[9] d'affaires aujourd'huy, si Dieu ne me ayde, et tout par vostre membre, que vous feussiez bien ayse.

— Couraige, couraige! (dist il). Ne vous souciez au reste et laissez faire au quatre bœufz de devant. Je m'en voys boyre encores quelque veguade[10]. Si ce pendent vous survenoit quelque mal, je me tiendray près : huschant en paulme[11], je me rendray à vous. »

Peu de temps après, elle commença à souspirer, lamenter et crier. Soubdain vindrent à tas saiges femmes de tous coustez, et, la tastant par le bas, trouverent quelques pellauderies[12] assez de maulvais goust, et pensoient que ce feust l'enfant; mais c'estoit le fondement qui luy escappoit, à la mollification du droict intestine[13] — lequel vous appellez le boyau cullier — par trop avoir mangé des tripes, comme avons déclairé cy dessus.

Dont une horde[14] vieille de la compaignie, laquelle avoit reputation d'estre grande medicine et là estoit venue de Brizepaille[15] d'auprès Sainct Genou devant soixante ans[16], luy feist un restrinctif[17] si horrible que tous ses larrys[18] tant feurent oppilez[19] et reserrez que à grande poine, avecques les dentz, vous les eussiez eslargiz, qui est chose bien horrible à penser : mesmement que le diable, à la messe de sainct Martin escripvant le quaquet de deux Gualoises[20], a belles dentz alongea son parchemin[21].

Par cest inconvenient feurent au dessus relaschez les cotyledons de la matrice, par lesquelz sursaulta l'enfant, et entra en la vene creuse[22], et, gravant[23] par le diaphragme jusques au dessus des espaules (où ladicte vene se part en deux), print son chemin à gauche, et sortit par l'aureille senestre.

Soubdain[24] qu'il fut né, ne cria comme les aultres

25. Le *pays de Beusse,* près de Loudun, et le *Vivaráis,* prononcé à la gasconne, *Bibarais* évoquent l'un et l'autre le verbe *boire.*

26. *Ne vous emberlificolez pas ;* cf. *Pantagruel,* chap. XIII, p. 185.

27. Les légendes de *Rocquetaillade* et de *Crocquemouche* ne sont pas identifiées; leur voisinage avec les dieux de la mythologie produit un effet burlesque, d'autant que le nom de *Crocquemouche* évoque plutôt un personnage grotesque de roman qu'un héros.

28. Adonis était fils de Myrrha et du propre père de la princesse. Lorsque l'inceste fut découvert, Myrrha fut métamorphosée en l'arbre qui porte son nom.

29. *D'un œuf pondu et éclos par Léda .* Jupiter, sous la forme d'un cygne, aima Léda qui eut deux œufs; l'un venant de son mari Tyndare donna naissance à Castor et à Clytemnestre; Hélène et Pollux naquirent de l'œuf fécondé par Jupiter.

30. *Tarabustez.*

* Les premières éditions (jusqu'en 1537) comportaient une variante agressive et risquée :
... escript. Ne dict pas Solomon Proverbiorum 14 : « Innocens credit omniverbo etc. » et Sainct Paul, prime Corinthio. 13 : « Charitas omnia credit ». Pourquoy ne le croyriez vous? Pour ce (dictez vous) qu'il n'y a nulle apparence. Je vous dicz que pour ceste seule cause vous le debvez croyre en foy parfaicte. Car les Sorbonistes disent que foy est argument des choses de nulle apparence. Est-ce contre... »

enfans : « Mies! mies! », mais à haulte voix s'escrioit :
« A boire! à boire! à boire! », comme invitant tout
le monde à boire, si bien qu'il fut ouy de tout le pays
de Beusse et de Bibaroys[25].

Je me doubte que ne croyez asseurement ceste
estrange nativité. Si ne le croyez, je ne m'en soucie,
mais un homme de bien, un homme de bon sens,
croit tousjours ce qu'on luy dict et qu'il trouve par
escript*. Est ce contre nostre loy, notre foy, contre
raison, contre la Saincte Escripture? De ma part, je
ne trouve rien escript es Bibles sainctes qui soit contre
cela. Mais, si le vouloir de Dieu tel eust esté, diriez vous
qu'il ne l'eust peu faire? Ha, pour grace, ne embure-
lucocquez[26] jamais vous espritz de ces vaines pensées,
car je vous diz que à Dieu rien n'est impossible, et,
s'il vouloit, les femmes auroient doresnavant ainsi leurs
enfans par l'aureille.

Bacchus ne fut il engendré par la cuisse de Jupiter?
Rocquetaillade nasquit il pas du talon de sa mère[27]?
Crocquemouche de la pantofle de sa nourrice?
Minerve nasquit elle pas du cerveau par l'aureille de
Jupiter?
Adonis par l'escorce d'un arbre de mirrhe[28]?
Castor et Polux de la cocque d'un œuf, pont et
esclous par Leda[29]?
Mais vous seriez bien dadvantaige esbahys et estonnez
si je vous exposoys presentement tout le chapitre dé
Pline auquel parle des enfantemens estranges et contre
nature; et toutesfoys je ne suis poinct menteur tant
asseuré comme il a esté. Lisez le septiesme de sa *Natu-
relle Histoire, capi. iij,* et ne m'en tabustez[30] plus l'entendement.

1. Le nom de *Gargantua*, comme celui de ses parents, signifie *grande gorge*, et par suite, *gros mangeur*. D'origine méridionale, le nom est cité en 1471 dans un registre de l'évêque de Limoges : c'est le sobriquet d'un visiteur de l'évêque. Il a été depuis popularisé par les *Grandes Cronicques*, auquel Rabelais l'a emprunté.

2. *Poussait de grands cris*. Aujourd'hui, ne s'emploie que pour les cris du cerf.

3. Le nom de l'enfant était déterminé non par la « *première parole* » du père, mais par une circonstance de la naissance. Dans la nativité de Pantagruel (chap. II, p. 61), Rabelais propose aussi une étymologie plaisante pour son héros.

4. Pantagruel hume le lait de « *quatre mille six cents vaches* » (cf. chap. IV, p. 69). Rabelais se divertit par ces précisions numériques de haute fantaisie.

5. Pontille (*Pautelle*) et Bréhémont sont par contre des noms de lieux réels : Le hameau de Pontille dépend de la commune de Cinais près de Chinon, et a encore comme lieu-dit le *pré Rabelais*; les prairies de Bréhémont sont dans le canton d'Azay-le-Rideau. Le comique vient de ce mélange perpétuel des éléments de réalité et de fiction.

6. *Disciples de Duns Scot*, franciscain du XIIIᵉ s., que Rabelais considère comme le symbole des ténèbres scolastiques : Les *Barbouillamenta* [Barbouillages] *Scoti* figurent en bonne place parmi les ouvrages ridicules de la *Librairie de Sainct-Victor* (*Pantagruel*, p. 109).

7. La *pipe* est une grosse futaille d'un muid et demi.

CHAPITRE VII

Comment le nom fut imposé à Gargantua[1]
et comment il humoit le piot.

LE bon homme Grandgousier, beuvant et se rigollant avecques les aultres, entendit le cry horrible que son filz avoit faict entrant en lumière de ce monde, quand il brasmoit[2], demandant : « A boyre! à boyre! à boyre! » Dont il dist : « Que grand tu as! » (*supple* le gousier). Ce que ouyans, les assistans dirent que vrayement il debvoit avoir par ce le nom Gargantua, puisque telle avoit esté la première parolle de son pere à sa naissance, à l'imitation et exemple des anciens Hebreux[3]. A quoy fut condescendu par icelluy, et pleut très bien à sa mere. Et, pour l'appaiser, luy donnerent à boyre à tyre larigot, et feut porté sus les fonts et là baptisé, comme est la coutume des bons christiens.

Et luy feurent ordonnées dix et sept mille neuf cens treze vaches[4] de Pautille et de Brehemond[5] pour l'alaicter ordinairement. Car de trouver nourrice suffisante n'estoit possible en tout le pays, considéré la grande quantité de laict requis pour icelluy alimenter, combien qu'aulcuns docteurs Scotistes[6] ayent affermé que sa mere l'alaicta et qu'elle pouvoit traire de ses mammelles quatorze cens deux pipes[7] neuf potées de laict pour chas-

8. Adverbe plaisamment formé par Rabelais sur l'adj. *mammal,* pourvu de mamelles.

9. *Pieuses.*

10. *Dangereuse.*

11. Rabelais reproduit (en la traduisant) la formule habituelle de la condamnation par la Sorbonne : *Sententiam piarum aurium offensivam et hœresim sapientem.*

12. Nom très courant dans le Chinonais : sans doute celui d'un artisan connu de Rabelais.

13. Vocabulaire médical : *lymphatique.*

14. *Vin.* Cf. *Pantagruel,* chap. I, p. 45 : « *tous furent amateurs de purée septembrale* », et chap. XXXIV, p. 421 : « *les registres de mon cerveau sont quelque peu brouillez de ceste purée de septembre.* »

15. *Dépité.*

16. *Sa foi,* (forme dialectale, cf. chap. V : *Par ma fy*).

17. *Bouchon.*

18. *Berçait.*

19. *Monocordisant,* jouant du *monocorde,* sorte de clavecin.

* Variante des premières éditions (1535-1537) : *déclarée par Sorbonne scandaleuse.* Le changement burlesque en *mammallement* est à la fois plus comique et plus prudent.

cune foys, ce que n'est vraysemblable, et a esté la proposition déclairée mamallement[8] scandaleuse*, des
pitoyables[9] aureilles offensive[10], et sentent de loing here-
sie[11].

En cest estat passa jusques à un an et dix moys,
onquel temps, par le conseil des medecins, on commença le porter, et fut faicte une belle charrette à beufs
par l'invention de Jehan Denyau[12]. Dedans icelle on le
pourmenoit par cy par là joyeusement; et le faisoit bon
veoir, car il portoit bonne troigne et avoit presque dix
et huyt mentons; et ne crioit que bien peu; mais il se
conchioit à toutes heures, car il estoit merveilleusement
phlegmaticque[13] des fesses, tant de sa complexion naturelle que de la disposition accidentale qui luy estoit
advenue par trop humer de purée septembrale[14]. Et n'en
humoyt goutte sans cause, car, s'il advenoit qu'il feust
despit[15], courroussé, fasché ou marry, s'il trepignoyt, s'il
pleuroit, s'il crioit, luy apportant à boyre l'on le remettoit en nature, et soubdain demouroit coy et joyeulx.

Une de ses gouvernantes m'a dict, jurant sa fy[16], que
de ce faire il estoit tant coustumier, qu'au seul son des
pinthes et flaccons il entroit en ecstase, comme s'il gous-
toit les joyes de paradis. En sorte qu'elles, considerans
ceste complexion divine, pour le resjouir, au matin,
faisoient davant luy sonner des verres avecques un
cousteau, ou des flaccons avecques leur toupon[17], ou des
pinthes avecques leur couvercle, auquel son il s'es-
guayoit, il tressailloit, et luy mesmes se bressoit[18] en
dodelinant de la teste, monichordisant[19] des doigtz et
barytonant du cul.

1. Un an et dix mois.

2. *Pancartes*.

3. Petite ville au confluent de la Vienne et de la Loire, bien connue de Rabelais, mais où il n'y eut jamais de *Chambres des Comptes*.

4. *Coupées*.

5. *Châtellerault* (Vienne) avait des toiles célèbres aux XVIe et XVIIe siècles.

6. *Goussets*.

7. *Aiguille*.

8. Équivoque : le gros bout de l'aiguille s'appela le *cul* jusqu'au XVIIIe s. Les lingères passaient pour être de mœurs légères.

9. Justaucorps descendant jusqu'à la ceinture et décolleté à l'encolure.

10. Les *aiguillettes* servaient à rattacher les chausses au pourpoint.

11. *Ockam*, cordelier anglais du XIVe s., chef de l'école nominaliste. Rabelais le raille tout autant que son adversaire Scot; cf. *Pantagruel*, chap. VII (*Catalogue de la librairie de Sainct-Victor* (p. 111) : « *Les marmitons de Olcam, à simple tonsure*. ») Les *Exponibles* étaient une partie de la logique formelle. M. *Haultechaussade* (cf. Haut-de-chausse) est un nom de fantaisie.

CHAPITRE VIII

Comment on vestit Gargantua.

Luy estant en cest eage[1], son pere ordonna qu'on luy feist habillemens à sa livrée, laquelle estoit blanc et bleu. De faict on y besoigna, et furent faictz, taillez et cousuz à la mode qui pour lors couroit. Par les anciens pantarches[2], qui sont en la Chambre des Comptes à Montsoreau[3], je trouve qu'il feust vestu en la façon que s'ensuyt :

Pour sa chemise furent levées[4] neuf cens aulnes de toille de Chasteleraud[5], et deux cens pour les coussons[6] en sorte de carreaulx, lesquelz on mist soubz les esselles. Et n'estoit poinct froncée, car la fronsure des chemises n'a esté inventée sinon depuis que les lingieres, lorsque la poincte de leur agueille[7] estoit rompue, ont commencé besoigner du cul[8].

Pour son pourpoinct[9] furent levées huyt cens treize aulnes de satin blanc, et pour les agueillettes[10] quinze cens neuf peaulx et demye de chiens. Lors commença le monde attacher les chausses au pourpoinct, et non le pourpoinct aux chausses; car c'est chose contre nature, comme amplement a déclaré Olkam[11] sus les *Exponibles* de M. Haultechaussade.

12. Tissu léger de laine.

13. *Cannelées*.

14. *Bouffait*.

15. *Jambes*.

16. *Attachée*.

17. Cette braguette est aussi extraordinaire que le géant qui la porte. Rabelais s'est déjà moqué de cette mode dans le *Pantagruel* (chap. XVIII, p. 259) : *« Panurge avoit mis au-bout de sa longue braguette un beau floc de soye, rouge, blanche, verte et bleue, et dedans, avoit mis une belle pomme d'orange. »*

18. *Des pierres*, ouvrage attribué faussement à Orphée.

19. Le dernier livre de l'*Histoire naturelle* de Pline parle des émeraudes; aucun de ces deux livres ne mentionne la *vertu érective* de l'émeraude; les traités médicaux du XVIe s. prétendent au contraire que celle-ci calmait les ardeurs amoureuses.

20. *Saillie*.

21. Mesure valant environ 1 m 80.

22. Broderie de fils d'or ou d'argent enroulés en spirale.

23. Perles pêchées dans le golfe Persique.

24. *Monuments antiques*, sans nuance péjorative.

25. Rhea, mère de Zeus, pour le soustraire à la voracité de Saturne confia l'enfant aux nymphes Ida et Adrastée, qui le nourrirent du lait de la chèvre Amalthée, sur le mont Ida, en Crète. La chèvre s'étant brisé une corne, celle-ci fut remplie de fruits et de fleurs, devenant une corne d'abondance.

26. *Suintante*.

27. Rabelais prend le contre-pied de la formule usuelle : je renie Dieu, [s'il ne faisait pas bon la voir].

28. Cf. *Prologue* (p. 37) et *Pantagruel* (chap. XV, p. 217).

29. *Ravitaillée*.

30. *Galants*.

31. *Préjudice*.

Pour ses chausses feurent levez unze cens cinq aulnes et ung tiers d'estamet[12] blanc. Et feurent deschisquetez en forme de colomnes, striées et crenelées[13] par le derriere, afin de n'eschaufer les reins. Et flocquoit[14], par dedans la deschicqueture, de damas bleu tant que besoing estoit. Et notez qu'il avoit très belles griefves[15] et bien proportionnez au reste de sa stature.

Pour la braguette feurent levées seize aulnes un quartier d'icelluy mesmes drap. Et fut la forme d'icelle comme d'un arc boutant, bien estachée[16] joyeusement à deux belles boucles d'or, que prenoient deux crochetz d'esmail, en un chascun desquelz estoit enchassée une grosse esmeraugde de la grosseur d'une pomme d'orange[17]. Car (ainsi que dict Orpheus, *libro De Lapidibus*[18], et Pline, *libro ultimo*[19]) elle a vertu erective et confortative du membre naturel. L'exiture[20] de la braguette estoit à la longueur d'une canne[21], deschicquetée comme les chausses, avecques le damas bleu flottant comme davant. Mais, voyans la belle brodure de canetille[22] et les plaisans entrelatz d'orfeverie, garniz de fins diamens, fins rubiz, fines turquoyses, fines esmeraugdes et unions Persicques[23], vous l'eussiez comparée à une belle corne d'abondance, telle que voyez es antiquailles[24], et telle que donna Rhea es deux nymphes Adrastea et Ida, nourrices de Jupiter[25]; — tousjours gualante, succulente, resudante[26], tousjours verdoyante, tousjours fleurissante, tousjours fructifiante, plene d'humeurs, plene de fleurs, plene de fruictz, plene de toutes delices. Je advoue[27] Dieu s'il ne la faisoit bon veoir! Mais je vous en exposeray bien dadvantaige au livre que j'ay faict *De la dignité des braguettes*[28]. D'un cas vous advertis que, si elle estoit bien longue et bien ample, si estoit elle bien garnie au dedans et bien avitaillée[29], en rien ne ressemblant les hypocriticques braguettes d'un tas de muguetz[30], qui ne sont plenes que de vent, au grand interest[31] du sexe feminin.

32. Après la mode des chaussures *à la poulaine,* très effilées et pointues, on fit des chaussures presque rectangulaires, à bouts carrés, dont le dessus, en étoffe, était divisé par des « crevés » en « *cylindres* » ou boudins.

33. *Semelle.*

34. *Queue de morue,* c. a. d. fendue en deux.

35. Vêtement de dessus très ample, qui se portait sur le pourpoint.

36. *En graine* (d'écarlate).

37. Les broderies représentent des feuilles de vigne.

38. *De pintes faites en canetille d'argent* (cf. note n° 22).

39. *Anneaux.*

40. *Grand buveur, Vide-Pots;* cf. *Prologue* du *Gargantua* (note 26).

41. *De Valence.* Les armes de Valence et de Sarragosse étaient réputées.

42. *Hidalgos ivrognes.*

43. Les *Marranes* sont des convertis de fraîche date, Maures ou Juifs. Beaucoup de nobles espagnols avaient contracté des mariages avec ces *marranes.*

44. *Éléphant.*

45. Allusion possible à Humbert de Pracontal, célèbre corsaire en Méditerranée.

46. *Parfilé.*

47. Tête.

48. A la mauresque.

49. *Plumet.*

50. *Pélican.*

51. Contrée d'Asie centrale, symbole de sauvagerie; les Anciens comparaient les amants furieux à des « tigres d'Hircanie ».

Pour ses souliers furent levées quatre cens six aulnes de velours bleu cramoysi. Et furent deschicquettez mignonement par lignes parallelles joinctes en cylindres uniformes[32]. Pour la quarreleure[33] d'iceulx, furent employez unze cens peaulx de vache brune, taillée à queues de merluz[34].

Pour son saie[35] furent levez dix et huyt cens aulnes de velours bleu, tainct en grene[36], brodé à l'entour de belles vignettes[37] et par le mylieu de pinthes d'argent de canetille[38], enchevestrées de verges[39] d'or avecques force perles : par ce denotant qu'il seroit un bon fesse-pinthe[40] en son temps.

Sa ceinture feut de troys cens aulnes et demye de cerge de soye, moytié blanche et moytié bleu (ou je suis bien abusé).

Son espée ne feut Valentienne[41] ny son poignart Sarragossoys, car son pere hayssoit tous ces indalgos[42] bourrachous, marranisez[43] comme diables; mais il eut la belle espée de boys et le poignart de cuir bouilly, pinctz et dorez comme un chascun soubhaiteroit.

Sa bourse fut faicte de la couille d'un oriflant[44] que lui donna Her Pracontal, proconsul de Libye[45].

Pour sa robbe furent levées neuf mille six cens aulnes moins deux tiers de velours bleu comme dessus, tout porfilé[46] d'or en figure diagonale, dont par juste perspective yssoit une couleur innommée, telle que voyez es coulz des tourterelles, qui resjouissoit merveilleusement les yeulx des spectateurs.

Pour son bonnet furent levées troys cens deux aulnes ung quart de velours blanc. Et feut la forme d'icelluy large et ronde à la capacité du chief[47], car son pere disoit que ces bonnetz à la Marrabeise[48], faictz comme une crouste de pasté, porteroient quelque jour malencontre à leurs tonduz.

Pour son plumart[49] pourtoit une belle grande plume bleue, prinse d'un onocrotal[50] du pays de Hircanie[51]

52. Emblème qui se portait comme une cocarde au chapeau ou au bonnet.

53. *Plaque*.

54. Le *marc* pesait un peu plus de 244 g, ce qui fait un poids de plus de 16 kg pour l'emblème.

55. *Convenable*.

56. *Le Banquet*, dialogue sur l'amour; il s'agit du portrait de l'androgyne, d'après Platon (189 c).

57. Citation de saint Paul, 1re *Ép. aux Corinthiens* : « La charité ne cherche pas son propre avantage », conseil d'altruisme.

58. *Grains*.

59. *Gravés*.

60. *Dragons*.

61. Nekhepso roi d'Égypte de 681 à 674. Avait la réputation d'un magicien.

62. *Bouche*, c.-à-d. *orifice*.

63. *Bénéfice*.

64. *Grecs*. Rabelais fait allusion au traité attribué à Galien, où l'on donne des propriétés curatives au jaspe : l'auteur expose qu'il s'était fait un collier de jaspe lui descendant jusqu'à l'estomac.

65. *Gants*.

La peau de *lutin* passait pour impénétrable aux balles; cf. *Pantagruel* (chap. XXVI, p. 331). L'armée du géant Loup Garou compte : « *cent soixante et troys mille piétons, tous armés de peaulx de lutins*. »

66. La croyance aux *loups-garous*, ou hommes-loups, était très répandue au XVIe s. Ronsard (*Réponse aux injures...*, 1563) imagine son adversaire sous la forme d'un loup-garou :
« *Il a le museau tors, et le dos hérissé,*
Ainsi qu'un gros mastin des dogues pelissé. »

67. *Bordure*.

la saulvaige, bien mignonement pendente sus l'aureille
droicte.

Pour son image[52] avoit, en une platine[53] d'or pesant
soixante et huyt marcs[54], une figure d'esmail compe-
tent[55], en laquelle estoit pourtraict un corps humain
ayant deux testes, l'une virée vers l'autre, quatre bras,
quatre piedz et deux culz, telz que dict Platon, *in Sym-
posio*[56], avoir esté l'humaine nature à son commencement mystic, et autour estoit escript en lettres Ioniques :

ΑΓΑΠΗ ΟΥΖΗΤΕΙ ΤΑ ΕΑΥΤΗΣ[57]

Pour porter au col, eut une chaisne d'or pesante
vingt et cinq mille soixante et troys marcs d'or, faicte
en forme de grosses bacces[58], entre lesquelles estoient
en œuvre gros jaspes verds, engravez[59] et taillez en
dracons[60] tous environnez de rayes et estincelles, comme
les portoit jadis le roy Necepsos[61] ; et descendoit jusque à
la boucque[62] du hault ventre : dont toute sa vie en eut
l'emolument[63] tel que sçavent les medecins Gregoys[64].

Pour ses guands[65] furent mises en œuvre seize peaulx
de lutins, et troys de loups guarous[66] pour la brodure[67]
d'iceulx ; et de telle matiere luy feurent faictz par
l'ordonnance des cabalistes de Sainlouand[68].

Pour ses aneaulx (lesquelz voulut son pere qu'il
portast pour renouveller le signe antique de noblesse)
il eut, au doigt indice[69] de sa main gauche, une escar-
boucle grosse comme un œuf d'austruche, enchassée
en or de seraph[70] bien mignonement. Au doigt medical[71]
d'icelle eut un aneau faict des quatre metaulx[72] ensemble en la plus merveilleuse façon que jamais feust
veue, sans que l'assier froisseast l'or, sans que l'argent
foullast le cuyvre ; le tout fut faict par le capitaine
Chappuys[73] et Alcofribas, son bon facteur[74]. Au doigt
medical de la dextre eut un aneau faict en forme
spirale, auquel estoient enchassez un balay[75] en perfection, un diament en poincte, et une esmeraulde de

68. *Les cabalistes de Saint-Louand*. Les *cabalistes* sont des interprètes de la Bible. Dans la lettre de Gargantua à Pantagruel (chap. VIII, p. 129), Rabelais recommande de lire les livres médecins de tous pays, y compris les « *Thalmudistes et Cabalistes* ». Ici le sens est péjoratif et désigne les moines de Saint-Louand, village en aval de Chinon. Dans le chap. XLVII, Saint-Louand est cité parmi les villages envoyant des députations à Grandgousier, et dans le *Quart Livre* (chap. XII) le prieur du couvent bénédictin est présenté comme un plaideur acharné contre le seigneur de Basché : « *chascun jour estoit adjourné, cité, chiquané, à l'appétit et passetemps du gras prieur de Sainct Louant.* »

69. *Index*.

70. *Or pur*. Le *seraph* est une monnaie égyptienne ou persane.

71. *L'annulaire*.

72. Quatre des sept métaux employés par les alchimistes.

73. Ami de Rabelais, mais sans qu'on puisse l'identifier avec certitude au capitaine de vaisseau Michel Chappuis; *Alcofribas*, anagramme de Rabelais (cf. les frontispices du *Pantagruel*).

74. *Homme de confiance*.

75. *Rubis balais*.

76. Fleuve du Paradis terrestre.

77. Hans Carvel reparaît avec le même titre au *Tiers Livre*, chap. XXVIII. En qualité d'orfèvre du fabuleux roi de Mélinde, il est qualifié pour estimer les joyaux de Gargantua.

78. Nom de pièces d'or représentant un *agnus dei*.

79. Les *Fugger*, célèbres banquiers d'Augsbourg, enrichis par le commerce, l'usure et l'importation de pierres précieuses venues des Indes. Comtes d'Empire et mécènes, ils constituaient une véritable dynastie de notoriété mondiale. Le secrétaire de Montaigne (*Journal de Voyage*) note sur le séjour à Augsbourg : « *Nous étions logés à l'enseigne d'un arbre nommé « linde »* [tilleul] *au pays, joignant le palais des Foulcres. L'un de cette famille, mourant il y a quelques années, laissa deux millions nets d'écus de France à ses héritiers, et ces héritiers, pour prier son âme, donnèrent aux Jésuites... trente mille florins. Ladite maison des Foulcres est couverte de cuivre... Nous vîmes deux salles en leur maison : l'une haute, grande, pavée de marbre; l'autre basse, riche de médailles antiques et modernes...* »

Physon[76], de pris inestimable, car Hans Carvel[77], grand lapidaire du roy de Melinde, les estimoit à la valeur de soixante-neuf millions huyt cens nonante et quatre mille dix et huyt moutons à la grand laine[78]; autant l'estimerent les Fourques d'Auxbourg[79].

1. *Grossière et impropre*.

2. C'était en effet le sens attribué par les héraldistes à ces couleurs.

3. *Mesquin, minable*.

4.- Proprement *montagnards*, d'où *colporteurs*, les montagnards se transformant en marchands ambulants pendant l'hiver; le sens est repris par *porteballes*.

5. *Le Blason des couleurs en armes, livrées et devises...*, opuscule rédigé en 1458 par Sicile, héraut d'armes du roi d'Aragon, plusieurs fois traduit en français à partir de 1528.

CHAPITRE IX

Les couleurs et livrée de Gargantua.

LES couleurs de Gargantua feurent blanc et bleu, comme cy dessus avez peu lire, et par icelles vouloit son pere qu'on entendist que ce luy estoit une joye celeste; car le blanc luy signifioit joye, plaisir, delices et resjouissance, et le bleu choses celestes.

J'entends bien que, lisans ces motz, vous mocquez du vieil beuveur et reputez l'exposition des couleurs par trop indague[1] et abhorrente, et dictes que blanc signifie foy et bleu fermeté[2]. Mais, sans vous mouvoir, courroucer, eschaufer ny alterer (car le temps est dangereux), respondez moy, si bon vous semble. D'aultre contraincte ne useray envers vous, ny aultres, quelz qu'ilz soient; seulement vous diray un mot de la bouteille.

Qui vous meut? Qui vous poinct? Qui vous dict que blanc signifie foy et bleu fermeté? Un (dictes vous) livre trepelu[3], qui se vend par les bisouars[4] et porteballes, au titre : *Le Blason des couleurs*[5]. Qui l'a faict? Quiconques il soit, en ce a esté prudent qu'il n'y a poinct mis son nom. Mais, au reste, je ne sçay quoy premier en luy je doibve admirer, ou son oultre-cuidance ou sa besterie :

6. *Marquées*.

7. *Usage*.

8. *Pensé*.

9. *Désignations* [de noms] *stupides*.

10. Les *hauts bonnets*, coiffures du siècle précédent, étaient passés de mode et symbolisaient le vieux temps. Henri Estienne *(Apologie d'Hérodote)* reprendra l'image dans le même sens.

11. Hellénisme : *Sentences*.

12. *Paroles*.

13. *Harnaché* (*Le chevestre* est le licou du cheval).

14. *Médailles*.

15. En portant leurs couleurs sans autorisation.

16. On peut rapprocher de ce passage l'essai *Des noms* (I, XLVI), où Montaigne note : *« Les armoiries n'ont de sûreté non plus que les surnoms. Je porte d'azur semé de trèfles d'or, à une patte de lion de même, armée de gueules, mise en face. »* Fier de son blason, il en laissera des peintures dans les hôtelleries pendant son voyage.

17. *Peindre*.

18. *Espoir* et *sphère* se prononçaient *esper* et *espere*, d'où le calembour ; de même *pennes* (plumes) et *peines*.

19. L'*ancolie*, fleur bleue ou violacée (renonculacée).

20. *Banqueroute*.

21. Sorte d'armure.

22. *Un dur habit*.

23. *La Renaissance* ; cf. Lettre de Gargantua à Pantagruel, *Pantagruel*, chap. VIII : *« Maintenant toutes disciplines sont restituées... »*

24. *Panier* ; à Paris, l'*a* se prononçait *e*, d'où les jeux de mots sur *mari*, *marri* et *Saint-Merry* (cf. Marot, *Épîtres*).

* *Après la restitution des bonnes lettres* manque dans les premières éditions.

son oultrecuidance, qui, sans raison, sans cause et sans apparence, a ausé prescripre de son autorité privée quelles choses seroient denotées[6] par les couleurs, ce que est l'usance[7] des tyrans qui voulent leur arbitre tenir lieu de raison, non des saiges et sçavans qui par raisons manifestes contentent les lecteurs;

sa besterie, qui a existimé[8] que, sans aultres demonstrations et argumens valables, le monde reigleroit ses devises par ses impositions[9] badaudes.

De faict (comme dict le proverbe : « A cul de foyrard tousjours abonde merde »), il a trouvé quelque reste de niays du temps des haultz bonnetz[10], lesquelz ont eu foy à ses escripts et selon iceulx ont taillé leurs apophthegmes[11] et dictez[12], en ont enchesvestré[13] leurs muletz, vestu leurs pages, escartelé leurs chausses, brodé leurs guandz, frangé leurs lictz, painct leurs enseignes[14], composé chansons, et (que pis est) faict impostures et lasches tours clandestinement entre les pudicques matrones[15].

En pareilles tenebres sont comprins ces glorieux de court et transporteurs de noms[16], lesquelz, voulens en leurs divises signifier *espoir,* font protraire[17] une *sphere*[18], des *pennes* d'oiseaulx pour *poines,* de *l'ancholie*[19] pour *melancholie,* la *lune bicorne* pour *vivre en croissant,* un *banc rompu* pour *bancque roupte*[20]*, non* et un *alcret*[21] pour *non durhabit*[22], un *lict sans ciel* pour un *licentié,* que sont homonymies tant ineptes, tant fades, tant rusticques et barbares, que l'on doibvroit attacher une queue de renard au collet et faire un masque d'une bouze de vache à un chascun d'iceulx qui en vouldroit dorenavant user en France, après la restitution[23] des bonnes lettres*.

Par mesmes raisons (si raisons les doibz nommer et non resveries) ferois je paindre un *penier*[24], denotant qu'on me faict *pener;* et un *pot à moustarde,* que c'est mon cueur à qui *moult tarde;* et un *pot à pisser,* c'est un

25. *Officier* des tribunaux ecclésiastiques, mais aussi *vase de nuit*.

26. *Vaisseau de paix* (navire marchand) et *vase de pets*.

27. Équivoque obscène : *greffe des arrêts* (de justice) et *greffe* [du membre viril] *dressé* [arresser].

28. Autre obscénité, fondée sur la prononciation picarde (*chien* prononcé *Kien*) qui rapproche *chien* et *ceans*.

29. *Personne n'entendait s'il ne savait entendre* [comprendre].

30. Un grammairien, Orus Apollon, avait composé un recueil intitulé *Hiérogliphica ; Le Songe d'Amours* est un roman allégorique de Francesco Colonna, où figuraient des inscriptions en grec, en hébreu et en hiéroglyphes. Il fut traduit par Jean Martin (1546) sous le titre de *Hypnérotomachie ou discours du songe de Poliphile*.

31. *Tronçon, fragment*.

32. Guillaume de Bonnivet, amiral de France, fut tué à Pavie (1525). Sa devise, empruntée à l'empereur Auguste, (*Festina lente* : hâte-toi lentement), se trouve sur son tombeau et sur une clé de voûte du château de Bonnivet. Elle était représentée symboliquement par un *dauphin,* représentant la vitesse *(festina),* et une *ancre,* l'immobilité *(lente).* C'était aussi la marque du célèbre éditeur vénitien *Alde,* qui, précisément, avait publié la *Hypnérotomachia*.

33. *Escale*.

34. *Le moule du bonnet :* la tête.

* Éditions antérieures à 1542 : « *si le prince le veult et commende cil qui en commendant ensemble donne et povoir et sçavoir.* »

102

official[25] ; et le *fond de mes chausses,* c'est un *vaisseau de petz*[26] ; et ma *braguette,* c'est le *greffe des arrestz*[27] ; et un *estront de chien,* c'est un *tronc de ceans*[28], où gist l'amour de m'amye.

Bien aultrement faisoient en temps jadis les saiges de Egypte, quand ilz escripvoient par lettres qu'ilz appelloient hieroglyphiques, lesquelles nul n'entendoit qui n'entendist[29] et un chascun entendoit qui entendist la vertu, propriété et nature des choses par icelles figurées; desquelles Orus Apollon a en grec composé deux livres, et Polyphile au *Songe d'Amours*[30] en a davantaige exposé. En France vous en avez quelque transon[31] en la devise de Monsieur l'Admiral[32] laquelle premier porta Octavian Auguste.

Mais plus oultre ne fera voile mon equif entre ces gouffres et guez mal plaisans : je retourne faire scale[33] au port dont suis yssu. Bien ay je espoir d'en escripre quelque jours plus amplement, et monstrer, tant par raisons philosophicques que par auctoritez receues et approuvées de toute ancienneté, quelles et quantes couleurs sont en nature, et quoy par une chascune peut estre designé, — si Dieu me saulve le moulle du bonnet[34], c'est le pot au vin, comme disoit ma mere grand*.

1. *Consolation*.
2. *Passions, préjugés*.
3. *Couplez*.
4. *Coïncide*.
5. *Logique*.
6. *Par nature*.

CHAPITRE X

De ce qu'est signifié par les couleurs blanc et bleu.

LE blanc doncques signifie joye, soulas[1] et liesse, et
non à tort le signifie, mais à bon droict et juste tiltre,
ce que pourrez verifier si, arriere mises voz affections[2], voulez entendre ce que presentement vous exposeray.

Aristoteles dict que, supposent deux choses contraires en leur espece, comme bien et mal, vertu et
vice, froid et chauld, blanc et noir, volupté et doleur,
joye et dueil, et ainsi de aultres, si vous les coublez[3] en
telle façon q'un contraire d'une espèce convienne rai-
sonnablement à l'un contraire d'une aultre, il est consequent que l'autre contraire compete[4] avecques l'autre
residu. Exemple : *vertus* et *vice* sont contraires en une
espece; aussy sont *bien* et *mal;* si l'un des contraires
de la premiere espece convient à l'un de la seconde,
comme *vertus* et *bien,* car il est sceut que *vertus* est
bonne, ainsi feront les deux residuz qui sont *mal* et *vice,*
car *vice* est maulvais.

Ceste reigle logicale[5] entendue, prenez ces deux
contraires : *joye* et *tristesse,* puis ces deux : *blanc* et *noir,*
car ilz sont contraires physicalement[6]; si ainsi doncques

105

7. *Consentement universel,* devenu le *droit des gens.*

8. Selon Plutarque, les Syracusains et les Argiens portaient des vêtements de deuil blancs.

9. *Tous peuples.*

10. *Sans que nature en donne...*

11. *Par les mêmes sentiments naturels.*

12. *Marquaient.*

13. Exemples empruntés au compilateur Alexander ab Alexandro, *Geniales dies,* IV, 20, qui s'était lui-même documenté chez Pline l'Ancien.

14. *Mélancolique.*

15. L'humaniste Laurent Valla avait attaqué le juriste Bartole (1314-1357) dans une épître latine, *Ad candidum Decembrem (Au blanc Décembre).* Il soutenait que la couleur la plus noble était celle de l'or, et non le blanc.

16. Rabelais suit non le texte de la Vulgate : « *Ses vêtements sont devenus blancs comme la neige* » *(sicut nix),* mais la correction d'Erasme : *blancs comme la lumière (sicut lux),* inspirée par le texte grec. Rabelais connaissait donc l'édition érasmienne du *Nouveau Testament.*

17. Souvenir d'Erasme, *Éloge de la Folie,* chap. XXXI.

est que *noir* signifie dueil, à bon droict *blanc* signifiera *joye*.

Et n'est cette signifiance par imposition humaine instituté, mais receue par consentement de tout le monde, que les philosophes nomment *jus gentium*[7], droict universel, valable par toutes contrées.

Comme assez sçavez que tous peuples, toutes nations — je excepte les antiques Syracusans et quelques Argives qui avoient l'ame de travers[8], — toutes langues[9], voulens exteriorement demonstrer leur tristesse, portent habit de noir, et tout dueil est faict par noir. Lequel consentement universel n'est faict que nature n'en donne[10] quelque argument et raison, laquelle un chascun peut soubdain par soy comprendre sans aultrement estre instruict de personne, — laquelle nous appellons droict naturel.

Par le blanc, à mesmes induction[11] de nature, tout le monde a entendu joye, liesse, soulas, plaisir et delectation.

Au temps passé, les Thraces et Cretes signoient[12], les jours bien fortunez et joyeux de pierres blanches, les tristes et defortunez de noires[13].

La nuyct n'est elle funeste, triste et melancholieuse[14]? Elle est noire et obscure par privation. La clarté n'esjouit elle toute nature? Elle est blanche plus que chose que soit. A quoy prouver je vous pourrois renvoyer au livre de Laurens Valle contre Bartole[15]; mais le tesmoignage evangelicque vous contentera : *Math, xvij*, est dict que, à la Transfiguration de Nostre Seigneur, *vestimenta ejus facta sunt alba sicut lux*[16], ses vestemens feurent faictz blancs comme la lumiere, par laquelle blancheur lumineuse donnoit entendre à ses troys apostres l'idée et figure des joyes eternelles. Car par la clarté sont tous humains esjouiz, comme vous avez le dict d'une vieille que n'avoit dens en gueulle, encores disoit elle : *Bona Lux*[17]. Et Thobie *(cap. v)*

18. L'*Évangile selon Jean* rapporte que les Saintes Femmes virent *deux anges vêtus de blanc* dans le Sépulcre.

19. Référence aux *Actes des Apôtres* (I, 10).

20. *Bienheureuse.*

21. D'après l'*Énéide,* chant III, v. 388 : Ascagne, fils d'Énée, découvrit une truie blanche, et fonda en ce lieu la ville d'Albe (*Blanche,* en latin).

22. L'*ovation* récompensait un succès militaire moindre que la victoire donnant lieu au *triomphe,* dont les conditions étaient strictes (5 000 ennemis tués, etc.). Rabelais pouvait aussi alléguer qu'on choisissait des animaux blancs comme victimes pour les sacrifices. A défaut, on les blanchissait en les enduisant de craie.

23. Rabelais, comme Amyot, francise les titres grecs : *duc* traduit στρατηγός, général.

24. D'après Plutarque, *Vie de Périclès,* 27.

25. Rabelais pouvait aussi invoquer les adieux à la lumière, chez les Tragiques grecs, p. ex. dans l'*Antigone* de Sophocle.

26. Commentateur d'Aristote, contemporain de Marc-Aurèle, avait établi un répertoire de questions insolubles; la couleur blanche du coq n'est pas indiquée.

27. Tiré du commentaire de Marsile Ficin sur les travaux de Proclus, philosophe platonicien du ve s. ap. J.-C. *(Procli de Sacrificio et Magia).*

28. *Réceptacle.*

29. Est-ce pour la même raison que les médecins prescrivaient « du sang tiré sous l'aile droite d'un pigeon blanc »? (Montaigne, *Essais,* II. 37).

quand il eut perdu la veue, lors que Raphael le salua, respondit : « Quelle joye pourray je avoir, qui poinct ne voy la lumiere du ciel? » En telle couleur tesmoignerent les anges la joye de tout l'univers à la Resurrection du Saulveur *(Joan. xx*[18]) et à son Ascension *(Act. j*[19]). De semblable parure veit Sainct Jean Evangeliste *(Apocal. iiij* et *vij)* les fideles vestuz en la celeste et beatifiée[20] Hierusalem.

Lisez les histoires antiques, tant Grecques que Romaines. Vous trouverez que la ville de Albe (premier patron de Rome) feut et construicte et appellée à l'invention d'une truye blanche[21].

Vous trouverez que, si à aulcun, après avoir eu des ennemis victoire, estoit decreté qu'il entrast à Rome en estat triumphant, il y entroit sur un char tiré par chevaulx blancs; autant celluy qui y entroit en ovation[22]; car par signe ny couleur ne pouvoyent plus certainement exprimer la joye de leur venue que par la blancheur.

Vous trouverez que Pericles, duc[23] des Atheniens, voulut celle part de ses gensdarmes, esquelz par sort estoient advenus les febves blanches, passer toute la journée en joye, solas et repos, cependent que ceulx de l'autre part batailleroient[24]. Mille aultres exemples et lieux à ce propos vous pourrois je exposer, mais ce n'est icy le lieu[25].

Moyennant laquelle intelligence povez resouldre un probleme, lequel Alexandre Aphrodise[26] a reputé insoluble : « Pourquoy le leon, qui de son seul cry et rugissement espovante tous animaulx, seulement crainct et revere le coq blanc? » Car (ainsi que dict Proclus, *lib. De Sacrificio et Magia*[27]) c'est parce que la presence de la vertus du soleil, qui est l'organe et promptuaire[28] de toute lumiere terrestre et syderale, plus est symbolisante et competente au coq blanc, tant pour icelle couleur que pour sa proprieté et ordre specificque[29], que

30. Étymologie alléguée par Jean Lemaire de Belges, dans ses *Illustrations de Gaule*.

31. *Divise et disperse.*

32. *Visuels.*

33. Commentaire libre des *Problèmes* d'Aristote.

34. *Qui regarde les choses,* (vocabulaire scientifique du temps.)

35. Dans l'*Anabase*.

36. Galien, livre X, *De l'usage des parties*.

37. *Subit une dissolution manifeste.*

38. *Excès de joie* (hellénisme).

39. Galien, *De Methode Medendi (Méthode de soigner)* Le livre XII traite des syncopes.

40. Grammairien latin cité par Pline l'Ancien.

41. Tous ces exemples de *morts de joie* étaient rassemblés dans l'*Officina,* compilation de Ravisius Textor.

42. Philosophe et médecin arabe (980-1037).

43. *Safran*. La référence aux effets cités par Avicenne est exacte.

au leon. Plus dict que en forme leonine ont esté diables souvent veuz, lesquelz à la presence d'un coq blanc soubdainement sont disparuz.

Ce est la cause pourquoy *Galli* (ce sont les Françoys, ainsi appellez parce que blancs sont naturellement comme laict[30] que les Grecz nomme γάλα) voluntiers portent plumes blanches sur leurs bonnetz; car par nature ilz sont joyeux, candides, gratieux et bien amez, et pour leur symbole et enseigne ont la fleur plus que nulle aultre blanche : c'est le lys.

Si demandez comment par couleur blanche nature nous induict entendre joye et liesse, je vous responds que l'analogie et conformité est telle. Car — comme le blanc exteriorement disgrege et espart[31] la veue, dissolvent manifestement les espritz visifz[32], selon l'opinion de Aristoteles en ses *Problemes*[33] et dès perspectifz[34] (et le voyez par experience quand vous passez les montz couvers de neige, en sorte que vous plaignez de ne pouvoir bien reguarder, ainsi que Xenophon escript estre advenu à ses gens[35], et comme Galen expose amplement, *lib, x, De usu partium*[36]) — tout ainsi le cueur par joye excellente est interiorement espart et patist manifeste resolution[37] des esperitz vitaulx; laquelle tant peut estre acreue que le cueur demoureroit spolié de son entretien, et par consequent seroit la vie estaincte par ceste perichairie[38], comme dict Galen *lib, xij Metho*[39]., *li. v, De locis affectis,* et *li. ij, De symptomaton causis,* et comme estre au temps passé advenu tesmoignent Marc Tulle, *li. j Quæstio. Tuscul.,* Verrius[40], Aristoteles, Tite Live, après la bataille de Cannes, Pline. *lib. vij. c. xxxij* et *liij,* A. Gellius, *li iij, xv.,* et aultres, à Diagoras Rodien, Chilo, Sophocles, Diony, tyrant de Sicile, Philippides, Philemon, Polycrata, Philistion, M. Juventi et aultres qui moururent de joye[41], et comme dict Avicenne[42] *(in ij canone et lib. De Viribus cordis)* du zaphran[43], lequel tant esjouist le cueur

44. Alexandre d'Aphrodisias, auteur d'un ouvrage, *Des Problèmes*.

45. Formule de conclusion dans la langue judiciaire.

46. *Je laisserai tomber*... Rabelais emploie une métaphore tirée de la navigation, comme dans le chap. IX : « *Mais plus oultre ne fera voile mon equif...* »

47. *Au livre complètement achevé sur ce sujet*. Il s'agit vraisemblablement d'un projet imaginaire.

qu'il le despouille de vie, si on en prend en dose exces-
sifve, par resolution et dilatation superflue. Icy voyez
Alex. Aphrodisien[44], *lib. primo Problematum, c. xix*. Et
pour cause[45].

Mais quoy! j'entre plus avant en ceste matiere que
ne establissois au commencement. Icy doncques calle-
ray[46] mes voilles, remettant le reste au livre en ce
consommé du tout[47], et diray en un mot que le bleu
signifie certainement le ciel et choses celestes, par
mesmes symboles que le blanc signifioit joye et
plaisir.

1. *Instruit ;* cf. Montaigne, *De l'institution des enfants, I,* xxvi.

2. *Se noircissait.*

3. *Se barbouillait.*

4. *Éculait.*

5. *Bâillait.*

6. *Papillons.*

7. *Laissait tomber sa morve.*

8. *Pataugeait.*

9. *Peignait...* Rabelais s'amuse à prendre le contre-pied des dictons populaires.

10. Galette dont la pâte n'est guère différente du pain; cf. chap. xxv : la querelle des fouaciers de Lerné et des gens de Gargantua provoque la guerre picrocholine.

11. *Dans le.*

12. C'est un autre Gribouille!

13. Le contraire du proverbe : battre le fer quand il est chaud.

* Addition de 1 5 4 2.

CHAPITRE XI

De l'adolescence de Gargantua.

GARGANTUA, depuis les troys jusques à cinq ans, feut nourry et institué[1] en toute discipline convenente, par le commandement de son pere, et celluy temps passa comme les petits enfans du pays : c'est assavoir à boyre, manger et dormir; à manger, dormir et boyre; à dormir, boyre et manger.

Tousjours se vaultroit par les fanges, se mascaroyt[2] le nez, se chauffourroit[3] le visaige, aculoyt[4] ses souliers, baisloit[5] souvent au mousches, et couroit voulentiers après les parpaillons[6], desquelz son pere tenoit l'empire. Il pissoit sur ses souliers, il chyoit en sa chemise, il se mouschoyt à ses manches*, il mourvoit[7] dedans sa souppe, et patroilloit[8] par tout lieux, et beuvoit en sa pantoufle, et se frottoit ordinairement le ventre d'un panier. Ses dens aguysoit d'un sabot, ses mains lavoit de potaige, se pignoit[9] d'un goubelet, se asseoyt entre deux selles le cul à terre, se couvroyt d'un sac mouillé, beuvoyt en mangeant sa souppe, mangeoyt sa fouace[10] sans pain, mordoyt en riant, rioyt en mordent, souvent crachoyt on[11] bassin, pettoyt de gresse, pissoyt contre le soleil, se cachoyt en l'eau pour la pluye[12], battoyt à froid[13], songeoyt creux, faisoyt le sucré,

14. *Vomissait*; cf. « *Tu escorches le latin; par 'sainct Jam, je le feray escorcher le renard.* » (*Pantagruel*, chap. VI, p. 97).

15. *Grommelait*.

16. *Faisait tout à l'envers*.

17. Réprimander un inférieur devant son supérieur, pour que celui-ci s'applique la leçon. Le proverbe est déjà cité par Christine de Pisan.

18. Comme *ferrer les oies :* faire quelque chose d'impossible.

19. *Dévorait*.

20. Les trompait en leur offrant de la paille *(feurre)* au lieu de grain. L'expression est encore employée par Montaigne et par Régnier.

21. C'est tout le contraire : Le *Magnificat* se chante à vêpres, office du soir, et non à *matines,* prières du matin.

22. *Poirée*.

23. *Barbouillait*.

24. *S'enfuyait*.

25. *Buvait copieusement* (d'une outre en peau de chevreau); cf. *Pantagruel*, chap. XX, p. 275 : « *Saincte Dame, comment ilz tiroyent au chevrotin* ».

26. *Comptait sans son hôte* (ce qui est imprudent dans une auberge!)

27. *Poêles*.

28. *Son*, mais aussi *m...*

29. *Hauberts*.

30. *Entre deux vertes, une mûre*.

31. *Rasés*.

32. *Égratignaient*.

33. *Lèvres*.

34. « *Et savez-vous quoi, mes enfants? Que le mal de pipe* (sorte de *tonneau) vous tourmente!* »; emprunt au dialecte gascon.

35. *Sens dessus dessous, sens devant derrière*.

36. *Hardi, bourricot!* (refrain d'une chanson populaire).

escorchoyt le renard[14]; disoit la patenostre du cinge[15],
retournoyt à ses moutons, tournoyt les truies au foin[16],
battoyt le chien devant le lion[17], mettoyt la charrette
devant les beufz, se grattoyt où ne luy demangeoyt
poinct, tiroit les vers du nez, trop embrassoyt et peu
estraignoyt, mangeoyt son pain blanc le premier,
ferroyt les cigalles[18], se chatouilloyt pour se faire rire,
ruoyt très bien en cuisine[19], faisoyt gerbe de feurre au
dieux[20], faisoyt chanter *Magnificat* à matines et le
trouvoyt bien à propous[21], mangeoyt choux et chioyt
pourrée[22], congnoissoyt mousches en laict, faisoyt
perdre les pieds au mousches, ratissoyt le papier,
chaffourroyt[23] le parchemin, guaignoyt au pied[24], tiroyt
au chevrotin[25], comptoyt sans son houste[26], battoyt
les buissons sans prandre les ozillons, croioyt que
nues feussent pailles[27] d'arain et que vessies feussent
lanternes, tiroyt d'un sac deux moustures, faisoyt de
l'asne pour avoir du bren[28], de son poing faisoyt
un maillet, prenoit les grues du premier sault, vouloyt que maille à maille on feist les haubergeons[29], de
cheval donné tousjours reguardoyt en la gueulle,
saultoyt du coq à l'asne, mettoyt entre deux verdes
une meure[30], faisoit de la terre le foussé, gardoyt la
lune des loups, si les nues tomboient esperoyt prandre
les alouettes, faisoyt de nécessité vertus, foisoyt de tel
pain souppe, se soucioyt aussi peu des raitz[31] comme
des tonduz, tous les matins escorchoyt le renard. Les
petitz chiens de son pere mangeoient en son escuelle;
luy de mesmes mangeoit avecques eux. Il leurs mor-
doit les aureilles, ilz luy graphinoient[32] le nez; il leurs
souffloit au cul, ilz luy leschoient les badigoinces[33].

Et sabez quey, hillotz? Que mau de pipe vous byre[34]!
Ce petit paillard tousjours tastonoit ses gouvernantes,
cen dessus dessoubz, cen devant derriere[35], — harry
bourriquet[36]! — et desjà commençoyt exercer sa braguette, laquelle un chascun jour ses gouvernantes

37. *Houppes*.

38. *Comme un magdaléon d'emplâtre* (petit cylindre utilisé par les apothicaires).

39. *Fausset de tonneau* (au sens libre); de même *pine*, épingle.

40. *Bonde*.

41. *Poussoir* dans une sarbacane.

42. *Tarière*.

43. *Pendeloque*.

44. *Moulinet à ailes; Mirebalais :* Mirebeau, dans la Vienne. Il sera encore question des moulins à vent de Mirebalais au *Tiers Livre*, chap. xx.

* Cette plaisanterie est une addition de 1 5 4 2.

ornoyent de beaulx boucquets, de beaulx rubans, de belles fleurs, de beaulx flocquars[37], et passoient leur temps à la faire revenir entre leurs mains comme un magdaleon d'entraict[38], puis s'esclaffoient de rire quand elle levoit les aureilles, comme si le jeu leurs eust pleu.

L'une la nommait ma petite dille[39], l'aultre ma pine, l'aultre ma branche de coural, l'aultre mon bondon[40], mon bouchon, mon vibrequin, mon possouer[41], ma teriere[42], ma pendilloche[43], mon rude esbat roidde et bas, mon dressouoir, ma petite andoille vermeille, ma petite couille bredouille.

« Elle est à moy, disoit l'une.

— C'est la mienne, disoit l'aultre.

— Moy (disoit l'aultre), n'y auray je rien? Par ma foy, je la couperay doncques.

— Ha couper! (disoit l'aultre); vous luy feriez mal, Madame; coupez vous la chose aux enfans? Il seroyt Monsieur sans queue*. »

Et, pour s'esbattre comme les petits enfans du pays, luy feirent un beau virollet[44] des aesles d'un moulin à vent de Myrebalays.

1. *Gambader*.

2. *Faire de la voltige,* terme de manège; cf. Ronsard, *Réponse…* :

« *Je voltige, ou je saute, ou je lutte, ou j'escrime…* »

3. Variété d'amble, ou « pas relevé ».

4. L'*amble* est une allure, où le cheval lève alternativement les deux pattes du même côté.

5. L'*Aubin,* trot désuni.

6. Autre variété de trot.

7. Pas du chameau.

8. Pas de l'onagre.

9. *Dalmatiques*.

10. *Bai brun*.

11. De même qu'il a mêlé allures réelles et allures de fantaisie, Rabelais énumère couleurs réelles et robes imaginaires.

12. *Fauve*. Le mot est choisi pour contraster avec *rat* et *vache*.

13. Mélange de blanc, de gris et de rouge.

14. *Roux*.

15. Tacheté en forme de faucille.

16. *Bigarré* (grec ποικίλος).

17. *Blanc* (grec λευκός).

18. Fardier à deux roues.

19. Le *fût de pressoir* est le levier qui s'abat sur le raisin du pressoir.

20. *Pain-en-sac* (l'avare), *Francrepas* et *Mouillevent* : noms de fantaisie désignant des parasites.

21. *Écuries*.

CHAPITRE XII

Des chevaulx factices de Gargantua.

Puis,· affin que toute sa vie feust bon chevaulcheur, l'on luy feist un beau grand cheval de boys, lequel il faisoit penader[1], saulter, voltiger[2], ruer et dancer tout ensemble, aller le pas, le trot, l'entrepas[3], le gualot, les ambles[4], le hobin[5], le traquenard[6], le camelin[7] et l'onagrier[8], et luy faisoit changer de poil (comme font les moines de courtibaux[9] selon les festes), de bail-brun[10], d'alezan, de gris pommellé, de poil de rat[11], de cerf[12], de rouen[13], de vache[14], de zencle[15], de pecile[16], de pye, de leuce[17].

Luy mesmes d'une grosse traine[18] fist un cheval pour la chasse, un aultre d'un fust de pressouer[19] à tous les jours, et d'un grand chaisne une mulle avecques la housse pour la chambre. Encores en eut il dix ou douze à relays et sept pour la poste. Et tous mettoit coucher auprès de soy.

Un jour le seigneur de Painensac visita son pere en gros train et apparat, auquel jour l'estoient semblablement venuz veoir le duc de Francrepas et le comte de Mouillevent[20]. Par ma foy, le logis feut un peu estroict pour tant de gens, et singulierement les estables[21]; donc le maistre d'hostel et fourrier dudict seigneur de

22. *Vides.*

23. *Chevaux de bataille.*

24. *Escaliers.*

25. Allusion aux maisons construites à flanc de coteau à Fourvière (Lyon), au couvent de la Baumette (où Rabelais aurait séjourné) près d'Angers, à Chinon où des maisons sont creusées dans les falaises calcaires. Aujourd'hui encore les troglodytes sont fréquents dans la vallée de la Loire.

26. *Échelons.*

27. Variétés de chevaux de l'époque : le *genèt* d'Espagne, le *guilledin,* cheval de promenade, le *lavedan,* cheval de course de Gascogne, le *traquenard,* dont le galop est décousu.

28. *Levier.*

29. *Frison,* cheval élevé dans la Frise (Pays-Bas).

30. Mâle de l'autour, oiseau « de volerie ».

31. *Épagneuls* (chiens *espagnols*).

32. *Nous sommes bernés.*

Painensac, pour sçavoir si ailleurs en la maison estoient
estables vacques[22], s'adresserent à Gargantua, jeune
garsonnet, luy demandans secrettement où estoient
les estables des grands chevaulx[23], pensans que voluntiers les enfans decellent tout.

Lors il les mena par les grands degrez[24] du chasteau,
passant par la seconde salle, en une grande gualerie
par laquelle entrerent en une grosse tour, et, eulx
montans par d'aultres degrez, dist le fourrier au maistre
d'hostel :

« Cest enfant nous abuse, car les estables ne sont
jamais au hault de la maison.

— C'est (dist le maistre d'hostel) mal entendu à vous,
car je sçay des lieux, à Lyon, à La Basmette, à Chais-
non[25] et ailleurs, où les estables sont au plus hault du
logis; ainsi, peut estre que derriere y a yssue au montouer. Mais je le demanderay plus asseurement. »

Lors demanda à Gargantua :

« Mon petit mignon, où nous menez vous ?

— A l'estable (dist il) de mes grands chevaulx.
Nous y sommes tantost, montons seulement ces eschal-
lons[26]. »

Puis, les passant par une aultre grande salle, les mena
en sa chambre, et, retirant la porte :

« Voicy (dist il) les estables que demandez; voylà
mon genet, voylà mon guildin, mon lavedan, mon
traquenard[27]. »

Et, les chargent d'un gros livier[28] :

« Je vous donne (dist il) ce phryzon[29]; je l'ay eu de
Francfort, mais il sera vostre; il est bon petit chevallet
et de grand peine. Avecques un tiercelet d'autour[30],
demye douzaine d'hespanolz[31] et deux levriers, vous
voylà roy des perdrys et lievres pour tout cest
hyver.

— Par sainct Jean! (dirent ilz) nous en sommes bien!
A ceste heure avons nous le moine[32].

33. Gargantua prend la métaphore au sens propre : « *Il ne fut, il y a trois jours ici.* »

34. Mot inconnu.

35. *Jamais.*

36. *Couronnés de foin,* comme les vaches à la foire; on dit encore aujourd'hui : *bête à manger du foin.*

37. Cascade de calembours : *papillon,* insecte, mais aussi *petit pape* ou *partisan du pape; papeguay, perroquet,* et *pape gai; papelard : croque-lardon* et hypocrite.

38. *Vous ne dites pas la vérité.*

39. Calembour scatologique sur *sens : sens mon derrière.*

40. *Fausset de tonneau.*

41. *Muid.*

42. A l'entrée de l'escalier, il y a un arc en anse de panier.

— Je le vous nye (dist il). Il ne fut, troys jours a, ceans[33]. »

Devinez icy duquel des deux ilz avoyent plus matiere, ou de soy cacher pour leur honte, ou de ryre pour le passetemps.

Eulx en ce pas descendens tous confus, il demanda :
« Voulez vous une aubeliere[34] ?

— Qu'est-ce? disent ilz.

— Ce sont (respondit il) cinq estroncz pour vous faire une muselicre.

— Pour ce jourd'huy (dist le maistre d'hostel), si nous sommes roustiz, jà[35] au feu ne bruslerons, car nous sommes lardez à poinct, en mon advis. O petit mignon, tu nous as baillé foin en corne[36], je te voirray quelque jour pape.

— Je l'entendz (dist il) ainsi; mais lors vous serez papillon, et ce gentil papeguay sera un papelard[37] tout faict.

— Voyre, voyre, dist le fourrier.

— Mais (dist Gargantua) divinez combien y a de poincts d'agueille en la chemise de ma mere.

— Seize, dist le fourrier.

— Vous (dist Gargantua) ne dictes l'Évangile[38] : car il y en a sens davant et sens derriere[39], et les comptastes trop mal.

— Quand? (dist le fourrier).

— Alors (dist Gargantua) qu'on feist de vostre nez une dille[40] pour tirer un muy[41] de merde, et de vostre gorge un entonnoir pour la mettre en aultre vaisseau, car les fondz estoient esventez.

— Cordieu! (dist le maistre d'hostel) nous avons trouvé un causeur. Monsieur le jaseur, Dieu vous guard de mal, tant vous avez la bouche fraische! »

Ainsi descendens à grand haste, soubz l'arceau des degrez[42] laisserent tomber le gros livier qu'il leurs avoit chargé; dont dist Gargantua :

43. *Votre courtaud vous manque quand vous en avez besoin.* Le courtaud est un cheval commun à qui on a coupé les oreilles et la queue.

44. La seigneurie de Cahusac (près de Villeneuve-sur-Lot) appartenait à Louis d'Estissac, neveu de Geoffroy d'Estissac, évêque de Maillezais, protecteur des Humanistes, et particulièrement de Rabelais. La famille d'Estissac sera aussi liée d'amitié avec Montaigne.

45. *Troupe.*

« Que diantre vous estes maulvais chevaucheurs! Vostre courtault[43] vous fault au besoing. Se il vous falloit aller d'icy à Cahusac[44], que aymeriez vous mieulx, ou chevaulcher un oyson, ou mener une truye en laisse?

— J'aymerois mieulx boyre, » dist le fourrier.

Et, ce disant, entrerent en la sale basse où estoit toute la briguade[45], et, racontans ceste nouvelle histoire, les feirent rire comme un tas de mousches.

1. *Cinquième année.*

2. Les habitants du royaume de Canarre (les Canaries). Il en est question dans le *Pantagruel* (chap. XXIII; p. 303).

3. Boire à l'envi, faire raison.

4. *Cache-nez*. Jeu de mots sur *cachelet* (diminutif désignant un *touret de nez* ou masque) et *cache-laid*.

5. *Mollesse.*

* Variante des deux premières éditions : *le plus royal, le plus seigneurial.*

CHAPITRE XIII

Comment Grandgousier congneut l'esperit merveilleux
de Gargantua à l'invention d'un torchecul.

Sus la fin de la quinte année[1], Grandgousier, retournant de la defaicte des Canarriens[2], visita son filz
Gargantua. Là fut resjouy comme un tel pere povoit
estre voyant un sien tel enfant, et, le baisant et accol-
lant, l'interrogeoyt de petitz propos pueriles en diverses
sortes. Et beut d'autant[3] avecques luy et ses gouvernantes, esquelles par grand soing demandoit, entre
aultres cas, si elles l'avoyent tenu blanc et nect. A ce
Gargantua feist response qu'il y avoit donné tel ordre
qu'en tout le pays n'estoit guarson plus nect que
luy.

« Comment cela? dist Grandgousier.

— J'ay (respondit Gargantua) par longue et curieuse
experience inventé un moyen de me torcher le cul,
le plus seigneurial*, le plus excellent, le plus expedient
que jamais feut veu.

— Quel? dict Grandgousier.

— Comme vous le raconteray (dist Gargantua) presentement.

« Je me torchay une foys d'un cachelet[4] de velours
de une damoiselle, et le trouvay bon, car la mollice[5]

129

6. *Chaperon*.

7. *Cache-cou*, mouchoir de cou.

8. Les *aureillettes* qui retombaient du chaperon sur le cou étaient ornées de broderies et de pierres précieuses.

9. *Que le feu saint Antoine brûle...* Imprécation fréquente chez Rabelais. Il s'agit du *Mal des Ardents* ou ergotisme, causé par l'ergot du seigle (cf. *Prologue* du *Pantagruel*, p. 37).

10. Les chats de printemps sont plus vigoureux que ceux d'automne.

11. *Griffes*.

12. *Ulcérèrent le périnée* (région du corps entre l'anus et l'appareil génitoire).

13. Calembour obscène : les gants ne sont pas parfumés au *benjoin (bien joint)*, mais au *mal joint*, sexe féminin.

14. Sorte de fenouil.

15. *Courges*.

16. Le *Verbascum Thapsus* ou *bouillon blanc* a des feuilles couvertes d'un duvet cotonneux.

17. *Persicaire*. Les *orties* mériteraient mieux que le *bouillon blanc* le nom d'*écarlate de cul*.

18. *Consoude*.

19. *Dysenterie* (fréquente dans les troupes françaises combattant en Lombardie).

20. *Draps*.

21. *Tapis vert*.

22. *Torchon*.

23. *Galeux*.

24. Expression tirée du service religieux : après chaque leçon de l'Écriture, le verset *Tu autem, Domine* est repris en chœur. La locution signifie : Vous saurez tout jusqu'au bout.

25. *Étoupe*.

de sa soye me causoit au fondement une volupté bien grande;

« une aultre foys d'un chapron[6] d'ycelles, et feut de mesmes;

« une aultre foys d'un cache coul[7];

« une aultre foys des aureillettes[8] de satin cramoysi, mais la dorure d'un tas de spheres de merde qui y estoient m'escorcherent tout le derriere; que le feu sainct Antoine arde[9] le boyau cullier de l'orfebvre qui les feist et de la damoiselle qui les portoit!

« Ce mal passa me torchant d'un bonnet de paige, bien emplumé à la Souice.

« Puis, fiantant derriere un buisson, trouvay un chat de Mars[10]; d'icelluy me torchay, mais ses gryphes[11] me exulcererent tout le perinée[12].

« De ce me gueryz au lendemain, me torchant des guands de ma mere, bien parfumez de maujoin[13].

« Puis me torchay de saulge, de fenoil, de aneth[14], de marjolaine, de roses, de fueilles de courles[15], de choulx, de bettes, de pampre, de guymaulves, de verbasce[16] (qui est escarlatte de cul), de lactues et de fueilles de espinards, — le tout me feist grand bien à ma jambe, — de mercuriale, de persiguire[17], de orties, de consolde[18]; mais j'en eu la cacquesangue de Lombard[19], dont feu gary me torchant de ma braguette.

« Puis me torchay aux linceux[20], à la couverture, aux rideaulx, d'un coissin, d'un tapiz, d'un verd[21], d'une mappe[22], d'une serviette, d'un mouschenez, d'un peignouoir. En tout je trouvay de plaisir plus que ne ont les roigneux[23] quand on les estrille.

— Voyre, mais (dist Grandgousier) lequel torchecul trouvas tu meilleur?

— Je y estois (dist Gargantua), et bien toust en sçaurez le *tu autem*[24]. Je me torchay de foin, de paille, de bauduffe[25], de bourre, de laine, de papier. Mais

26. *Amorce*.

27. Jeu de mots : en Anjou, *rimer* se dit d'un aliment qui attache.

28. Autre calembour sur *rimer* et *enrhumer*; cf. Marot, « *petite épître* » au Roi :

> Ce rimailleur, qui s'allait enrimant,
> Tant rimassa, rima et rimonna
> Qu'il a connu quel bien pour rime on a.

29. *Lieux d'aisance*.

30. *Plein* de *bren*.

31. *Qui s'échappe* (?)

32. Formé sur *ord* ou *hord* : sale.

33. *Qui s'égoutte*.

34. Cf. note 9.

Tousjours laisse aux couillons esmorche[26]
Qui son hord cul de papier torche.

— Quoy! (dist Grandgousier) mon petit couillon, as tu prins au pot, veu que tu rimes[27] desjà?
— Ouy dea (respondit Gargantua), mon roy, je rime tant et plus, et en rimant souvent m'enrime[28]. Escoutez que dict nostre retraict[29] aux fianteurs :

                    Chiart,
                    Foirart,
                    Petart,
                    Brenous[30],
                    Ton lard
                    Chappart[31]
                    S'espart
                    Sus nous.
                    Hordous[32],
                    Merdous,
                    Esgous[33],
            Le feu de sainct Antoine te ard[34]!
                    Sy tous
                    Tes trous
                    Esclous
            Tu ne torche avant ton depart!

« En voulez-vous dadventaige?
— Ouy dea, respondit Grandgousier.
— Adoncq dist Gargantua :

RONDEAU

En chiant l'aultre hyer senty
La guabelle que à mon cul doibs;
L'odeur feut aultre que cuydois :

133

35. *Cimenté*.

36. *A ma façon rustique*.

37. *Par la mère de Dieu!* (en parler du Poitou), avec le jeu de mots scatologique.

38. Barrique de 268 litres.

39. Cépage de vin rouge appelé encore aujourd'hui *gros cabernet* ou *breton* en Touraine.

40. *Rendre penaud ;* cf. *Pantagruel,* chap. XIX : *« Comment Panurge feist quinaud l'Angloys... »*

41. Le titre de *docteur en gay saber* (gai savoir) était attribué par l'Académie des Jeux Floraux de Toulouse. Dans les éditions antérieures à 1542, Rabelais avait écrit : *docteur en Sorbonne.*

42. Gros tonneau.

43. Pays situé au confluent de la Loire et de la Vienne.

J'en feuz du tout empuanty.
O! si quelc'un eust consenty
M'amener une que attendoys
En chiant!
Car je luy eusse assimenty[35]
Son trou d'urine à mon lourdoys[36];
Cependant eust avec ses doigtz
Mon trou de merde guarenty
En chiant.

« Or dictes maintenant que je n'y sçay rien! Par la mer Dé[37], je ne les ay faict mie, mais les oyant reciter à dame grand que voyez cy, les ay retenu en la gibbesiere de ma memoire.

— Retournons (dist Grandgousier) à nostre propos.

— Quel? (dist Gargantua) chier?

— Non (dist Grandgousier), mais torcher le cul.

— Mais (dist Gargantua) voulez vous payer un bussart[38] de vin Breton[39] si je vous foys quinault[40] en ce propos?

— Ouy vrayement, dist Grandgousier.

— Il n'est (dist Gargantua) poinct besoing torcher cul, sinon qu'il y ayt ordure; ordure n'y peut estre si on n'a chié; chier doncques nous fault davant que le cul torcher.

— O (dist Grandgousier) que tu as bon sens, petit guarsonnet! Ces premiers jours je te feray passer docteur en gaie science[41], par Dieu! car tu as de raison plus que d'aage. Or poursuiz ce propos torcheculatif, je t'en prie. Et, par ma barbe! pour un bussart tu auras soixante pippes[42], j'entends de ce bon vin Breton, lequel poinct ne croist en Bretaigne, mais en ce bon pays de Verron[43].

— Je me torchay après (dist Gargantua) d'un couvre chief, d'un aureiller, d'ugne pantophle, d'ugne gibbessiere, d'un panier — mais ô le mal plaisant torchecul! —

44. *Capuchon*.

45. Le *Leurre* est un faux oiseau de cuir que le chasseur montre au faucon pour le rappeler.

46. *Duveté*.

47. Homère, dans l'*Odyssée,* place des champs d'asphodèles dans les Champs Élysées. L'ambroisie était la boisson des dieux.

48. Encore un coup de griffe à Duns Scot (cf. note 6 du chap. VIII, et *Pantagruel, Catalogue de la Librairie de Sainct-Victor,* p. 111). Cette référence facétieuse au théologien manque dans la première édition.

puis d'un chappeau. Et notez que des chappeaulx, les uns sont ras, les aultres à poil, les aultres veloutez, les aultres taffetassez, les aultres satinizez. Le meilleur de tous est celluy de poil, car il faict très bonne abstersion de la matiere fecale.

« Puis me torchay d'une poulle, d'un coq, d'un poulet, de la peau d'un veau, d'un lievre, d'un pigeon, d'un cormoran, d'un sac d'advocat, d'une barbute[44], d'une coyphe, d'un leurre[45].

« Mais, concluent, je dys et mantiens qu'il n'y a tel torchecul que d'un oyzon bien dumeté[46], pourveu qu'on luy tienne la teste entre les jambes. Et m'en croyez sus mon honneur. Car vous sentez au trou du cul une volupté mirificque, tant par la doulceur d'icelluy dumet que par la chaleur temperée de l'oizon, laquelle facilement est communicquée au boyau culier et aultres intestines, jusques à venir à la region du cueur et du cerveau. Et ne pensez que la beatitude des heroes et semi dieux, qui sont par les Champs Élysiens, soit en leur asphodele[47], ou ambrosie, ou nectar, comme disent ces vieilles ycy. Elle est (scelon mon opinion) en ce qu'ilz se torchent le cul d'un oyzon, et telle est l'opinion de Maistre Jehan d'Escosse[48]. »

1. L'anecdote d'Alexandre domptant Bucéphale est tirée de Plutarque, *Vie d'Alexandre*, VI.

2. *Il faisait faire le saut en les secouant.*

3. *Mâchoires.*

4. *Faisait faire de la voltige.*

5. *Instruire.*

* *« un théologien »* disent les premières éditions; la correction de 1542 en *sophiste* (avec le sens péjoratif) ne change pas le sens, l'assimilation entre scolastique et sophistique étant courante depuis Érasme.

CHAPITRE XIV

Comment Gargantua feut institué par un sophiste*
en lettres latines.

Ces propos entenduz, le bonhomme Grandgousier fut
ravy en admiration, considerant le hault sens et merveilleux entendement de son filz Gargantua. Et dist à
ses gouvernantes :

« Philippe[1], roy de Macedone, congneut le bon sens
de son filz Alexandre à manier dextrement un cheval,
car ledict cheval estoit si terrible et efrené que nul
ne ausoit monter dessus, parce que à tous ses chevaucheurs il bailloit la saccade[2], à l'un rompant le coul,
à l'aultre les jambes, à l'aultre la cervelle, à l'aultre les
mandibules[3]. Ce que considerant Alexandre en l'hippodrome (qui estoit le lieu où l'on pourmenoit et voul-
tigeoit[4] les chevaulx), advisa que la fureur du cheval
ne venoit que de frayeur qu'il prenoit à son umbre.
Dont, montant dessus, le feist courir encontre le soleil,
si que l'umbre tumboit par derriere, et par ce
moien rendit le cheval doulx à son vouloir. A quoy
congneut son père le divin entendement qui en luy
estoit, et le feist très bien endoctriner[5] par Aristoteles,
qui pour lors estoit estimé sus tous philosophes de
Grece.

139

6. *Aigu.*

7. Le nom associe deux noms bibliques, Tubal, descendant de Caïn, inventeur de la métallurgie, et *Holopherne,* général de Nabuchodonosor, tué par Judith.

8. *Alphabet,* collé sur un morceau de carton.

9. Ouvrages scolaires du temps : *Donat,* grammaire latine, rédigée par Donatus (IVe s.); *Facet,* traité de civilité; *Theodolet,* traité attribué à Theodulus, évêque de Syrie (Ve s.) opposant la vérité de l'Écriture Sainte aux fictions de la mythologie; les *Paraboles* d'Alarus étaient des conseils moraux composés en quatrains. Les *Fables* d'Esope complétaient généralement ces ouvrages.

10. *En caractères gothiques.* L'écriture italienne fut adoptée pendant la Renaissance.

11. *Étui,* où l'écolier mettait ses plumes, etc.

12. L'église Saint-Martin d'Ainay est la plus ancienne de Lyon; la coupole du transept était supportée par quatre colonnes de granit, provenant du temple dédié à Rome et Auguste.

13. *Encrier.*

14. Manuel de grammaire attribué soit à saint Thomas d'Aquin, soit à Duns Scot (que Rabelais ne cesse de railler). Très répandu au Moyen Age, il est cité au contraire par Érasme comme un des ouvrages qui abrutissent la jeunesse (*De utilitate Colloquiorum*).

15. Les *commentaires (Commens)* suivants sont de fantaisie, comme leurs auteurs aux noms ridicules; *Faquin :* portefaix; *Trop diteux :* gens de rien; *Gualehaul,* personnage du roman *Lancelot du Lac* (cf. *Pantagruel,* généalogie, chap. I); *Billon :* monnaie de peu de valeur; *Brelinguand :* sexe de la femme.

16. *A l'épreuve.*

17. *« Que les « modes de signifier » n'étaient pas de la science ».*

18. *Calendrier.*

19. Souvenir de l'*Épitaphe de frère Jehan l'Évêque, cordelier,* de Marot, qui accuse le *frère Jehan* d'être mort de cette maladie.

20. Nom synonyme de *stupidité,* comme *Jean le Veau : jobelin* évoque *jobard,* niais; *bridé* est associé à *oisons* dans le *Prologue* du *Gargantua.*

* Variante des éditions antérieures : *« docteur en théologie ».*

« Mais je vous diz qu'en ce seul propos que j'ay presentement davant vous tenu à mon filz Gargantua, je congnois que son entendement participe de quelque divinité, tant je le voy agu[6], subtil, profund et serain, et parviendra à degré souverain de sapience, s'il est bien institué. Pour tant, je veulx le bailler à quelque homme sçavant pour l'endoctriner selon sa capacité, et n'y veulx rien espargner. »

De faict, l'on luy enseigna un grand docteur sophiste* nommé Maistre Thubal Holoferne[7], qui luy aprint sa charte[8] si bien qu'il la disoit par cueur au rebours; et y fut cinq ans et troys mois. Puis luy leut *Donat,* le *Facet, Theodolet* et Alanus *in Parabolis*[9] et y fut treze ans six moys et deux sepmaines.

Mais notez que cependent il luy aprenoit à escripre gotticquement[10] et escripvoit tous ses livres, car l'art d'impression n'estoit encores en usaige.

Et portoit ordinairement un gros escriptoire pesant plus de sept mille quintaulx, duquel le gualimart[11] estoit aussi gros et grand que les gros pilliers de Enay[12], et le cornet[13] y pendoit à grosses chaines de fer à la capacité d'un tonneau de marchandise.

Puis luy leugt *De modis significandi*[14], avecques les commens[15] de Hurtebize, de Fasquin, de Tropditeulx, de Gualehaul, de Jean le Veau, de Billonio, Brelinguandus, et un tas d'aultres, et y fut plus de dix huyt ans et unze moys. Et le sceut si bien que, au coupelaud[16], il le rendoit par cueur à revers, et prouvoit sus ses doigtz à sa mère que *de modis significandi non erat scientia*[17].

Puis luy leugt le *Compost*[18], où il fut bien seize ans et deux moys, lors que son dict precepteur mourut; et fut l'an mil quatre cens et vingt, de la verolle que luy vint[19].

Après, en eut un aultre vieux tousseux, nommé Maistre Jobelin Bridé[20], qui luy leugt Hugutio[21], Hebrard

21. Vocabulaire latin, *Liber derivationum,* composé par Hugu-tio de Pise (XIIIe s.), raillé par Érasme.

22. Lexique, dont le début était consacré aux mots latins de racine grecque; composé par Everard de Béthune (XIIIe s.), encore en usage au XVe s.

23. Le *Doctrinale puerorum* d'Alexandre de Villedieu (XIIIe s.) est un traité de grammaire, critiqué par les Humanistes du XVe s. Le *De octo partibus orationis* (Des huit parties du discours), ouvrage de rhétorique. Le *Quid est* (qu'est?...), manuel scolaire présenté sous forme de questions et réponses. Le *Supplementum* n'est pas identifié. Commentaire de la Bible, dont le titre *Mamotrectus* est rapproché malicieusement de *marmot* (à l'origine : *singe*), objet de raillerie pour Érasme, il est cité dans le *Catalogue de la librairie de Sainct-Victor,* (*Pantagruel,* chap. VII, p. 105 : *Marmotretus, de baboinis et cingis :* « Marmotret Des babouins et des singes. »)

24. *« Des manières à observer à table »,* manuel de civilité, de Sulpizio de Veroli, présenté en distiques et très connu au début du XVIe s.

25. Sénèque, *Des quatre vertus cardinales :* ouvrage de morale, composé par l'évêque Martin de Braga (VIe s.) qui avait pris *Seneca* comme pseudonyme.

26. Le *« Miroir de la vraie pénitence »,* avec commentaire, est l'œuvre du moine florentin Passavanti (XIVe s.)

27. Le *« Dors en paix... »* est un recueil de sermons-types, utilisé par les prédicateurs du XVIe s. Rabelais reprend à son compte les critiques des Humanistes (en particulier Érasme) contre ces ouvrages démodés ou perpétuant la scolastique. Le *Dormi secure* est cité avec ironie par Henri Estienne, dans son *Apologie d'Acrodote.*

28. *Enfournâmes.*

Grecisme[22], *le Doctrinal*[23], *les Pars*, le *Quid est*, le *Supplementum*, Marmotret *De moribus in mensa servandis*[24], Seneca *De quatuor virtutibus cardinalibus*[25], Passavantus *cum Commento*[26], et *Dormi secure*[27] pour les festes, et quelques aultres de semblable farine. A la lecture desquelz il devint aussi saige qu'onques puis ne fourneasmes[28] nous.

1. *Alors.*
2. Complètement *sot.*
3. Philippe des Marais n'a pas été identifié. Le royaume de *Papeligosse* (mot du dialecte toulousain) évoque un « pays de Cocagne ».
4. *Stupidités, riens,* d'aussi peu de valeur que des *moufles.*
5. *Tranche-jambon :* fanfaron.
6. *La Brenne,* entre l'Indre et la Creuse.
7. Village voisin de Châteauroux.
8. *Heureux* (en grec).
9. *Peigné.*

CHAPITRE XV

Comment Gargantua fut mis soubz aultres pedagoges.

A TANT[1] son pere aperceut que vrayement il estudioit très bien et y mettoit tout son temps, toutesfoys qu'en rien ne prouffitoit et, que pis est, en devenoit fou, niays, tout resveux et rassoté[2].

De quoy se complaignant à Don Philippe des Marays, vice roy de Papeligosse[3], entendit que mieulx luy vauldroit rien n'aprendre que telz livres soubz telz precepteurs aprendre, car leur sçavoir n'estoit que besterie et leur sapience n'estoit que moufles[4], abastardisant les bons et nobles esperitz et corrompent toute fleur de jeunesse.

« Qu'ainsi soit, prenez (dist il) quelc'un de ces jeunes gens du temps present, qui ait seulement estudié deux ans. En cas qu'il ne ait meilleur jugement, meilleures parolles, meilleur propos que vostre filz, et meilleur entretien et honnesteté entre le monde, reputez moy à jamais un taillebacon[5] de la Brene[6]. » Ce que à Grandgousier pleust très bien, et commanda qu'ainsi feust faict.

Au soir, en soupant, ledict des Marays introduict un sien jeune paige de Villegongys[7], nommé Eudemon[8], tant bien testonné[9], tant bien tiré, tant bien

145

10. Transcription du grec ματαιολόγοι, *diseurs de choses vaines;* calembour évident sur les théologiens.

11. *Soutînt une thèse.*

12. *Obéissance.*

13. *Voulût.*

14. Le désintéressement d'Eudémon contraste avec la cupidité habituelle des courtisans et des « sophistes ».

15. Eudémon, à l'opposé de l'*écolier limousin* (*Pantagruel,* chap. VI, p. 87) s'exprime en un latin de la bonne époque.

16. Tiberius Gracchus, homme politique et orateur romain.

17. Paul-Émile, vainqueur de Persée, était estimé comme orateur et comme général. Quant à Cicéron, Montaigne l'estimera comme le plus grand orateur. Rabelais l'a déjà cité comme modèle dans la *Lettre de Gargantua* (*Pantagruel,* chap. VIII, p. 127.

espousseté, tant honneste en son maintien, que trop mieulx ressembloit quelque petit angelot qu'un homme. Puis dist à Grandgousier :

« Voyez vous ce jeune enfant? Il n'a encor douze ans; voyons, si bon vous semble, quelle difference y a entre le sçavoir de voz resveurs mateologiens[10] du temps jadis et les jeunes gens de maintenant. »

L'essay pleut à Grandgousier, et commanda que le paige propozast[11]. Alors Eudemon, demandant congié de ce faire audict vice roy son maistre, le bonnet au poing, la face ouverte, la bouche vermeille, les yeulx asseurez et le reguard assis suz Gargantua avecques modestie juvenile, se tint sus ses pieds, et commença le louer et magnifier premierement de sa vertus et bonnes meurs, secondement de son sçavoir, tiercement de sa noblesse, quartement de sa beaulté corporelle, et, pour le quint, doulcement l'exhortoit à reverer son pere en toute observance[12], lequel tant s'estudioit à bien le faire instruire, enfin le prioit qu'il le voulsist[13] retenir pour le moindre de ses serviteurs, car aultre don pour le present ne requeroit des cieulx, sinon qu'il luy feust faict grace de luy complaire en quelque service agreable[14]. Le tout feut par icelluy proferé avecques gestes tant propres, pronunciation tant distincte, voix tant eloquente et languaige tant aorné et bien latin[15], que mieulx resembloit un Gracchus[16], un Ciceron ou un Emilius[17] du temps passé qu'un jouvenceau de ce siecle.

Mais toute la contenence de Gargantua fut qu'il se print à plorer comme une vache et se cachoit le visaige de son bonnet, et ne fut possible de tirer de luy une parolle non plus qu'un pet d'un asne mort.

Dont son pere fut tant courroussé qu'il voulut occire Maistre Jobelin. Mais ledict des Marays l'en guarda par belle remonstrance qu'il luy feist, en maniere que fut son ire moderée. Puis commenda qu'il feust payé

18. Les Anglais et les Allemands passaient pour s'enivrer volontiers, cf. Montaigne, Livre II, chap. II. *De l'ivrognerie* : « *Les Allemands boivent quasi également de tout vin avec plaisir. Leur fin, c'est l'avaler plus que le goûter.* » Erasme, (*Adages,* II, 2, 68) rapporte le dicton : *Tam satur est quam Anglus :* il est aussi soûl qu'un Anglais.

'19. Mot inventé par Rabelais, à la façon de noms grecs : *dur à la tâche* (πόνος : peine, travail, et κράτος, puissant).

* Variante des éditions antérieures : *chopiner théologalement.* Les théologiens étaient réputés pour aimer le bon vin. Au chap. XVIII, Gargantua et Ponocrates font boire Janotus *rustrement,* la quantité l'emportant sur la qualité.

de ses guaiges et qu'on le feist bien chopiner sophis-
ticquement*, ce faict, qu'il allast à tous les diables.

« Au moins (disoit il) pour le jourd'huy ne coustera
il gueres à son houste, si d'aventure il mouroit ainsi,
sou comme un Angloys[18]. »

Maistre Jobelin party de la maison, consulta Grandgousier avecques le vice roy quel precepteur l'on luy
pourroit bailler, et feut avisé entre eulx que à cest
office seroit mis Ponocrates[19], pedaguoge de Eudemon,
et que tous ensemble iroient à Paris, pour congnoistre
quel estoit l'estude des jouvenceaulx de France pour
icelluy temps.

1. Allusion possible à François de Fayolles, capitaine de Coulonges les Royaux, apparenté aux Estissac.

2. *Monstrueuse.*

3. Dicton latin reproduit par Erasme dans les *Adages. Nouveau* a le sens fort : *extraordinaire.*

4. *Éléphants.*

5. Particularité rapportée par Pline l'Ancien, *Hist. Nat.* VIII, 42.

6. *Languedoc;* étymologie fantaisiste : *Langue des Goths,* alors qu'il s'agit de la *langue d'oc,* par opposition à la *langue d'oïl.*

7. *D'alezan brûlé; toustade* est un mot languedocien.

8. *Avec des pommelettes en forme de treillis.*

9. *Peu.*

10. Tour de brique quadrangulaire de 4 m de côté et de 20 m de haut, se trouvant près du village de Saint-Mars (à proximité de Chinon).

11. *Branches.*

12. Le mot se trouve dans le *Pantagruel,* chap. VII, « *Les hanicrochemens* (accrocs) *des confesseurs,* et au chap. XII, « *Les petitz hanicrochemens* ». On le retrouve dans le *Prologue* du *Tiers Livre* dans une énumération d'armes. La comparaison, « *que sont les espicz au bled* » suggère que les touffes de la queue étaient accrochées entre elles, formant des épis recourbés.

13. Géographie approximative : le Thibet.

14. *Syrie.*

15. Jean Thenaud, maître ès arts et théologien, avait publié un récit de voyage, *Le voyage et itinéraire de oultre mer...,* auquel se réfère Rabelais.

16. *Adapter.*

17. Thenaud déclare avoir reçu en présent, au Caire, des « *moutons à la grande queue* »; celles-ci sont si pesantes qu'on « *leur faict petites charrettes esquelles reposent.* »

CHAPITRE XVI

Comment Gargantua fut envoyé à Paris, et de l'enorme jument que le porta et comment elle deffit les mousches bovines de la Beauce.

En ceste mesmes saison, Fayoles[1], quart roy de Numidie, envoya du pays de Africque à Grandgousier une jument la plus enorme et la plus grande que feut oncques veue, et la plus monstrueuse[2] (comme assez sçavez que Africque aporte tousjours quelque chose de noveau[3]), car elle estoit grande comme six oriflans[4], et avoit les pieds fenduz en doigtz comme le cheval de Jules Cesar[5], les aureilles ainsi pendentes comme les chievres de Languegoth[6], et une petite corne au cul. Au reste , avoit poil d'alezan toustade[7], entreillizé de grizes pomme-lettes[8]. Mais sus tout avoit la queue horrible, car elle estoit, poy plus poy[9] moins, grosse comme la pile Sainct Mars, auprès de Langès[10], et ainsi quarrée, avecques les brancars[11] ny plus ny moins ennicrochez[12] que sont les espicz au bled.

Si de ce vous esmerveillez, esmerveillez vous dad-vantaige de la queue des beliers de Scythie[13], que pesoit plus de trente livres, et des moutons de Surie[14], esquelz fault (si Tenaud[15] dict vray) affuster[16] une charrette au cul pour la porter, tant elle est longue et pesante[17].

151

18. *Carracques* : gros navires employés par les Gênois; le *brigantin* est un petit vaisseau de guerre.

19. *Les Sables-d'Olonne* était alors un port important, et non pas seulement un port de pêche et une plage. De Fontenay-le-Comte, il n'y a pas loin des *Sables*.

20. Facétie consistant à intervertir les termes d'un dicton : *Si n'estoient messieurs les Clercs, nous vivrions comme bestes.* »

21. *Tempéré.*

22. Il s'agit peut-être d'un cordonnier de Chinon, dont le nom a été retrouvé. (R. E. R., tome I, p. 80).

23. Cet exemple de déboisement original existe déjà dans les *Grandes Cronicques,* mais il se situe en Champagne.

24. *Terrain de culture.*

Vous ne l'avez pas telle, vous aultres paillards de plat pays.

Et fut amenée par mer, en troys carracques et un brigantin[18], jusques au port de Olone[19] en Thalmondoys.

Lorsque Grandgousier la veit : « Voicy (dist il) bien le cas pour porter mon filz à Paris. Or ça, de par Dieu, tout yra bien. Il sera grand clerc on temps advenir. Si n'estoient messieurs les bestes, nous vivrions comme clercs[20]. »

Au lendemain, après boyre (comme entendez), prindrent chemin Gargantua, son precepteur Ponocrates, et ses gens, ensemble eulx Eudemon, le jeune paige. Et par ce que c'estoit en temps serain et bien attrempé[21], son pere luy feist faire des botes fauves; Babin[22] les nomme brodequins.

Ainsi joyeusement passerent leur grand chemin, et tousjours grand chere, jusques au dessus de Orleans. Au quel lieu estoit une ample forest de la longueur de trente et cinq lieues, et de largeur dix et sept, ou environ. Icelle estoit horriblement fertile et copieuse en mousches bovines et freslons, de sorte que c'estoit une vraye briguanderye pour les pauvres jumens, asnes et chevaulx. Mais la jument de Gargantua vengea honnestement tous les oultrages en icelle perpetrées sur les bestes de son espece par un tour duquel ne se doubtoient mie. Car, soubdain qu'ilz feurent entrez en la dicte forest et que les freslons luy eurent livré l'assault, elle desguaina sa queue et si bien s'escarmouschant les esmoucha qu'elle en abatit tout le boys[23]. A tord, à travers, de çà, de là, par cy, par là, de long, de large, dessus, dessoubz, abatoit boys comme un fauscheur faict d'herbes, en sorte que depuis n'y eut ne boys ne freslons, mais feust tout le pays reduict en campaigne[24].

Quoy voyant, Gargantua y print plaisir bien grand

25. *Bâiller.* Les gentilshommes de Beauce passaient pour être pauvres à l'époque.

26. *Reposa.*

* Ajout de l'édition de 1542.

sans aultrement s'en vanter, et dist à ses gens : « Je trouve beau ce », dont fut depuis appellé ce pays la Beauce. Mais tout leur desjeuner feut par baisler[25] ; en memoire de quoy encores de present les gentilz-hommes de Beauce desjeunent de baisler, et s'en trou-vent fort bien, et n'en crachent que mieulx*.

Finablement arriverent à Paris, auquel lieu se refrais-chit[26] deux ou troys jours, faisant chere lye avecques ses gens, et s'enquestant quelz gens sçavans estoient pour lors en la ville et quel vin on y beuvoit.

1. *Porteur de reliques;* cf. *Pantagruel* (chap. XXX, p. 383) : « *Don Piètre de Castille* [Pierre le Cruel], *porteur de rogatons* » (aux Enfers); dans le chap. I du *Gargantua,* note 7 : « *quelques porteurs de rogatons et de coustretz* ». Déjà au Moyen Age on se moquait des porteurs de prétendues reliques (cf. *Jeu de la Feuillée*).

2. Rabelais oppose la superstition intéressée des *porteurs de rogatons* à la prédication sincère de l'Évangile. Il prend parti pour les Évangélistes (Lefèvre d'Étaples, Briçonnet, Roussel, etc...).

3. *Importunément.*

4. *Marauds.*

5. Don de bienvenue accordé aux évêques à leur arrivée dans leur diocèse.

6. Parodie burlesque d'une locution biblique, qui ne compte pas les femmes et les enfants dans les énumérations.

CHAPITRE XVII

Comment Gargantua paya sa bienvenue es Parisiens et comment il print les grosses cloches de l'eglise Nostre Dame.

QUELQUES jours après qu'ilz se feurent refraichiz, il visita la ville, et fut veu de tout le monde en grande admiration, car le peuple de Paris est tant sot, tant badault et tant inepte de nature, qu'un basteleur, un porteur de rogatons[1], un mulet avecques ses cymbales, un vielleuz au mylieu d'un carrefour, assemblera plus de gens que ne feroit un bon prescheur evangelicque[2].

Et tant molestement[3] le poursuyvirent qu'il feut contrainct soy reposer suz les tours de l'eglise Nostre Dame. Auquel lieu estant, et voyant tant de gens à l'entour de soy, dist clerement :

« Je croy que ces marroufles[4] voulent que je leurs paye icy ma bien venue et mon *proficiat*[5]. C'est raison. Je leur voys donner le vin, mais ce ne sera que par rys. »

Lors, en soubriant, destacha sa belle braguette, et, tirant sa mentule en l'air, les compissa si aigrement qu'il en noya deux cens soixante mille quatre cens dix et huyt, sans les femmes et petiz enfans[6].

Quelque nombre d'iceulx evada ce pissefort à legie-

7. Dans ce déluge d'un nouveau genre, quelques survivants trouvent refuge sur la montagne Sainte-Geneviève (aujourd'hui, place du Panthéon), point culminant du Quartier Latin ou de l'Université.

8. Comme *patati patata;* cf. Farce de *Maître Pathelin,* sc. v.

9. C'est Julien *(Misopognon)* qui désigne ainsi Paris [du grec λεύκο, blanc].

10. *Outrecuidants.*

11. Personnage inconnu, sans doute de fantaisie, comme son ouvrage et la série d'étymologies facétieuses.

12. En grec, παρρησία, signifie franchise, et par extension liberté de parole; cf. Villon, *Ballade des Dames de Paris :* « *Il n'est bon bec que de Paris.* »

13. *Clochettes.*

14. Les grands fromages blancs de Brie sont toujours réputés.

15. Ce n'est pas un titre de fantaisie. Les moines de Saint-Antoine-du-Dauphiné avaient le privilège de laisser leurs porcs en liberté, même dans les villes. En échange de la renonciation à ce droit, ils recevaient lard et jambon au cours de la quête du cochon *(suilla,* en latin). Le sobriquet de *jambonnier* était usuel.

16. *Saloir.*

17. Le commandeur de Saint-Antoine de Bourg-en-Bresse était Antoine de Saix, aumônier du duc de Savoie, auteur de divers ouvrages, l'*Esperon de discipline* (1532), les *Petitz fatras d'un apprentis* (1537).

18. *Étrangères.*

19. *Complots.*

20. *Affolé et bouleversé.*

21. L'hôtel de Nesle était situé sur l'emplacement actuel de la Monnaie. François Ier y avait établi un juge pour les procès de l'Université (1522). Les éditions antérieures donnaient *feut Sorbone* au lieu de *feut Nesle.*

reté des pieds, et, quand furent au plus hault de l'Université[7], suans, toussans, crachans et hors d'halene, commencerent à renier et jurer*, les ungs en cholere, les aultres par rys : « Carymary, carymara[8] ! Par saincte Mamye, nous son baignez par rys ! » Dont fut depuis la ville nommée *Paris,* laquelle auparavant on appelloit *Leucece,* comme dict Strabo, *lib. iiij*[9], c'est à dire, en grec, *Blanchette,* pour les blanches cuisses des dames dudict lieu. Et, par autant que à ceste nouvelle imposition du nom tous les assistans jurerent chascun les saincts de sa paroisse, les Parisiens, qui sont faictz de toutes gens et toutes pieces, sont par nature et bons jureurs et bons juristes, et quelque peu oultrecuydez[10], dont estime Joaninus de Barranco[11], *libro De copiositate reverentiãrum,* que sont dictz *Parrhesiens*[12] en Grecisme, c'est à dire fiers en parler.

Ce faict, considera les grosses cloches que estoient esdictes tours, et les feist sonner bien harmonieusement. Ce que faisant, luy vint en pensée qu'elles serviroient bien de campanes[13] au coul de sa jument, laquelle il vouloit renvoyer à son pere toute chargée de froumaiges de Brye[14] et de harans frays. De faict, les emporta en son logis.

Cependent vint un commandeur jambonnier de sainct Antoine[15] pour faire sa queste suille, lequel, pour se faire entendre de loing et faire trembler le lard au charnier[16], les voulut emporter furtivement, mais par honnesteté les laissa, non parce qu'elles estoient trop chauldes, mais parce qu'elles estoient quelque peu trop pesantes à la portée. Cil ne fut pas celluy de Bourg, car il est trop de mes amys[17].

Toute la ville feut esmeue en sedition, comme vous sçavez que à ce ilz sont tant faciles que les nations estranges[18] s'esbahissent de la patience des Roys de France, lesquelz aultrement par bonne justice ne les refrenent, veuz les inconveniens qui en sortent de

22. Mot mnémotechnique pour désigner une forme de syllogisme.

23. *Talentueux.*

24. Un maître de la Faculté des Arts (Faculté des Lettres).

25. Titre habituel des docteurs de la Faculté de théologie.

26. Nom obscène; cf. le verbe *bragmarder,* travailler du membre viril, (*Pantagruel,* chap. XXVI, p. 333) : « *braquemarder toutes les putains.* »

* Les éditions antérieures à 1542 énumèrent ces jurons empruntés à divers dialectes provinciaux ou à des langues étrangères :

« *Jurer les plagues Dieu* [Par les plaies de Dieu!]. *Je renye Dieu! Frandienne* (comme *sandienne* : sans de Dieu) *Vez tu ben, La merde!* [Vois-tu ben? Par la Mère de Dieu!]. *Po cab de bious!* [Tête de Dieu! (en gascon)]. *Das dich Gott leyden schend!* [Que la passion de Dieu te confonde, (en allemand)]. *Pote de Christo!* (juron italien). *Ventre Sainct! Quenet! Vertus guoy!* [Vertu Dieu!]. *Par Sainct Fiacre de Brye!* [Le patron des jardiniers était un saint guérisseur, dont les reliques étaient dans la cathédrale de Meaux. Panurge l'invoque au *Tiers Livre,* chap. XLVII]. *Sainct Treignant!* [Saint Ninian, saint tutélaire de l'Écosse, cf. *Pantagruel,* chap. IX]. *Je foys veu à Sainct Thibaud!* [Patron des savetiers, invoqué par Panurge, *Pantagruel,* chap. XIV. *Pasques Dieu! Le bon jour Dieu! Le diable m'emporte! Foy de gentilhome!* [Ces quatre derniers jurons avaient été adoptés successivement par Louis XI, Charles VIII, Louis XII et François Ier]. *Par sainct Andouille!* [cf. *Quart Livre,* chap. XXXVIII : *Comment Andouilles ne sont à mespriser entre les humains*]. *Par sainct Guodegrin qui feut martyrizé de pomes cuyttes* [Chrodegand, évêque de Metz, dont le nom est assimilé à *Grand Godet,* patron des buveurs]. *Par sainct Foutin l'apostre! Par sainct Vit! Par saincte Mamye!* [jeu de mots sur les noms de saints réels et d'obscénités], *nous sommes baignez par rys! Dont feut...*

* Variante de la première édition : « *monopoles, pour veoir si je n'y feroys pas de beaulx placquars de merde. Croyez que...* »

** Variante des éditions antérieures à 1542 : *théologien.*

jour en jour. Pleust à Dieu que je sceusse l'officine
en laquelle sont forgez ces chismes et monopoles[19],
pour les mettre en evidence es confraries de ma
paroisse* !

Croyez que le lieu auquel convint le peuple tout
folfré et habaliné[20] feut Nesle[21], où lors estoit, maintenant n'est plus l'oracle de Lucece. Là feut proposé le
cas et remonstré l'inconvenient des cloches transpor-
tées. Après avoir bien ergoté *pro et contra,* feut conclud
en *Baralipton*[22] que l'on envoyroit le plus vieux et suffisant[23] de la Faculté vers Gargantua pour luy remonstrer
l'horrible inconvenient de la perte d'icelles cloches, et,
nonobstant la remonstrance d'aulcuns de l'Université
qui alleguoient que ceste charge mieulx compctoit à
un orateur[24] que à un sophiste**, feut à cest affaire
esleu nostre maistre[25] Janotus de Bragmardo[26].

1. A la mode de Jules César... qui était chauve.

2. Capuchon que portaient les docteurs en théologie, comme le précisaient les éditions antérieures : « *son lyripipion theologal.* »

3. Muni en guise de remède.

4. Le *cotignac*, gelée de pomme au coing est une spécialité de l'Orléanais encore aujourd'hui; bien entendu, c'est le *pain* qu'on cuit au four, et non le cotignac. L'estomac de Janotus a besoin d'une nourriture substantielle. Panurge fait absorber à Pantagruel du *coudinac cantharidisé (Pantagruel,* chap. xxvjii, p. 355) pour le mettre en forme.

5. Le vin.

6. *Bedeaux.* La plaisanterie est préparée par *touchant* (on *touche (aiguillonne)* les bœufs), *vedeau* en languedocien signifie *veau.*

7. Autre jeu de mots sur le titre des maîtres ès arts, *magistri in artibus,* et *inertes.*

8. *Complètement.* L'accusation de malpropreté contre les Sorbonistes est fréquente à cette époque.

9. *Mascarade.*

10. *Averti.*

11. Les compagnons de Pantagruel ont des noms en rapport avec leur emploi : *Philotomie : qui aime trancher* (en grec φιλέω et τέμνω, couper; cf. aujourd'hui, le *microtome* utilisé par les biologistes pour faire des coupes très minces) — *Gymnaste :* maître de gymnastique.

CHAPITRE XVIII

Comment Janotus de Bragmardo feut envoyé
pour recouvrer de Gargantua les grosses cloches.

Maistre Janotus, tondu à la cesarine[1], vestu de
son lyripipion[2] à l'antique, et bien antidoté[3] l'estomac
de coudignac de four[4] et eau beniste de cave[5], se
transporta au logis de Gargantua, touchant davant
soy troys vedeaulx[6] à rouge muzeau, et trainant après
cinq ou six maistres inertes[7], bien crottez à profit de
mesnaige[8].

A l'entrée les rencontra Ponocrates, et eut frayeur
en soy, les voyant ainsi desguisez, et pensoit que
feussent quelques masques hors du sens. Puis s'enquesta à quelqu'un desdictz maistres inertes de la
bande, que queroit ceste mommerie[9]. Il luy feut respondu qu'ilz demandoient les cloches leurs estre rendues.

Soubdain ce propos entendu, Ponocrates courut dire
les nouvelles à Gargantua, affin qu'il feust prest de
la responce et deliberast sur le champ ce que estoit
de faire. Gargantua, admonesté[10] du cas, appella à part
Ponocrates son precepteur, Philotomie son maistre
d'hostel, Gymnaste son escuyer[11], et Eudemon, et
sommairement confera avecques eulx sus ce que

12. Le *retrait,* d'ordinaire, ce sont les latrines, mais le *retrait du gobelet,* c'est l'office.

13. *Boire comme un rustre :* en quantité. Les éditions antérieures disaient *théologalement,* en théologien amateur de bon vin, cf. *Gargantua,* variante du chap. XV, p. 148, Montaigne, lui (III, XIII) défend les docteurs de Sorbonne : « Le vin théologal et sorbonique est passé en proverbe... je trouve que c'est raison qu'ils en dînent d'autant plus commodément et plaisamment qu'ils ont utilement et sérieusement employé la matinée. »

* Variante des éditions antérieures à 1542 : « *theologien* ».

estoit tant à faire que à respondre. Tous feurent d'advis que on les menast au retraist du goubelet[12] et là on les feist boyre rustrement[13], et, affin que ce tousseux n'entrast en vaine gloire pour à sa requeste avoir rendu les cloches, l'on mandast, cependent qu'il chopineroit, querir le prevost de la ville, le recteur de la Faculté, le vicaire de l'eglise, esquelz, davant que le sophiste eust proposé sa commission, l'on delivreroit les cloches. Après ce, iceulx presens, l'on oyroit sa belle harangue. Ce que fut faict, et, les susdictz arrivez, le sophiste* feut en plene salle introduict et commença ainsi que s'ensuit, en toussant.

1. *Bonadies,* bonjour! Janotus avale les formules de salut.

2. Double effet comique, car il existe un village de *Londres* dans le Quercy, et un *Bordeaux,* près de Meaux. Mais le lecteur pense à un lapsus du *tousseux.*

3. *Intronisée.*

4. Parodie du jargon scolastique : *terresterité,* c'est la qualité terrestre; la *nature quidditative :* l'essence; *extraneizer :* éloigner.

5. Les *halos* (de la lune) et les *tourbillons :* Janotus pense à protéger les vignes; pour lui, c'est le principal usage des cloches.

6. Jeu de mots : *sens (raison)* et *cens (redevance).*

7. *Empans.* L'*empan* mesure environ 24 cm.

8. *« Et un homme sage ne les repoussera pas »,* adaptation burlesque d'une recommandation de l'*Écclésiaste* concernant les médicaments (xxxviii, 4).

CHAPITRE XIX

La harangue de maistre Janotus de Bragmardo faicte à Gargantua pour recouvrer les cloches.

« EHEN, hen, hen! *Mna dies*[1], Monsieur, *mna dies, et vobis,* Messieurs. Ce ne seroyt que bon que nous rendissiez nos cloches, car elles nous font bien besoing. Hen, hen, hasch! Nous en avions bien aultresfovs refusé de bon argent de ceulx de Londres en Cahors, sy avions nous de ceulx de Bourdeaulx en Brye[2], qui les vouloient achapter pour la substantificque qualité de la complexion elementaire que est intronificquée[3] en la terresterité de leur nature quidditative[4] pour extraneizer les halotz et les turbines[5] suz noz vignes, vrayement non pas nostres, mais d'icy auprès; car, si nous perdons le piot, nous perdons tout, et sens et loy[6].

« Si vous nous les rendez à ma requeste, je y guaigneray six pans[7] de saulcices et une bonne paire de chausses que me feront grant bien à mes jambes, ou ilz ne me tiendront pas promesse. Ho! par Dieu, *Domine,* une pair de chausses est bon, *et vir sapiens non abhorrebit eam*[8]. Ha! ha! il n'a pas pair de chausses qui veult, je le sçay bien quant est de moy! Advisez, *Domine;* il y a dix huyt jours que je suis à matagra-

9. *Méditer;* la sonorité du mot est cocasse par elle-même.

10. « Rendez à César ce qui est à César, et à Dieu ce qui est à Dieu. » (selon saint Luc, xx, 25).

11. « Là gît le lièvre. » Après la parole de l'Évangile, une locution scolaire banale : « C'est là qu'est la difficulté ».

12. La *« chambre de charité »* est le réfectoire pour les hôtes du couvent.

13. « Nous ferons bonne chère. » Argot des clercs, qui joue sur *chère* et *chérubin,* esprit céleste.

14. *« J'ai tué un porc et j'ai du bon vin. »*

15. Ce qui n'empêche pas Janotus d'avoir fait deux solécismes grossiers *(habet* pour *habeo; vino* pour *vinum)* et de mélanger le français *(bon)* au latin.

16. « Par Dieu! donnez-nous nos cloches. »

17. Jeu de mots sur les *Sermons* du prédicateur Matthéi d'*Udine* et sur la conjonction latine *Utinam,* plaise au ciel.

18. Encore du latin de cuisine : « Voulez-vous aussi des pardons? Par Dieu, vous en aurez et ne payerez rien! ». Rabelais ne manque pas l'occasion d'attaquer la vente des indulgences (cf. *Pantagruel,* chap. XVII).

19. Mot composé burlesque, avec sans doute la recherche d'un rapprochement de sons entre *Domine* et *donnaminor.*

20. *Oui, vraiment, c'est le bien de la ville.*

21. « Qui a été comparée aux bêtes de somme dépourvues de sens, et qui leur est devenue semblable, dans je ne sais quel psaume. » Utilisation burlesque du *Psaume* 48, où le riche aveuglé par la prospérité est comparé à une bête de somme.

22. « Je l'avais pourtant bien coté sur mon papier. »

23. « Et c'est un bon Achille ». En jargon d'école, *Achille,* c'est le symbole de l'argument invincible.

24. « Moi donc j'argumente ainsi : Toute cloche clochable, en clochant dans le clocher, clochant par le clochatif, fait clocher clochablement les clochants. A Paris, il y a des cloches. Donc... » *Ergo gluc* est une formule de conclusion absurde, dans le jargon scolaire.

25. « Dans le troisième mode de la première figure, en Darri », terme mnémotechnique de syllogisme (cf. chap. XVII. note 22).

26. *Je faisais merveilles.*

boliser[9] ceste belle harangue : *Reddite que sunt Cesaris Cesari, et que sunt Dei Deo*[10]. *Ibi jacet lepus*[11].

« Par ma foy, *Domine,* si voulez souper avecques moy *in camera,* par le corps Dieu! *charitatis*[12], *nos faciemus bonum cherubin*[13]. *Ego occidi unum porcum, et ego habet bon vino*[14]. Mais de bon vin on ne peult faire maulvais latin[15].

« Or sus, *de parte Dei, date nobis clochas nostras*[16]. Tenez, je vous donne de par la Faculté ung *Sermones de Utino*[17] que, *utinam,* vous nous baillez nos cloches, *Vultis etiam pardonos? Per diem, vos habebitis et nibil poyabitis.*

« O Monsieur *Domine, clochidonnaminor*[19] *nobis! Dea, est bonum urbis*[20]. Tout le monde s'en sert. Si vostre jument s'en trouve bien, aussi faict nostre Faculté, *que comparata est jumentis insipientibus et similis facta est eis, psalmo nescio quo*[21]... Si l'avoys je bien quotté[23] en mon paperat, *et est unum bonum Achilles*[23]. Hen, hen, ehen, hasch!

« Ça! je vous prouve que me les doibvez bailler. *Ego sic argumentor :*

« *Omnis clocha clochabilis, in clocherio clochando, clochans clochativo clochare facit clochabiliter clochantes. Parisius habet clochas. Ergo gluc*[24].

« Ha, ha, ha, c'est parlé cela! Il est *in tertio prime,* en *Darii*[25] ou ailleurs. Par mon ame, j'ay veu le temps que je faisois diables[26] de arguer, mais de present je ne fais plus que resver, et ne me fault plus dorenavant que bon vin, bon lict, le dos au feu, le ventre à table et escuelle bien profonde.

« Hay, *Domine,* je vous pry, *in nomine Patris et Filii et Spiritus Sancti, amen,* que vous rendez noz cloches, et Dieu vous guard de mal, et Nostre Dame de Santé, *qui vivit et regnat per omnia secula seculorum, amen.* Hen, hasch, hasch, grenhenhasch!

« *Verum enim vero, quando quidem, dubio procul, edepol,*

27. Accumulation de termes de rhétorique : « Mais en vérité, attendu que, sans doute, par Pollux, puisque ainsi certes, par le Dieu de la bonne foi... »

28. *Sonnettes, clochettes.*

29. *Brailler.*

30. Pontano, humaniste italien (1426-1503), qui détestait les cloches, mais pour d'autres raisons.

31. *Battant,* d'une cloche. Le passage serait tiré de la *Nef des Folz,* de Sébastien Brandt, édité par Juste, à Lyon, en 1530.

32. Lapsus de l'ivrogne pour *Colique.*

33. Pléonasme : *« vers en forme de vers ».*

34. Onomatopées burlesques, comme : « pan, rataplan ».

35. *A volonté.* Réplique amusante à la condamnation du *Pantagruel.*

36. Série de coq-à-l'âne : « Portez-vous bien et applaudissez! », formule finale de la comédie latine; « Moi, Calepino, j'ai fait cette récension », formule terminale du copiste ou du commentateur. *Calepino* est un moine de Bergame, auteur d'un dictionnaire (xvie s.).

quoniam, ita certe, meus Deus fidus[27], une ville sans cloches
est comme un aveugle sans baston, un asne sans cropiere, et une vache sans cymbales[28]. Jusques à ce que
nous les ayez rendues, nous ne cesserons de crier après
vous comme un aveugle qui a perdu son baston, de
braisler[29] comme un asne sans cropiere, et de bramer
comme une vache sans cymbales.

« Un quidam latinisateur, demourant près l'Hostel
Dieu, dist une foys, allegant l'autorité d'ung Tapon-
nus, — je faulx : c'estoit Pontanus[30], poete seculier, —
qu'il desiroit qu'elles feussent de plume et le batail[31]
feust d'une queue de renard, pource qu'elles luy
engendroient la chronique[32] aux tripes du cerveau
quand il composoit ses vers carminiformes[33]. Mais, nac
petitin petetac, ticque, torche, lorne[34], il feut declairé
hereticque; nous les faisons comme de cire[35]. Et plus
n'en dict le deposant. *Valete et plaudite. Calepinus recen-
sui*[36]. »

1. Crassus passait pour n'avoir ri qu'une fois en sa vie; cf. Pline l'Ancien, (*Hist. Nat.,* VII, 19) et Érasme, (*Adages,* I, x, 71).

2. Cette anecdote, tirée de Valère Maxime (ix, 12) ou de Lucien (*Macrobites,* 25), déjà mentionnée au chap. x, le sera encore au *Quart Livre,* chap. xvii.

3. *Ébranlement.*

4. *Écoulées dehors.*

5. Héraclite (576-480 av. J.-C.) passait pour pleurer sur la sottise humaine, tandis que Démocrite (né vers 460 av. J.-C.) en riait. Montaigne leur a consacré l'essai l du livre I, préférant l'humeur de Démocrite, « non parce qu'il est plus plaisant de rire que de pleurer, mais parce qu'elle est plus dédaigneuse. »

6. *Calmés.*

7. Surnom de Jean de l'Espine (xvie s.), « farceur » réputé.

* Variante des éditions antérieures à 1542 : *theologien.*

** Variante des éditions antérieures à 1542 : *contre les Sorbonistes.*

CHAPITRE XX

Comment le sophiste* emporta son drap, et comment
il eut procès contre les aultres maistres**

LE SOPHISTE n'eut si toust achevé que Ponocrates et
Eudemon s'esclafferent de rire tant profondement que
en cuiderent rendre l'ame à Dieu, ne plus ne moins
que Crassus, voyant un asne couillart qui mangeoit
des chardons[1], et comme Philemon, voyant un asne
qui mangeoit les figues qu'on avoit apresté pour le
disner, mourut de force de rire[2]. Ensemble eulx commença rire Maistre Janotus, à qui mieulx mieulx, tant
que les larmes leurs venoient es yeulx par la vehemente
concution[3] de la substance du cerveau, à laquelle furent
exprimées ces humiditez lachrymales et transcoullées[4]
jouxte les nerfz optiques. En quoy par eulx estoyt Demo-
crite heraclitizant et Heraclyte democritizant[5] repre-
senté.

Ces rys du tout sedez[6], consulta Gargantua avecques
ses gens sur ce qu'estoit de faire. Là feut Ponocrates
d'advis qu'on feist reboyre ce bel orateur, et, veu
qu'il leurs avoit donné de passetemps et plus faict
rire que n'eust Songecreux[7], qu'on luy baillast les
dix pans de saulcice mentionnez en la joyeuse harangue,

8. Trois cents bûches de bois à brûler.

9. *De plume d'oie;* c'est la plume la plus réputée.

10. *Conviendraient.*

11. Haut-de-chausse avec bricole pour l'entre-jambe.

12. Pantalons larges comme en avaient les marins.

13. Les chausses des soldats suisses étaient gonflées de crevés et de bouffants. — *Bedondaine :* bedaine.

14. *A queue de morue :* fendues par-derrière. C'est la forme de chausses de l'Écolier limousin (cf. *Pantagruel,* VI, p. 97). On imagine l'allure ridicule du vieux « sophiste » ainsi affublé.

15. Tissu de laine blanche.

16. *Portefaix.*

17. Nom qui évoque *andouille...* ou *bander.*

18. *Selon le mode et la figure :* en bonne forme (de syllogisme).

19. Les « *suppositions* » sont une section de la *petite Logique (parva logicalia).* — « A qui se rapporte la pièce de drap? »

20. « Confusément et sans désignation de personne. »

21. « Je ne te demande pas comment elle se rapporte, mais pour quoi. »

22. « C'est pour mes jambes. Et c'est pourquoi le porterai-je moi-même, de même que la substance porte l'accident. » Manifestement, Janotus craint pour son drap.

23. Dans la farce, le drapier veut porter la pièce achetée par Pathelin, « par politesse », mais celui-ci tient à l'emporter lui-même : « sous le bras, cela me fera une belle bosse!... Ah! Cela va très bien... » (sc. II). Rabelais aime faire allusion à *Pathelin.* Dans *Pantagruel* (chap. XXX, p. 389), Pathelin devenu trésorier de Rhadamante aux Enfers marchande des petits pâtés vendus à la criée par le pape Jules. — On sait le commentaire plaisant de Molière, *Précieuses ridicules* (sc. IX) sur *tapinois :* « *Mascarille. — Tapinois,* en cachette; il semble que ce soit un chat qui vienne de prendre une souris. »

24. Janotus est accusé de s'être laissé acheter par Gargantua.

<hr/>

* Variante des éditions antérieures à 1542 : « *doubtant aussy... de peur d'eschauffer les reins* » manque.

** Les précédentes éditions précisaient : « *decent à l'estat theologal* ».

avecques une paire de chausses, troys cens de gros boys de moulle[8], vingt et cinq muitz de vin, un lict, à triple couche de plume anserine[9], et une escuelle bien capable et profonde, lesquelles disoit estre à sa vieillesse necessaires.

Le tout fut faist ainsi que avoit esté deliberé, excepté que Gargantua, doubtant que on ne trouvast à l'heure chausses commodes pour ses jambes*, doubtant aussy de quelle façon mieulx duyroient[10] audict orateur, ou à la martingualle qui est un pont levis de cul[11] pour plus aisement fianter, ou à la mariniere[12] pour mieulx soulaiger les roignons, ou à la Souice pour tenir chaulde la bedondaine[13], ou à queue de merluz[14] de peur d'eschauffer les reins, luy feist livrer sept aulnes de drap noir, et troys de blanchet[15] pour la doubleure. Le boys feut porté par les guaingnedeniers[16]; les maistres es ars porterent les saulcices et escuelles; Maistre Janot voulut porter le drap.

Un desdictz maistres, nommé Maistre Jousse Bandouille[17], luy remonstroit que ce n'estoit honeste ny decent son estat** et qu'il le baillast à quelq'un d'entre eulx.

« Ha! (dist Janotus) baudet, baudet, tu ne concluds poinct *in modo et figura*[18]. Voylà de quoy servent les suppositions et *parva logicalia*. *Panus pro quo supponit*[19]?

— *Confuse* (dist Bandouille) *et distributive*[20].

— Je ne te demande pas (dist Janotus), baudet, *quo modo supponit*, mais *pro quo*[21]; c'est, baudet, *pro tibiis meis*[22]. Et pour ce le porteray je *egomet, sicut suppositum portat adpositum.* »

Ainsi l'emporta en tapinois, comme feist Patelin[23] son drap.

Le bon* feut quand le tousseux, glorieusement, en plein acte tenu chez les Mathurins, requist ses chausses et saulcices; car peremptoirement luy feurent deniez[24], par autant qu'il les avoit eu de Gargantua, selon les

25. *De ce qui était équitable. Raison* conserve le double sens de *calcul, compte,* et de faculté logique. D'où la réplique de Janotus.

26. L'indignation fait retrouver son éloquence à Janotus, qui exprime, du même coup, les sentiments de Rabelais.

27. *« Ne faites pas les hypocrites. »*

28. *Lépreux.*

29. *Homosexuels.*

30. Au sens propre : « qui détournent du bon chemin. »

31. *Rédigèrent une accusation.*

32. *Citer à comparaître.*

33. Toujours l'accusation de saleté. De Janotus et de ses adversaires, c'est à qui sera le plus malpropre.

34. *Par ces vœux.*

35. *Épluché* (passé au crible). Le procès de Janotus dure aussi longtemps que celui de Humevesne et de Baysecul (cf. *Pantagruel,* chap. X-XIII).

36. *Répètent comme un refrain.*

37. « toutes choses nées tombent »; souvenir de Salluste, *De bello jugurthino,* II, 3.

38. « *Ces avaleurs de frimas* (brouillards) » : les amateurs de procès, juges et plaideurs, levés dès l'aube pour aller au Palais; cf. *Les Plaideurs,* de Racine.

39. Souvenir de Pline l'Ancien, *Hist. Nat.,* VII, 32.

* Variante des éditions antérieures : *acte de Sorbonne.* Les assemblées des théologiens avaient lieu soit à la Sorbonne, soit dans l'église des Mathurins, selon le nombre des participants et l'objet de la réunion.

** Variante des éditions antérieures : *« Les Sorbonicoles »,* au lieu de « Les maîtres ».

informations sur ce faictes. Il leurs remonstra que ce avoit esté de *gratis* et de sa liberalité, par laquelle ilz n'estoient mie absoubz de leurs promesses. Ce nonobstant, luy fut respondu qu'il se contentast de raison[25], et que aultre bribe n'en auroit.

« Raison (dist Janotus), nous n'en usons poinct ceans[26]. Traistres malheureux, vous ne valez rien; la terre ne porte gens plus meschans que vous estes, je le sçay bien. Ne clochez pas devant les boyteux[27] : j'ai exercé la meschanceté avecques vous. Par la ratte Dieu! je advertiray le Roy des enormes abus que sont forgez ceans et par voz mains et menéez, et que je soye ladre[28] s'il ne vous faict tous vifz brusler comme bougres[29], traistres, hereticques et seducteurs[30], ennemys de Dieu et de vertus! »

A ces motz, prindrent articles[31] contre luy; luy, de l'aultre costé, les feist adjourner[32]. Somme, le procès fut retenu par la Court, et y est encores. Les magistres**, sur ce poinct, feirent veu de ne soy descroter[33]; Maistre Janot, avecques ses adherens, feist veu de ne se moucher, jusques à ce qu'en feust dict par arrest definitif.

Par ces veuz[34] sont jusques à present demourez et croteux et morveux, car la Court n'a encores bien grabelé[35] toutes les pieces; l'arrest sera donné es prochaines calendes Grecques, c'est à dire jamais, comme vous sçavez qu'ilz font plus que nature et contre leurs articles propres. Les articles de Paris chantent[36] que Dieu seul peult faire choses infinies. Nature rien ne faict immortel, car elle mect fin et periode à toutes choses par elle produictes : car *omnia orta cadunt*[37], etc.; mais ces avalleurs de frimars[38] font les procès davant eux pendens et infiniz et immortelz. Ce que faisans, ont donné lieu et verifié le dict de Chilon[39], Lacedemonien, consacré en Delphes, disant Misère estre compaigne de Proces et gens playdoiens miserables, car plus tost ont fin de leur vie que de leur droict pretendu.

1. Forêt de Fontainebleau.

2. *Selon le choix.*

3. *Répartissait.*

4. Fragment du Psaume CXXVI, 2 : « Il est vain de vous lever avant la lumière ». C'était une plaisanterie traditionnelle dans le clergé de citer le début de ce verset. Boileau se moquera encore du prélat amateur de sommeil :

« C'est là que le prélat, muni d'un déjeuner,
Dormant d'un léger somme, attendait le dîner. »

(Le Lutrin, chant I, x, 63-64)

5. *Gambadait.*

6. *Faisait des sauts.*

7. *Se vautrait dans sa paillasse.*

8. Terme médical : fluide communiquant les ordres du cœur et du cerveau aux diverses parties du corps. Cette conception aura encore cours au XVIIe s.; cf. Descartes, (*Discours de la Méthode,* 5e partie) : « *Ils sont comme un vent très subtil...* » — La Fontaine (*Fables,* V, XVII) :

« Enfin il se trahit lui-même
Par les esprits sortant de son corps échauffé. »

* Variante des deux premières éditions : *« Précepteurs sorbonagres ».*

** Addition de 1542 : *« Je croy... maintenant ».*

*** Variante des éditions antérieures : *« regens theologiques ».*

CHAPITRE XXI

L'estude de Gargantua, selon la discipline
de ses precepteurs sophistes*.

Les premiers jours ainsi passez et les cloches remises
en leur lieu, les citoyens de Paris, par recongnoissance
de ceste honnesteté, se offrirent d'entretenir et nourrir
sa jument tant qu'il luy plairoit, — ce que Gargantua
print bien à gré, — et l'envoyerent vivre en la forest de
Biere[1]. Je croy qu'elle n'y soyt plus maintenant**.

Ce faict, voulut de tout son sens estudier à la discretion[2] de Ponocrates; mais icelluy, pour le commencement, ordonna qu'il feroit à sa maniere accoustumée,
affin d'entendre par quel moyen, en si long temps, ses
antiques precepteurs l'avoient rendu tant fat, niays et
ignorant.

Il dispensoit[3] doncques son temps en telle façon que
ordinairement il s'esveilloit entre huyt et neuf heures,
feust jour ou non; ainsi l'avoient ordonné ses regens
antiques***, alleguans ce que dict David : *Vanum est
vobis ante lucem surgere*[4].

Puis se guambayoit[5], penadoit[6] et paillardoit[7] parmy
le lict quelque temps pour mieulx esbaudir ses esperitz
animaulx[8]; et se habiloit selon la saison, mais voluntiers portoit il une grande et longue robbe de grosse

179

9. Étoffe de grosse laine, venant d'Espagne, d'Angleterre ou des Flandres.

10. Jacques Almain, docteur de l'Université de Paris, auteur d'un traité de logique, au début du XVIᵉ s.

11. *Vomissait.*

12. *Se mouchait copieusement et salement,* expression populaire.

13. *Carbonnades* ou *charbonnades :* viandes grillées sur le charbon de bois.

14. *Grillades de chevreau.*

15. Soupe avec pain trempé, mangée dans les couvents après les prières du matin (*primes*).

16. Alexandre VI (1492-1503), qui est « *preneur de ratz* » aux Enfers, dans le *Pantagruel* (chap. XXX). Son médecin était Bonnet de Lotes, juif converti et auteur d'un traité sur l'astrologie. On sait que Rabelais méprise cette fausse science.

17. *En quantité.*

18. Dicton courant au XVIᵉ s.

19. *Empantouflé.*

20. La graisse laissée par les doigts. L'expression rappelle le terme de boucherie : « tant en graisse qu'en chair et os ».

21. Son *aumônier attitré.*

* Depuis *settoyt...* jusqu'à *sangloutoyt* manque dans les éditions antérieures à 1542.

frize[9] fourrée de renards; après se peignoit du peigne de Almain[10], c'estoit des quatre doigtz et le poulce; car ses precepteurs disoient que soy aultrement pigner, laver et nettoyer estoit perdre temps en ce monde.

Puis fiantoit, pissoyt, rendoyt sa gorge[11], rottoit, pettoyt, baisloyt, crachoyt, toussoyt, sangloutoyt*, esternuoit et se morvoyt en archidiacre[12], et desjeunoyt pour abatre la rouzée et maulvais aer : belles tripes frites, belles charbonnades[13], beaulx jambons, belles cabirotades[14] et forces soupes de prime[15].

Ponocrates luy remonstroit que tant soubdain ne debvoit repaistre au partir du lict sans avoir premierement faict quelque exercice. Gargantua respondit : « Quoy! n'ay je faict suffisant exercice? Je me suis vaultré six ou sept tours parmi le lict davant que me lever. Ne est ce assez? Le pape Alexandre ainsi faisoit, par le conseil de son medicin Juif[16], et vesquit jusques à la mort en despit des envieux. Mes premiers maistres me y ont acoustumé, disans que le desjeuner faisoit bonne memoire; pour tant y beuvoient les premiers. Je m'en trouve fort bien et n'en disne que mieulx. Et me disoit Maistre Tubal (qui feut premier de sa licence à Paris) que ce n'est tout l'advantaige de courir bien toust, mais bien de partir de bonne heure; aussi n'est ce la santé totale de nostre humanité boyre à tas[17], à tas, à tas, comme canes, mais ouy bien de boyre matin; *unde versus :*

> Lever matin n'est poinct bon heur;
> Boire matin est le meilleur[18].

Après avoir bien à poinct desjeuné, alloit à l'église, et luy pourtoit on dedans un grand penier un gros breviaire empantophlé[19], pesant, tant en gresse[20] que en fremoirs et parchemin, poy plus poy moins, unze quintaulx six livres. Là oyoit vingt et six ou trente messes. Ce pendent venoit son diseur d'heures en place[21],

22. *Emmitouflé dans son paletot comme une huppe.*

23. *Immunisé.*

24. *Sirop de vigne.* Tous les personnages de Rabelais aiment le *« piot »*.

25. *Soigneusement.* Rabelais se moque de ce formalisme; cf. Montaigne, I, LVI : « Nous nous servons de nos prières comme d'un jargon et comme ceux qui emploient les paroles saintes et divines à des sorcelleries et effets magiciens... »

26. Charrette de fardier.

27. *Tas.*

28. *Chapelets* souvent fort ornés. Celui de la *haute dame* courtisée par Panurge est de bois de citronnier incrusté d'or. Il lui sert *« de contenence à l'église. »* (*Pantagruel* chap. XXI, p. 287). On fabrique toujours à Saint-Claude (Jura) des objets en bois tourné, notamment des pipes.

29. *La tête.*

30. *Fixés.*

31. Térence, (*Eunuque,* IV, 8).

32. Sorte de caviar consommé dans le midi (cf. chap. III, note 6).

33. *Pelletées.*

34. *Règle* (terme religieux).

35. *Bornes* (*meta* en latin).

* Variante des éditions antérieures : *« plein official. »* (cf. chap. IX, note 25).

empaletocqué comme une duppe[22], et très bien antidoté[23] son alaine à force syrop vignolat[24]; avecques
icelluy marmonnoit toutes ces kyrielles, et tant curieusement[25] les espluchoit qu'il n'en tomboit un seul
grain en terre.

Au partir de l'eglise, on luy amenoit sur une traine[26]
à beufz un faratz[27] de patenostres de Sainct Claude[28],
aussi grosses chascune qu'est le moulle d'un bonnet[29],
et, se pourmenant par les cloistres, galeries ou jardin,
en disoit plus que seze hermites.

Puis estudioit quelque meschante demye heure, les
yeulx assis[30] dessus son livre; mais (comme dict le
comicque[31]) son ame estoit en la cuysine.

Pissant doncq plein urinal*, se asseoyt à table, et,
par ce qu'il estoit naturellement phlegmaticque,
commençoit son repas par quelques douzeines de
jambons, de langues de beuf fumées, de boutargues[32],
d'andouilles, et telz aultres avant coureurs de vin.

Ce pendent quatre de ses gens luy gettoient en la
bouche, l'un après l'aultre, continuement, moustarde
à pleines palerées[33]. Puis beuvoit un horrificque traict
de vin blanc pour luy soulaiger les roignons. Après,
mangeoit, selon la saison, viandes à son appetit, et
lors cessoit de manger quand le ventre luy tiroit.

A boyre n'avoit poinct fin ny canon[34], car il disoit
que les metes[35] et bournes de boyre estoient quand, la
personne beuvant, le liege de ses pantoufles enfloit en
hault d'un demy pied.

1. « *D'un tronçon de grâces.* » Gargantua se dépêche de dire les grâces, après avoir mangé; cf. L'Écolier limousin, (*Pantagruel,* chap. VI) qui « *grignotte d'un transon de quelque missicque précation...* »

2. Buvait en faisant déborder le vin sur ses mains.

3. *Le tapis vert.*

4. Planchette d'une table à jeux (damier, trictrac, etc).

5. L'énumération de 217 jeux, généralement en usage du temps de Rabelais, a été étudiée par Michel Psichari, *Revue des Études rabelaisiennes,* tome I. On pourra également se reporter à la grande édition Abel Lefranc. Les premiers jeux, jusqu'à la *mourre* sont des jeux de cartes; ensuite, ce sont des jeux de table, des *eschetz* jusqu'à *primus secundus;* puis des jeux d'adresse, jusqu'à *pair ou non,* puis des jeux variés d'attrape ou de figures comiques, souvent de plein air. Dans le chap. XVIII du *Pantagruel,* Panurge joue à quelques-uns de ces jeux avec les pages.

6. Jeu de cartes, très en vogue au XVIe s.

7. Jeu actuel du *piquet.*

8. *A la carte retournée.*

9. Jeu de tarots répandu dans le Sud-Ouest par les marins espagnols.

10. *A pair ou impair, à pile ou face.*

* Dans les éditions antérieures, *Les jeux de Gargantua* ne constituent pas un chapitre séparé. Ils sont incorporés au chap. XXI.

CHAPITRE XXII

*Les jeux de Gargantua**.

Puis, tout lordement grignotant d'un transon de graces[1], se lavoit les mains de vin frais[2], s'escuroit les dens avec un pied de porc et devisoit joyeusement avec ses gens. Puis, le verd[3] estendu, l'on desployoit forces chartes, force dez, et renfort de tabliers[4]. Là jouoyt[5] :

Au flux[6],
à la prime,
à la vole,
à la pille,
à la triumphe,
à la picardie,
au cent[7]
à l'espinay
à la malheureuse,
au fourby,
à passe dix,
à trente et ung,
à pair et sequence,
à troys cens,
au luettes[8],

au malheureux,
à la condemnade,
à la charte virade[9],
au maucontent,
au lansquenet,
au cocu,
à *qui a si parle,*
à *pille, nade, jocque, fore,*
à mariaige,
au gay,
à l'opinion,
à *qui faict l'ung faict l'aultre,*
à la sequence,
à croix ou pille[10],

11. Les *tarots* sont d'origine italienne.

12. *Au trompé,* cf. *Pantagruel,* chap. VII, « *Le Beliné en Court* ».

13. Cf. *Quart Livre,* chap. XIV : « *Les paiges jouoient à la mourre à belles chinquenauldes* ». C'est un jeu de devinette.

14. *Les Échecs.* La série des jeux de table commence.

15. *Au renard,* variété de *jeu de dames;* on l'appelle aussi aujourd'hui « au loup et à l'agneau ».

16. Jeu de table. Il ne s'agit pas de la *marelle.*

17. Jeu dont le nom vient du juron : *je renie Dieu.*

18. Les *dames* ont fait leur apparition au XVIe s.

19. Jeu d'écolier. Panurge y joue avec les pages (*Pantagruel,* chap. XVIII).

20. *Aux osselets* (nom normand). Les *pingres* sont aussi des osselets, en patois angevin.

21. *Au croquet.*

22. *Au bœuf gras.*

23. *Hue, baudet!* (en languedocien).

24. Cf. « La *poudre d'oribus* » (de m...) dans le *Prologue* du *Pantagruel.* Le nom d'*oribus* subsiste encore sous la Restauration; Balzac *(Beatrix)* en donne la définition suivante : « chandelle couleur de pain d'épice qui se consomme dans certaines parties de l'Ouest. »

25. *A la balle.*

26. *A vomir.*

au tarau[11]

à *coquinbert, qui gaigne
    perd,*

au beliné[12],

au torment,

à la ronfle,

au glic,

aux honneurs,

à la mourre[13],

aux eschetz[14],

au renard[15],

au marelles[16],

au vasches,

à la blanche,

à la chance,

à trois dez,

au tables,

à la nicnocque,

au lourche,

à la renette,

au barignin,

au trictrac,

à toutes tables,

au tables rabatues,

au reniguebieu[17],

au forcé,

au dames[18],

à la babou,

à *primus secundus*[19],

au pied du cousteau,

au clefz,

au franc du carreau,

à pair ou non,

à souffler le charbon,

au responsailles,

au juge vif et juge mort,

au martres[20],

au pingres,

à la bille[21],

au savatier,

au hybou,

au dorelot du lievre,

à la tirelitantaine,

à *cochonnet va devant,*

au pies,

à la corne,

au beuf violé[22],

à la cheveche,

à *je te pinse sans rire,*

à picoter,

à deferrer l'asne,

à laiau tru,

au *bourry, bourryzou*[23],

à *je m'assis,*

à la barbe d'oribus[24],

à la bousquine,

à *tire la broche,*

à la boutte foyre,

à *compere, prestez moy vostre
    sac,*

à la couille de belier[25],

à boute hors,

à figues de Marseille,

à la mousque,

à l'archer tru,

à escorcher le renard[26],

à la ramasse,

au croc madame,

à vendre l'avoine.

au court baston,

au pyrevollet,

à clinemuzete,

27. Le jeu de *quilles* existait déjà au XIVe s.

28. Jeu de boules.

29. *A la toupie*. On appelle *moine* la toupie en Anjou.

30. Le jeu est décrit dans le *Jeu de Robin et de Marion* (XIIIe s.), d'Adam de la Halle.

à tirer les fers du four,
au fault villain,
au cailleteaux,
au bossu aulican,
à Sainct Trouvé,
à *pinse morille,*
au poirier,
à pimpompet,
au triori,
au cercle,
à la truye,
à ventre contre ventre,
aux combes,
à la vergette,
au palet,
au *j'en suis,*
à Foucquet,
au quilles[27],
au rapeau,
à la boulle plate,
au vireton,
au picqu'à Rome,
à rouchemerde,
à Angenart,
à la courte boulle[28],
à la griesche,
à la recoquillette,
au cassepot,
à mon talent,
à la pyrouète,
au jonchées,
à la mousche,
à la *migne, migne beuf,*
au propous,
à neuf mains,
au chapifou,

au picquet,
à la blancque,
au furon,
à la seguette,
au chastelet,
à la rengée,
à la foussette,
au ronflart,
à la trompe,
au moyne[29],
au tenebry,
à l'esbahy,
à la soulle,
à la navette,
à fessart,
au ballay,
à *Sainct Cosme, je te viens adorer*[30],
à escharbot le brun,
à *je vous prens sans verd,*
à *bien et beau s'en va Quaresme,*
au chesne forchu,
au chevau fondu,
à la queue au loup,
à pet en gueulle,
à *Guillemin ballie my ma lance,*
à la brandelle,
au treseau,
au bouleau,
à la cheveche,
au escoublettes enraigées,
à la beste morte,
à *monte, monte l'eschelette,*
au pontz cheuz,

31. Jeu enfantin où l'on mime les semailles, la mois-son, etc... en chantant; cf. aujourd'hui : « savez-vous planter les choux... »

32. *A Pigeon vole*.

33. *A cache-cache*.

34. *Tamisé*.

35. *Bluté*.

36. Mesure méridionale équivalant à 8 setiers.

à Colin bridé,
à la grolle,
au cocquantin,
à Colin Maillard,
à myrelimofle,
à mouschart,
au crapault,
à la crosse,
au piston,
au bille boucquet,
au roynes,
au mestiers,
à *teste à teste bechevel*,
au pinot,
à male mort,
aux croquinolles,
à laver la coiffe Madame,
au belusteau,
à semer l'avoyne[31],
à briffault,
au molinet,
à *defendo*,
à la virevouste,
à la bacule,
au laboureur,

au pourceau mory,
à cul sallé,
au pigonnet[32],
au tiers,
à la bourrée,
au sault du buisson,
à croyzer,
à la cutte cache[33],
à la maille, bourse en
    cul,
au nid de la bondrée,
au passavant,
à la figue,
au petarrades,
à pille moustarde,
à cambos,
à la recheute,
au picandeau,
à croqueteste,
à la grolle,
à la grue,
à taille coup,
au nazardes,
aux allouettes,
aux chinquenaudes.

Après avoir bien joué, sessé[34], passé et beluté[35] temps, convenoit boire quelque peu, — c'estoient unze peguadz[36] pour homme, — et, soubdain après bancqueter, c'estoit sus un beau banc ou en beau plein lict s'estendre et dormir deux ou troys heures, sans mal penser ny mal dire.

Luy esveillé, secouoit un peu les aureilles. Ce pendent estoit apporté vin frais; là beuvoyt mieulx que jamais.

37. *Lapin.*

38. *Rôti.*

39. *Boire à l'envi.*

40. Gentilshommes attachés à la maison.

41. Personnages réels : *Jacques du Fou* fut maître d'hôtel de François Ier; les *Gourville* étaient une famille angoumoise; un de Grignault fut chambellan de Charles VIII; les *Marigny* étaient du Poitou.

42. *Tabliers de trictrac,* s'ouvrant comme des livres.

43. Jeu de cartes.

44. *En risquant le tout pour le tout.*

45. Sans nuance péjorative.

* Variante des deux premières éditions : « *marmo-nant* ».

Ponocrates luy remonstroit que c'estoit mauvaise diete ainsi boyre apres dormir.

« C'est (respondit Gargantua) la vraye vie des Peres, car de ma nature je dors sallé, et le dormir m'a valu autant de jambon. »

Puis commençoit estudier quelque peu, et pate-nostres en avant, pour lesquelles mieulx en forme expedier montoit sus une vieille mulle, laquelle avoit servy neuf Roys. Ainsi marmotant* de la bouche et dodelinant de la teste, alloit veoir prendre quelque connil[37] aux filletz.

Au retour se transportoit en la cuysine pour sçavoir quel roust[38] estoit en broche.

Et souppoit très bien, par ma conscience! et volun-tiers convioit quelques beuveurs de ses voisins, avec lesquelz, beuvant d'autant[39], comptoient des vieux jusques es nouveaulx. Entre aultres avoir pour domes-ticques[40] les seigneurs du Fou, de Gourville, de Gri-gnault et de Marigny[41].

Après soupper venoient en place les beaux Évangiles de boys, c'est à dire force tabliers[42], ou le beau flux[43] *Un, deux, troys*, ou *A toutes restes*[44] pour abre-ger, ou bien alloient voir les garses[45] d'entour, et petitz bancquetz parmy, collations et arriere collations. Puis dormoit sans desbrider jusques au lendemain huict heures.

1. Cette thérapeutique est celle de l'école de Salerne, qui évitait les brusques changements de régime.

2. Selon les règles de la médecine.

3. Remède contre la folie; cf. La Fontaine, *Le lièvre et la tortue* :

> « Ma commère, il vous faut purger
> Avec quatre grains d'ellébore. »

Anticyre est un port.

4. *État* du cerveau.

5. D'après Quintilien, (*Institution oratoire,* II, 3).

* Variante de l'édition 1534 : *« nommé Seraphin Calobarey »*, anagramme de *Phrançois Rabelays*.

CHAPITRE XXIII

*Comment Gargantua feut institué par Ponocrates en
telle discipline qu'il ne perdoit heure du jour.*

QUAND Ponocrates congnèut la vitieuse manière de
vivre de Gargantua, delibera aultrement le instituer
en lettres, mais pour les premiers jours le tolera, considerant que Nature ne endure mutations soubdaines sans
grande violence[1].

Pour doncques mieulx son œuvre commencer, sup-
plia un sçavant medicin de celluy temps, nommé Maistre Theodore*, à ce qu'il considerast si possible estoit
remettre Gargantua en meilleure voye, lequel le purgea
canonicquement[2] avec elebore de Anticyre et par ce
medicament luy nettoya toute l'alteration et perverse
habitude[4] du cerveau. Par ce moyen aussi Ponocrates
luy feist oublier tout ce qu'il avoit apris soubz ses antiques precepteurs, comme faisoit Timothé[5] à ses disciples qui avoient esté instruictz soubz aultres musi-
ciens.

Pour mieulx ce faire, l'introduisoit es compaignies
des gens sçavans que là estoient, à l'emulation desquelz luy creust l'esperit et le desir de estudier aultrement et se faire valoir.

Après en tel train d'estude le mist qu'il ne perdoit

6. *Mais au contraire.*

7. Cette lecture à voix haute et claire s'oppose aux prières *« marmottées »* que faisait auparavant Gargantua.

8. Village d'Indre-et-Loire, près de Richelieu, arrondissement de Chinon. On retrouvera le seigneur de Basché au *Quart Livre,* chap. XII à XV.

9. En grec : *Lecteur.*

10. *Coiffé.* Encore en usage au XVIIᵉ s.; cf. La Fontaine, I, XVII :

> « Ces deux Veuves, en badinant,
> ....
> L'allaient quelquefois testonnant,
> C'est-à-dire ajustant sa tête... »

11. *Arrangé.*

12. Les seigneurs se parfumaient beaucoup, mais se lavaient peu.

13. L'exercice de la mémoire tient encore une place prépondérante dans l'enseignement.

14. Se *divertissaient.*

15. Jeu de paume, place de l'Estrapade (sur la montagne Sainte-Geneviève).

16. Jeu de balle où les trois joueurs, disposés en triangle, se renvoient la balle. La *pile trigone* est une addition de 1542.

17. *Essuyés et frottés.* Après la fermeture des étuves en usage au Moyen Age, on perdit l'habitude de se laver; l'eau étant considérée comme un liquide dangereux, on employait de l'eau de roses ou des parfums (cf. note 12.)

heure quelconques du jour, ains[6] tout son temps con-
sommoit en lettres et honeste sçavoir.

Se esveilloit doncques Gargantua environ quatre
heures du matin. Ce pendent qu'on le frottoit, luy estoit
leue quelque pagine de la divine Escripture haulte-
ment et clerement[7], avec pronunciation competente à
la matiere, et à ce estoit commis un jeune paige, natif
de Basché[8], nommé Anagnostes[9]. Selon le propos et
argument de ceste leçon souventesfoys se adonnoit à
reverer, adorer, prier et supplier le bon Dieu, duquel
la lecture monstroit la majesté et jugemens merveilleux.

Puis alloit es lieux secretz faire excretion des diges-
tions naturelles. Là son precepteur repetoit ce que
avoit esté leu, luy exposant les poinctz plus obscurs et
difficiles.

Eulx retornans, consideroient l'estat du ciel : si tel
estoit comme l'avoient noté au soir precedent, et
quelz signes entroit le soleil, aussi la lune, pour icelle
journée.

Ce faict, estoit habillé, peigné, testonné[10], accoustré[11]
et parfumé[12], durant lequel temps on luy repetoit les
leçons du jour d'avant[13]. Luy mesmes les disoit par
cueur, et y fondoit quelque cas practiques et con-
cernens l'estat humain, lesquelz ilz estendoient aulcunes
foys jusques deux ou troys heures, mais ordinairement
cessoient lors qu'il estoit du tout habillé.

Puis par troys bonnes heures luy estoit faicte lecture.

Ce faict, yssoient hors, tousjours conferens des pro-
poz de la lecture, et se desportoient[14] en Bracque[15] ou
es prez, et jouoient à la balle, à la paulme, à la pile trigone[16], galentement se exercens les corps comme ilz
avoient les ames auparavant exercé.

Tout leur jeu n'estoit qu'en liberté, car ilz laissoient
la partie quant leur plaisoit et cessoient ordinairement
lors que suoient parmy le corps, ou estoient aultrement las. Adoncq estoient très bien essuez et frottez[17],

18. *Monsieur* a son sens plein *(Monseigneur)*, d'où l'effet comique; La Fontaine usera du procédé avec *Dame : Dame Belette, dame Fourmi.*

19. Le vin était placé sur un buffet; le sommelier le versait dans les coupes qu'il présentait aux convives.

20. *Deviser.*

21. *S'y rapportant.*

22. Énumération de naturalistes et de médecins de l'Antiquité : *Pline* l'Ancien *(Histoire naturelle)*, qui périt dans l'éruption du Vésuve — *Athéné*, grammairien contemporain de Marc-Aurèle, auteur d'un *Banquet des Savants*, édité en 1514 — *Dioscoride*, médecin du 1er siècle, auteur d'un traité édité en 1499 et faisant autorité chez les apothicaires — *Julius Pollux*, grammairien du IIe siècle — *Galien*, célèbre médecin du IIe s., spécialiste de diététique — *Porphyre* IIIe s.), auteur d'un traité *De l'abstinence de la chair* — *Oppien* (IIIe s.), auteur de poèmes sur la chasse et la pêche — *Polybe* (Ve s. av. J.-C.), gendre d'Hippocrate — *Aristote* a écrit des traités d'histoire naturelle — *Elien* (IIIe s.), auteur d'un traité *De la nature des animaux.*

23. *Cotignac.*

24. *Un morceau de tronc de lentisque.*

25. Propreté remarquable pour l'époque.

26. Ces *cantiques* remplacent les *grâces,* prononcées machinalement par Gargantua auparavant. Les *Psaumes* de David traduits en français par Marot et mis en musique seront chantés par les catholiques et surtout par les réformés.

27. *Cartes.*

changeoient de chemise et, doulcement se pourmenans, alloient veoir sy le disner estoit prest. Là attendens, recitoient clerement et eloquentement quelques sentences retenues de la leçon.

Ce pendent Monsieur[18] l'Appetit venoit, et par bonne oportunité s'asseoient à table.

Au commencement du repas estoit leue quelque histoire plaisante des anciennes prouesses, jusques à ce qu'il eust prins son vin[19].

Lors (si bon sembloit) on continuoit la lecture, ou commenceoient à diviser[20] joyeusement ensemble, parlans, pour les premiers moys, de la vertus, proprieté, efficace et nature de tout ce que leur estoit servy à table : du pain, du vin, de l'eau, du sel, des viandes, poissons, fruictz, herbes, racines, et de l'aprest d'icelles. Ce que faisant, aprint en peu de temps tous les passaiges à ce competens[21] en Pline, Athené, Dioscorides, Jullius, Pollux, Galen, Porphyre, Opian, Polybe, Heliodore, Aristoteles, Aelian et aultres[22]. Iceulx propos tenus, faisoient souvent, pour plus estre asseurez, apporter les livres susdictz à table. Et si bien et entierement retint en sa memoire les choses dictes, que pour lors n'estoit medicin qui en sceust à la moytié tant comme il faisoit.

Après, devisoient des leçons leues au matin, et, parachevant leur repas par quelque confection de cotoniat[23], se couroit les dens avecques un trou de lentisce[24], se lavoit les mains et les yeulx de belle eaue fraische[25], et rendoient graces à Dieu par quelques beaulx canticques faictz à la louange de la munificence et benignité divine[26]. Ce faict, on apportoit des chartes[27], non pour jouer, mais pour y apprendre mille petites gentillesses et inventions nouvelles, lesquelles toutes yssoient de arithmetique.

En ce moyen entra en affection de icelle science numerale, et tous les jours, après disner et souper, y

28. *Qu'il avait l'habitude.*

29. *Tellement que.*

30. Tunstal (1476-1559), évêque de Durham, premier secrétaire d'Henri VIII, auteur d'un traité d'arithmétique publié à Londres en 1522, et à Paris en 1529.

31. Allemand du Moyen Age ou celui de la Haute-Allemagne (la Bavière). Le sens est clair : c'est une langue difficile.

32. *Digestion.*

33. *Nourriture.*

34. *Lois.*

35. *Luth,* instrument à 8 cordes pincées.

36. Instrument à clavier qui précéda le clavecin.

37. *Flûte traversière* ou *flûte d'Allemand.*

38. Instrument à cordes et à archet, voisin du violon actuel.

39. *Trombone.* Les Thélémites sauront, comme Gargantua, *« chanter, jouer d'instruments harmonieux. »*

40. *Matinale.*

41. *Tracer.*

42. Cheval de bataille.

43. Cheval de charge.

44. *Genêt d'Espagne,* cheval de course.

45. Cheval arabe.

46. *Courses.*

47. *La palissade.*

passoit temps aussi plaisantement qu'il souloit[28] en dez ou es chartes. A tant[29], sceut d'icelle et theoricque, et practicque, si bien que Tunstal[30], Angloys, qui en avoit amplement escript, confessa que vrayement, en comparaison de luy, il n'y entendoit que le hault alemant[31].

Et non seulement d'icelle, mais des aultres sciences mathematicques, comme geometrie, astronomie et musicque; car, attendens la concoction[32] et digestion de son past[33], ilz faisoient mille joyeux instrumens et figures geometricques, et de mesmes pratiquoient les canons[34] astronomicques.

Après, se esbaudissoient à chanter musicalement à quatre et cinq parties, ou sus un theme à plaisir de gorge.

Au reguard des instrumens de musicque, il aprint jouer du luc[35], de l'espinette[36], de la harpe, de la flutte de Alemant[37] et à neuf trouz, de la viole[38] et de la sacquebboutte[39].

Ceste heure ainsi employée, la digestion parachevée, se purgoit des excremens naturelz, puis se remettoit à son estude principal par troys heures ou davantaige, tant à repeter la lecture matutinale[40] que à poursuyvre le livre entreprins, que aussi à escripre et bien traire[41] et former les antiques et romaines lettres.

Ce faict, yssoient hors leur hostel, avecques eulx un jeune gentilhomme de Touraine, nommé l'escuyer Gymnaste, lequel luy monstroit l'art de chevalerie.

Changeant doncques de vestemens, monstoit sus un coursier[42], sus un roussin[43], sus un genet[44], sus un cheval barbe[45], cheval legier, et luy donnoit cent quarieres[46], le faisoit voltiger en l'air, franchir le fossé, saulter le palys[47], court tourner en un cercle, tant à dextre comme à senestre.

Là rompoit non la lance, car c'est la plus grande resverye du monde dire : « J'ay rompu dix lances en tournoy ou en bataille » — un charpentier le feroit bien

48. *Pointue.*

49. *Solide.*

50. *Armure.*

51. *Renverserait un arbre.*

52. *Enfilait un anneau.*

53. *Haubert* : cotte de maille.

54. *Faire des fanfares :* régler l'allure du cheval d'après les airs de musique.

55. *Sifflements* (pour commander le cheval).

56. Il y avait, au xvie s., un écuyer célèbre à Ferrare.

57. Chevaux de voltige. La plupart de ces exercices étaient pratiqués par l'*Écurie royale,* dont le maître écuyer était Carnavalet, auquel Ronsard, son ancien élève, dédia une ode.

58. *Faisait glisser.*

59. *Tant vertement donnait des coups de pointe.* (?)

60. *Frappait de haut en bas pour donner un coup de taille en ronde.* (?)

61. *Brandissait.*

62. *Secouait.*

62. *L'espadon.*

64. Épée servant à frapper d'estoc et de taille.

65. Rapière d'Espagne, souvent damasquinée.

66. Poignard très acéré, que l'on maniait de la main gauche (p. ex. dans les duels) alors qu'on attaquait à l'épée avec la main droite. La dague servait à achever l'adversaire à terre.

67. *Au bouclier, à la cape, à la rondelle, (rondache,* petit bouclier rond).

68. *L'outarde.*

69. Saut après trois pas d'élan.

70. *Traversait.*

71. *Grimpait.*

72. *Traversait.*

— mais louable gloire est d'une lance avoir rompu dix de ses ennemys. De sa lance doncq asserée[48], verde[49] et roide, rompoit un huys, enfonçoit un harnoys[50], acculoyt une arbre[51], enclavoyt un aneau[52], enlevoit une selle d'armes, un aubert[53], un gantelet. Le tout faisoit armé de pied en cap.

Au reguard de fanfarer[54] et faire les petitz popismes[55] sus un cheval, nul ne le feist mieulx que luy. Le voltiger de Ferrare[56] n'estoit qu'un singe en comparaison. Singulierement, estoit aprins à saulter hastivement d'un cheval sus l'aultre sans prendre terre, — et nommoit on ces chevaulx desultoyres[57], — et de chascun cousté, la lance au poing, monter sans estriviers, et sans bride guider le cheval à son plaisir, car telles choses servent à discipline militaire.

Un aultre jour se exerceoit à la hasche, laquelle tant bien coulloyt[58], tant verdement de tous pics reserroyt[59], tant soupplement avalloit en taille ronde[60], qu'il feut passé chevalier d'armes en campaigne et en tous essays.

Puis bransloit[61] la picque, sacquoit[62] de l'espée à deux mains[63], de l'espée bastarde[64], de l'espagnole[65], de la dague[66] et du poignart, armé, non armé, au boucler, à la cappe, à la rondelle[67].

Couroit le cerf, le chevreuil, l'ours, le dain, le sanglier, le lievre, la perdrys, le faisant, l'otarde[68]. Jouoit à la grosse balle et la faisoit bondir en l'air, autant du pied que du poing. Luctoit, couroit, saultoit, non à troys pas un sault[69], non à clochepied, non au sault d'Alemant, — car (disoit Gymnaste) telz saulx sont inutiles et de nul bien en guerre, — mais d'un sault persoit[70] un foussé, volloit sus une haye, montoit six pas encontre une muraille et rampoit[71] en ceste façon à une fenestre de la hauteur d'une lance.

Nageoit en parfonde eau, à l'endroict, à l'envers, de cousté, de tout le corps, des seulz pieds, une main en l'air, en laquelle tenant un livre, transpassoit[72] toute la

73. Anecdote rapportée par Plutarque (*Vie de Jules César,* 49), et citée par Montaigne : « [Il] gagna sa flotte à la nage, qui était à plus de deux cents pas de là, tenant en sa main gauche ses tablettes hors de l'eau et traînant à belles dents sa cotte d'armes. » (*Essais,* II, xxxiv).

74. *Tendait les voiles.*

75. *Cordages.*

76. *Courait sur les vergues.*

77. *Ajustait.*

78. *Boulines,* cordages qui maintiennent la voile en biais pour naviguer vent debout.

79. *Tenait raide.*

80. *Grimpait.*

81. *Écureuil.*

82. Milon de Crotone.

83. *Gêné.*

84. *Tendait à fond.*

85. Arbalète lourde servant dans les sièges; elle se bandait avec un treuil et non en faisant effort avec les reins.

86. Visait sans appuyer l'arquebuse sur sa fourchette autre exploit de géant, car l'arquebuse pesait environ 17 kg.

87. *Plaçait sur son affût.*

88. *Au perroquet :* oiseau de carton, servant de cible.

89. *De bas en haut, de haut en bas.*

90. Les Parthes tiraient leurs flèches en s'enfuyant à cheval et en se retournant.

91. *Appuyée.*

92. *Atteindre.*

riviere de Seine sans icelluy mouiller, et tyrant par les dens son manteau, comme faisoit Jules Cesar[73]. Puis d'une main entroit par grande force en basteau; d'icelluy se gettoit de rechief en l'eaue, la teste premiere, sondoit le parfond, creuzoyt les rochiers, plongeoit es abysmes et goufres. Puis icelluy basteau tournoit, gouvernoit, menoit hastivement, lentement, à fil d'eau, contre cours, le retenoit en pleine escluse, d'une main le guidoit, de l'aultre s'escrimoit avec un grand aviron, tendoit le vele[74], montoit au matz par les traictz[75], courroit sus les brancquars[76], adjoustoit[77] la boussole, contreventoit les bulines[78], bendoit[79] le gouvernail.

Issant de l'eau, roidement montoit encontre la montaigne et devalloit aussi franchement; gravoit[80] es arbres comme un chat, saultoit de l'une en l'aultre comme un escurieux[81], abastoit les gros rameaulx comme un autre Milo[82]. Avec deux poignards asserez et deux poinsons esprouvez montoit au hault d'une maison comme un rat, descendoit puis du hault en bas en telle composition des membres que de la cheute n'estoit aulcunement grevé[83].

Jectoit le dart, la barre, la pierre, la javeline, l'espieu, la halebarde, enfonceoit[84] l'arc, bandoit es reins les fortes arbalestes de passe[85], visoit de l'arquebouse à l'œil[86], affeustoit[87] le canon, tyroit à la butte, au papeguay[88], du bas en mont, d'amont en val[89], devant, de cousté, en arriere comme les Parthes[90].

On luy atachoit un cable en quelque haulte tour, pendent en terre; par icelluy avecques deux mains montoit, puis devaloit sy roidement et sy asseurement que plus ne pourriez parmy un pré bien éguallé.

On luy mettoit une grosse perche apoyée[91] à deux arbres; à icelle se pendoit par les mains, et d'icelle alloit et venoit sans des pieds à rien toucher, que à grande course on ne l'eust peu aconcepvoir[92].

Et, pour se exercer le thorax et pulmon, crioit comme

93. La *porte Saint-Victor* était dans le quartier de l'Université, près du couvent Saint-Victor, aujourd'hui La Faculté des Sciences, sur l'emplacement de la Halle aux Vins.

94. Dans l'Iliade (chant V), Stentor crie comme cinquante hommes. Dans le *Pantagruel* (éd. 1532), Pantagruel ordonne à Carpalim de crier de sa grosse voix *« qui est plus espouvantable que n'estoit celle de Stentor, qui fut ouy par surtout le bruyt de la bataille des Troyans »* (p. 148, éd. critique Saulnier).

95. *Fortifier*.

96. *Saumons*.

97. Milon de Crotone, qui, selon Pline l'Ancien, ne pouvait être bougé de la place où il s'était mis (*Hist. Nat,* chap. VII, 19). Les autres anecdotes sont tirées du même passage.

98. Théophraste, disciple d'Aristote, en plus des *Caractères* avait écrit deux traités sur les plantes.

99. *Discorides :* cf. note n° 22. *Marinus* n'est pas identifié avec certitude; *Nicander,* médecin grec, auteur de poèmes didactiques sur les plantes médicinales; *Macer,* auteur d'un poème latin sur les plantes, publié en 1477; *Galien* a parlé des plantes dans ses traités. L'étude de la botanique était négligée à la Faculté de médecine de Paris, mais pratiquée à Montpellier où Rabelais l'avait sans doute apprise.

100. *« Coupeur de racine »,* en grec.

101. *Avec les houes.*

102. *Serfouettes,* sorte de sarclettes.

103. *Tranchoirs.*

104. Aujourd'hui, *déjeuner.*

105. *Les abois de l'estomac;* cf. *Tiers Livre,* chap. XV : *« Mon estomac aboye de male faim comme un chien. »*

* Variante de la première édition : *« jusques à la fontaine de Narsay »;* c'est une source près de l'Ile-Bouchard, commune de Cravant aux environs de Chinon.

tous les diables. Je l'ouy une foys appellant Eudemon, depuis la porte Sainct Victor[93] jusques à Montmartre*; Stentor n'eut oncques telle voix à la bataille de Troye[94].

Et, pour gualentir[95] les nerfz, on luy avoit faict deux grosses saulmones[96] de plomb, chascune du poys de huyt mille sept cens quintaulx, lesquelles il nommoit alteres; icelles prenoit de terre en chascune main et les elevoit en l'air au dessus de la teste, et les tenoit ainsi, sans soy remuer, troys quars d'heure et dadvantaige, que estoit une force inimitable.

Jouoit aux barres avecques les plus fors, et, quand le poinct advenoit, se tenoit sus ses pieds tant roiddement qu'il se abandonnoit es plus adventureux en cas qu'ilz le feissent mouvoir de sa place, comme jadis faisoit Milo[97], à l'imitation duquel aussi tenoit une pomme de grenade en sa main et la donnoit à qui luy pourroit ouster.

Le temps ainsi employé, luy froté, nettoyé et refraischy d'habillemens, tout doulcement retournoit, et, passans par quelques prez ou aultres lieux herbuz, visitoient les arbres et plantes, les conferens avec les livres des anciens qui en ont escript, comme Theophraste[98], Dioscorides[99], Marinus, Pline, Nicander, Macer et Galen, et en emportoient leurs plenes mains au logis, desquelles avoit la charge un jeune page, nommé Rhizotome[100], ensemble des marrochons[101], des pioches, cerfouettes[102], beches, tranches[103] et aultres instrumens requis à bien arborizer.

Eulx arrivez au logis, ce pendent qu'on aprestoit le souper, repetoient quelques passaiges de ce qu'avoit esté leu et s'assoient à table.

Notez icy que son disner[104] estoit sobre et frugal, car tant seulement mangeoit pour refrener les haboys de l'estomach[105]; mais le soupper estoit copieux et large, car tant en prenoit que luy estoit de besoing à

106. *Régime.*
107. *Exercés à la dispute.*
108. *Étrangers.*
109. Cicéron *(De Senectute,* XI, 38) rapporte cet usage.
110. *Affirmant.*

* Variante des éditions antérieures : *« en l'officine des Arabes ».*

soy entretenir et nourrir, ce que est la vraye diete[106] prescripte par l'art de bonne et seure medicine, quoy q'un tas de badaulx medicins, herselez[107] en l'officine des sophistes*, conseillent le contraire.

Durant icelluy repas estoit continuée la leçon du disner tant que bon sembloit; le reste estoit consommé en bons propous, tous lettrez et utiles.

Après graces rendues, se adonnoient à chanter musicalement, à jouer d'instrumens harmonieux, ou de ces petitz passetemps qu'on faict es chartes, es dez et guobeletz, et là demouroient, faisans grand chere et s'esbaudissans aulcunes foys jusques à l'heure de dormir; quelque foys alloient visiter les compaignies des gens lettrez, ou de gens que eussent veu pays estranges[108].

En pleine nuict, davant que soy retirer, alloient au lieu de leur logis le plus descouvert veoir la face du ciel, et là notoient les cometes, sy aulcunes estoient les figures, situations, aspectz, oppositions et conjunctions des astres.

Puis avec son precepteur recapituloit briefvement, à la mode des Pythagoricques[109], tout ce qu'il avoit leu, veu, sceu, faict et entendu au decours de toute la journée.

Si prioient Dieu le createur, en l'adorant et ratifiant[110] leur foy envers luy, et le glorifiant de sa bonté immense, et, luy rendant grace de tout le temps passé, se recommandoient à sa divine clemence pour tout l'advenir.

Ce faict, entroient en leur repous.

1. *Non tempéré;* cf. *l'intempérie de l'air.*

2. *En guise d'exercices physiques.*

3. Terme employé par Galien : *régime fortifiant.*

4. *Rappelaient.*

5. L'humaniste italien Nicolaus Leonicus Thomæus avait publié à Lyon, en 1532, un dialogue sur les osselets : *Sannutus, sive de ludo talaris.*

6. Lascaris (1445-1534), humaniste grec, réfugié en Italie après la prise de Constantinople. Il développa l'étude du grec ancien en Italie et en France, et fut bibliothécaire de François Ier. Il fut le maître de Guillaume Budé, avec qui correspondait Rabelais.

7. *Repassaient.*

8. *Étirait.*

9. Les artisans tissant les tapisseries de *haute lisse.*

10. *Tisserands.*

11. Fabricants de *velours.*

12. *Miroitiers.*

13. *Facteurs d'orgues.*

* Variante des deux premières éditions : *tales* (osselets).

CHAPITRE XXIV

Comment Gargantua employait le temps quand l'air
estoit pluvieux.

S'il advenoit que l'air feust pluvieux et intemperé[1], tout le temps d'avant disner estoit employé comme de coustume, excepté qu'il faisoit allumer un beau et clair feu pour corriger l'intemperie de l'air. Mais après disner, en lieu des exercitations[2], ilz demouroient en la maison et, par maniere de apotherapie[3], s'esbatoient à boteler du foin, à fendre et scier du boys, et à batre les gerbes en la grange; puys estudioient en l'art de paincture et sculpture, ou revocquoient[4] en usage l'anticque jeu des tables* ainsi qu'en a escript Leonicus[5] et comme y joue nostre bon amy Lascaris[6]. En y jouant recoloient[7] les passaiges des auteurs anciens esquelz est faicte mention ou prinse quelque metaphore sus iceluy jeu.

Semblablement, ou alloient veoir comment on tiroit[8] les metaulx, ou comment on fondoit l'artillerye, ou alloient veoir les lapidaires, orfevres et tailleurs de pierreries, ou les alchymistes et monoyeurs, ou les haultelissiers[9], les tissotiers[10], les velotiers[11], les horologiers, mirralliers[12], imprimeurs, organistes[13], tinturiers et aultres telles sortes d'ouvriers, et, partout donnans

211

14. *Offrant un pourboire.*

15. La connaissance des métiers manuels sera un point important de l'*Encyclopédie.* Diderot, comme Gargantua, enquêtera chez les artisans et dans les fabriques.

16. Exercices oratoires sur des lieux communs.

17. *Harangues* (du lat. *contiones*).

18. Allusion aux prédicateurs, tel Michel d'Arande ou Gérard Roussel, qui suivaient le mouvement de retour à l'Évangile préconisé par Lefèvre d'Étaples et Briçonnet. L'*Affaire des placards* contraignit les Évangélistes à s'enfuir de Paris; beaucoup se réfugièrent à Nérac, à la cour de Marguerite de Navarre.

19. *Armes.*

20. *Onguents exotiques.*

21. *Falsifiait.*

22. *Escamoteurs.*

23. Vendeurs de *thériaque,* remède universel, et par extension *charlatans;* cf. *Pantagruel* (chap. XVI, p. 231) : *crier le thériacle :* bonimenter.

24. Il y avait à *Chauny,* près de Laon, un rassemblement annuel de bateleurs et jongleurs.

25. Les *singes verts,* c'est-à-dire des *bêtes extraordinaires.* On ignorait alors l'existence de singes verts en Afrique.

26. *Voisinage.*

27. *Progrès.*

le vin[14], aprenoient et consideroient l'industrie et invention des mestiers[15].

Alloient ouïr les leçons publicques, les actes solennelz, les repetitions[16], les declamations, les playdoyez des gentilz advocatz, les concions[17] des prescheurs evangeliques[18].

Passoit par les salles et lieux ordonnez pour l'escrime, et là contre les maistres essayoit de tous bastons[19], et leurs monstroit par evidence que autant, voyre plus, en sçavoit que iceulx.

Et, au lieu de arboriser, visitoient les bouticques des drogueurs, herbiers et apothecaires, et soigneusement consideroient les fruictz, racines, fueilles, gommes, semences, axunges peregrines[20], ensemble aussi comment on les adulteroit[21].

Alloit veoir les basteleurs, trejectaires[22] et theriacleurs[23], et consideroit leurs gestes, leurs ruses, leurs sobressaulx et beau parler, singulierement de ceulx de Chaunys[24] en Picardie, car ilz sont de nature grands jaseurs et beaulx bailleurs de baillivernes en matiere de cinges verds[25].

Eulx retournez pour souper, mangeoient plus sobrement que es aultres jours et viandes plus desiccatives et extenuantes, affin que l'intemperie humide de l'air, communicqué au corps par necessaire confinité[26], feust par ce moyen corrigée, et ne leurs feust incommode par ne soy estre exercitez comme avoient de coustume.

Ainsi fut gouverné Gargantua et continuoit ce procès[27] de jour en jour, profitant comme entendez que peut faire un jeune homme, scelon son aage, de bon sens en tel exercice ainsi continué, lequel, combien que semblast pour le commencement difficile, en la continuation tant doulx fut, legier et delectable, que mieulx ressembloit un passetemps de roy que l'estude d'un escholier.

28. *Reposer.*

29. *Tension.*

30. Ces villages étaient alors en pleine campagne. La *Brigade*, conduite par Daurat, pique-nique à Arcueil, situé dans la vallée de la Bièvre, comme Gentilly; cf. Ronsard, *Folatrissime voyage d'Arcueil,* 1549.

31. *Se réjouissant.*

32. *Se vautrant.*

33. Ronsard attrape des papillons; son ami Urvoy s'élance dans le ruisseau, où il « *barbouille — en grenouille.* ».

34. Les *Géorgiques.*

35. *Les Travaux et les Jours,* d'Hésiode.

36. Poème latin imité des *Géorgiques.*

37. Vin mêlé d'eau.

38. Cette propriété du lierre est en effet attestée par Caton et Pline. Rabelais la met en doute dans le chap. LII du *Tiers Livre,* à propos du *Pantagruelion.*

39. *Entonnoir.*

Toutesfoys Ponocrates, pour le sejourner[28] de ceste vehemente intention[29] des esperitz, advisoit une foys le moys quelque jour bien clair et serain, auquel bougeoient au matin de la ville, et alloient ou à Gentily, ou à Boloigne, ou à Montrouge, ou au pont Charanton, ou à Vanves, ou à Sainct Clou[30]. Et là passoient toute la journée à faire la plus grande chère dont ilz se pouvoient adviser, raillans, gaudissans[31], beuvans d'aultant, jouans, chantans, dansans, se voytrans[32] en quelque beau pré, denichans des passereaulx, prenans des cailles, peschans aux grenouilles et escrevisses[33].

Mais, encores que icelle journée feust passée sans livres et lectures, poinct elle n'estoit passée sans proffit, car en beau pré ilz recoloient par cueur quelques plaisans vers de l'*Agriculture*[34] de Virgile, de Hesiode[35], du *Rusticque* de Politian[36], descripvoient quelques plaisans epigrammes en latin, puis les mettoient par rondeaux et ballades en langue françoyse.

En banquetant, du vin aisgué[37] separoient l'eau, comme l'enseigne Cato, *De re rust.,* et Pline, avecques un guobelet de lyerre[38]; lavoient le vin en plain bassin d'eau, puis le retiroient avec un embut[39], faisoient aller l'eau d'un verre en aultre; bastissoient plusieurs petitz engins automates, c'est à dire soy mouvens eulx mesmes.

1. *Marchands de fouaces,* galettes de blé cuites sous la cendre, dans le foyer.

2. Village du canton de Chinon, à 1 km de *La Devinière;* ses *fouaces* étaient réputées dans toute la région, et le sont encore. Le père de Rabelais était sénéchal de Lerné pour le compte de Gaucher de Sainte-Marthe, seigneur du village.

3. Les *étourneaux,* comme les grives, sont très friands de raisin.

4. *Carrefour* ou *chemin?* Peut-être la *Croix de La Devinière,* nom d'un lieu-dit encore en usage au XVIIIe s.

5. *Nourriture.*

6. Cépages réels : le *pineau;* le *fier* ou *fumé,* au goût de figue; le *muscadet,* qu'on boit en mangeant des huîtres; le *bicarne,* gros raisin servant à faire du verjus; le *foirard,* ainsi nommé pour ses propriétés laxatives.

7. Sorte de lance de fer large et long.

8. Locution proverbiale. Les raisins de Champagne produisirent les mêmes effets sur les soldats de Brunswick et contribuèrent à la victoire de Valmy (1792).

9. *Gueux.*

10. *Roussiaud* (roux) est encore une injure dans les campagnes.

11. *Débauchés.*

12. *Mauvais garçons.*

CHAPITRE XXV

Comment feut meu entre les fouaciers[1] de Lerné[2]
et ceux du pays de Gargantua le grand debat dont
furent faictes grosses guerres.

EN cestuy temps, qui fut la saison de vendanges, au
commencement de automne, les bergiers de la contrée
estoient à guarder les vines et empescher que les
estourneaux[3] ne mangeassent les raisins.

Onquel temps les fouaciers de Lerné passoient le
grand quarroy[4], menans dix ou douze charges de
fouaces à la ville.

Lesdictz bergiers les requirent courtoisement leurs
en bailler pour leur argent, au pris du marché. Car
notez que c'est viande[5] celeste manger à desjeuner raisins avec fouace fraiche, mesmement des pineaulx,
des fiers, des muscadeaulx, de la bicane, et des foyrars[6]
pour ceulx qui sont constipez de ventre, car ilz les
font aller long comme un vouge[7], et souvent, cuidans
peter, ilz se conchient, dont sont nommez les cuideurs
des vendanges[8].

A leur requeste ne feurent aulcunement enclinez les
fouaciers, mais (que pis est) les oultragerent grandement, les appelans trop diteulx[9], breschedens, plaisans
rousseaulx[10], galliers[11], chienlictz, averlans[12], limes sour-

217

13. *Hypocrites.*

14. *Délicats.*

15. *Ventrus.*

16. *Fanfarons* (cf. *Prologue* du *Pantagruel*).

17. *Vauriens.*

18. *Parasites.*

19. *Traîneurs de sabre.*

20. *Godelureaux.*

21. *Farceurs.*

22. *Paresseux.*

23. *Nigauds.*

24. *Dadais.*

25. *Niais.*

26. *Mauvais railleurs.*

27. *Fats.*

28. *Bouviers.*

29. Pain contenant encore la balle des grains.

30. Il y avait un Jacques Frogier ou Forgier tenancier de l'abbaye de Seuilly de 1549 à 1556.

31. *Jeune homme;* de même, *bachelette :* jeune fille.

32. *Depuis quand avez-vous pris cornes, que vous êtes devenus si arrogants?* [s. entendu : alors que vous étiez des veaux].

33. *Par la mère de Dieu!*

34. Michel Marquet, écuyer, seigneur de la Bédouère, secrétaire du roi en 1489 était receveur général de la Touraine. Sa fille épousa Gaucher de Sainte-Marthe, dont Rabelais fit Picrochole. La guerre picrocholine est une transposition burlesque des procès qui opposèrent Gaucher et le père de Rabelais.

35. Chaque confrérie portait dans les procès un bâton supportant la figurine du saint patron de la corporation.

36. *Orgueilleux, combatif.*

37. *Onzain,* pièce de monnaie, valant onze deniers.

38. *Ceinture.*

39. *Tirer du sac.*

40. *Nœuds.*

41. *Gourdin.*

42. Termes médicaux; Marquet est atteint à la suture coronale; l'artère *crotaphique* est l'artère temporale.

des[13], faictneans, friandeaulx[14], bustarins[15], talvassiers[16], riennevaulx[17], rustres, challans, hapelopins[18], trainne-guainnes[19], gentilz flocquetz[20], copieux[21], landores[22], malotruz, dendins[23], baugears[24], tezez[25], gaubregeux[26], gogueluz[27], claquedans boyers[28] d'etrons, bergiers de merde, et aultres telz epithetes diffamatoires, adjoustans que poinct à eulx n'apartenoit manger de ces belles fouaces, mais qu'ilz se debvoient contenter de gros pain ballé[29] et de tourte.

Auquel oultraige un d'entr'eulx, nommé Frogier[30], bien honneste homme de sa personne et notable bacche-lier[31], respondit doulcement :

« Depuis quand avez vous prins cornes qu'estes tant rogues devenuz[32]? Dea, vous nous en souliez voluntiers bailler, et maintenant y refusez. Ce n'est faict de bons voisins, et ainsi ne vous faisons nous, quand venez icy achapter nostre beau frument, duquel vous faictez voz gasteaux et fouaces. Encores par le marché vous eussions nous donné de noz raisins; mais, par la mer Dé[33]! vous en pourriez repentir et aurez quelque jour affaire de nous. Lors nous ferons envers vous à la pareille, et vous en soubvienne! »

Adoncq Marquet[34], grand bastonnier[35] de la confrai-rie des fouaciers, luy dist :

« Vrayement, tu es bien acresté[36] à ce matin; tu mangeas her soir trop de mil. Vien çà, vien çà, je te donnerai de ma fouace! »

Lors Forgier en toute simplesse approcha, tirant un unzain[37] de son baudrier[38], pensant que Marquet luy deust deposcher[39] de ses fouaces; mais il luy bailla de son fouet à travers les jambes si rudement que les noudz[40] y apparoissoient. Puis voulut gaigner à la fuyte; mais Forgier s'escria au meurtre et à la force tant qu'il peut, ensemble luy getta un gros tribard[41] qu'il portoit soubz son escelle, et le attainct par la joincture coronale de la teste, sus l'artere crotaphique[42],

43. *Écalaient*. Les métayers ont d'abord gaulé les noix.
44. Peut-être une autre variété de fronde.
45. *Atteignirent*.
46. *Noix* (dialecte berrichon).
47. Variété de raisin blanc.
48. *Parilly*, près de Chinon.
49. *Cornemuse*.
50. *Signés*.
51. Cépage de Touraine.
52. *Baignèrent*.

du cousté dextre, en telle sorte que Marquet tomba
de sa jument; mieulx sembloit homme mort que vif.

Ce pendent les mestaiers, qui là auprés challoient[43]
les noiz, accoururent avec leurs grandes gaules et
frapperent sus ces fouaciers comme sus seigle verd. Les
aultres bergiers et bergieres, ouyans le cry de Forgier,
y vindrent avec leurs fondes et brassiers[44], et les suy-
virent à grands coups de pierres tant menuz qu'il
sembloit que ce feust gresle. Finablement les acon-
ceurent[45] et ousterent de leurs fouaces environ quatre ou
cinq douzeines; toutesfoys ilz les payerent au pris
acoustumé et leurs donnerent un cens de quecas[46] et
troys panerées de francs aubiers[47]. Puis les fouaciers
ayderent à monter Marquet, qui estoit villainement
blessé, et retournerent à Lerné sans poursuivre le chemin de Pareillé[48], menassans fort et ferme les boviers,
bergiers et mestaiers de Seuillé et de Synays.

Ce faict, et bergiers et bergieres feirent chere lye
avecques ces fouaces et beaulx raisins, et se rigollerent
ensemble au son de la belle bouzine[49], se mocquans de
ces beaulx fouaciers glorieux, qui avoient trouvé male
encontre par faulte de s'estre seignez[50] de la bonne
main au matin, et avec gros raisins chenins[51] estu-
verent[52] les jambes de Forgier mignonnement, si bien
qu'il feut tantost guery.

1. *Capitole*. Il s'agit du château de Lerné.

2. Picrochole ou *Bile-Amère,* terme médical, comme plus tard *atrabilaire* (cf. *Le Misanthrope*). L'identification de *Picrochole* et de Gaucher de Sainte-Marthe était traditionnelle (cf. R.E.R.).

3. *Froissés.*

4. *Déchirées.*

5. *Volées.*

6. *Potence.*

7. *Tambour.*

8. *Placer sur affûts.*

9. Souvent au XVIe s. l'*artillerie* désigne toutes sortes d'armes de jet ainsi que les charriots les transportant.

10. *Oriflamme.*

CHAPITRE XXVI

Comment les habitans de Lerné, par le commandement de Picrochole, leur roy, assaillirent au despourveu les bergiers de Gargantua.

Les fouaciers retournez à Lerné, soubdain, davant boyre ny manger, se transporterent au Capitoly[1], et là, davant leur roy nommé Picrochole[2], tiers de ce nom, proposerent leur complainte, monstrans leurs paniers rompuz, leurs bonnetz foupiz[3], leurs robbes dessirées[4], leurs fouaces destroussées[5], et singulierement Marquet blessé enormement, disans le tout avoir esté faict par les bergiers et mestaiers de Grandgousier, près le grand carroy par delà Seuillé.

Lequel incontinent entra en courroux furieux, et sans plus oultre se interroguer quoy ne comment, feist crier par son pays ban et arriere ban, et que un chascun, sur peine de la hart[6], convint en armes en la grand place devant le Chasteau, à heure de midy.

Pour mieulx conferrer son entreprise, envoya sonner le tabourin[7] à l'entour de la ville. Luy mesmes, ce pendent qu'on aprestoit son disner, alla faire affuster[8] son artillerie[9], desployer son enseigne et oriflant[10], et

11. *Tant d'équipements d'armes que de* [*vivres*] *pour la gueule.*

12. *Les postes de commandement.*

13. *Loqueteux.* La parodie de l'épopée continue : d'ordinaire, l'avant-garde était confiée à un brillant capitaine.

14. *Arquebusiers* — Les *aventuriers* sont des volontaires, sans solde, généralement indisciplinés.

15. En languedocien, le *Fanfaron.* Les premières éditions donnaient *Grippeminaud,* qu'on retrouve au chap. LIV.

16. L'artillerie de Picrochole est nombreuse et comporte tous les calibres : le *double canon* était la plus grosse pièce, traînée par 35 chevaux; les *basilics* et *serpentines* étaient, les premiers, de fort calibre; les secondes, plus allongées; la *couleuvrine* était de petit calibre et très longue. La *bombarde,* grosse pièce lançant des boulets de pierre, utilisée pendant la guerre de cent ans, ne s'employait plus guère au XVIe siècle; les *faucons, passevolans* et *spirales* constituaient l'artillerie légère.

17. *Roule-deniers.* Le sobriquet convient mieux à un usurier qu'à un capitaine. Le commandant de l'arrière-garde ramasse les traînards comme le banquier racle le fond du tiroir.

18. Le gros de la troupe. Rabelais reproduit la disposition habituelle de l'armée française en marche.

19. *Route.*

20. Les *chevau-légers,* sous François Ier, étaient armés de lances courtes; ils étaient utilisés, comme ici, pour les reconnaissances.

21. *Qui gobe le vent.* Sobriquet fréquent à l'époque; (cf. *Pantagruel,* chap. I, p. 49). Le nom a été employé pour désigner un oiseau migrateur, voisin des hirondelles.

22. *Se mirent en campagne.*

23. *Faisant tomber.*

24. Le passage d'une armée était un fléau pour les campagnes, les *picoreurs,* comme les appelle Montaigne, s'ajoutant aux combattants.

25. *Maltraités,* (latinisme).

charger force munitions, tant de harnoys d'armes que de gueulles[11].

En disnant bailla les comissions[12], et feut par son edict constitué le seigneur Trepelu[13] sus l'avant guarde, en laquelle furent contez seize mille quatorze hacquebutiers[14], trente cinq mille et unze avanturiers.

A l'artillerie fut commis le Grand Escuyer Toucquedillon[15], en laquelle feurent contées neuf cens quatorze grosses pieces de bronze, en canons, doubles canons, baselicz, serpentines, couleuvrines, bombardes, faulcons, passevolans, spiroles et aultres pièces[16]. L'arriere guarde feut baillée au duc Racquedenare[17]; en la bataille[18] se tint le roy et les princes de son royaulme.

Ainsi sommairement acoustrez, davant que se mettre en voye[19], envoyerent troys cens chevaulx legiers[20], soubz la conduicte du capitaine Engoulevent[21], pour descouvrir le pays et sçavoir si embuche aulcune estoyt par la contrée; mais, après avoir diligemment recherché, trouverent tout le pays à l'environ en paix et silence, sans assemblée quelconque.

Ce que entendent, Picrochole commenda qu'un chascun marchast soubz son enseigne hastivement.

Adoncques sans ordre et mesure prindrent les champs[22] les uns parmy les aultres, gastans et dissipans tout par où ilz passoient, sans espargner ny pauvre, ny riche, ny lieu sacré, ny prophane; emmenoient beufz, vaches, thoreaux, veaulx, genisses, brebis, moutons, chevres et boucqs, poulles, chappons, poulletz, oysons, jards, oyes, porcs, truyes, guoretz; abastans les noix, vendeangeans les vignes, emportans les seps, croullans[23] tous les fruictz des arbres[24]. C'estoit un desordre incomparable de ce qu'ilz faisoient, et ne trouverent personne qui leurs resistast; mais un chascun se mettoit à leur mercy, les suppliant estre traictez plus humainement, en consideration de ce qu'ilz avoient

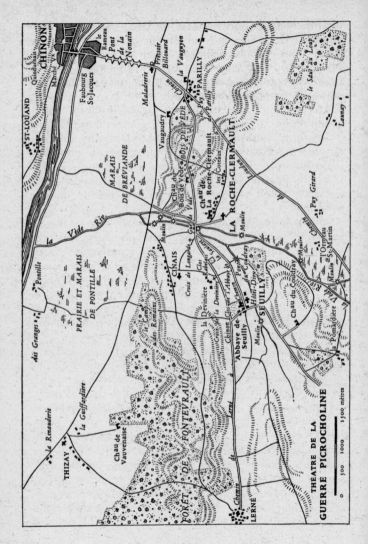

CHINON
ST-LOÜAND
Quindurhais
Marché V.
le Rameau
Pont
de la
Nonain
Faubourg
St-Jacques
Pressoir
Billouard
la Vauguyon
ARILLY
Maladrerie
Puy
Chinon
Vaugaudry
BOIS DE L'ÉDE
les Portils
Vaugaudry
MARAIS
DE BRÉVIANDE
Chau du
BOIS DE Vede
Chau de
La Roche Clermault
les Coudrius
La Roche Clermault
la Vède
Rio
Moulin
LA ROCHE-CLERMAULT
Moulin
Puy Girard
Pontille
PRAIRIE ET MARAIS
DE PONTILLE
Chemin
le Sault St Lou
Launay
Moulin
CINAIS
Chemin de Longué
Clos
Saban
la Devinière
la Dernière
Chinon Clos de l'Abbaye
Croix de l'Abbaye
Hôtel-Dieu
Pont
du Coudray
Chau du Coudray
l'Orgeau
Moulin St-Martin
aux Granges
la Renaudière
Moulin
SEUILLY
Abbaye de
Seuilly
la Pomardière
THIZAY
la Guiffardière
Chau de
Vauvenaise
FORÊT DE FONTEVRAULT
Chemin
de
Lerné
LERNÉ

THÉÂTRE DE LA
GUERRE PICROCHOLINE

0   500   1000   1500 mètres

de tous temps esté bons et amiables voisins, et que jamais envers eulx ne commirent excès ne oultraige pour ainsi soubdainement estre par iceulx mal vexez[25], et que Dieu les en puniroit de brief. Es quelles remonstrances rien plus ne respondoient, sinon qu'ilz leurs vouloient aprendre à manger de la fouace.

1. *Se démenèrent*.

2. *Seuilly,* bourg dont dépendait La Devinière.

3. Les épidémies de peste furent nombreuses au XVIᵉ siècle. Il y en eut en 1531 (cf. Marot, Épître au Roi...), en 1585, à Bordeaux (fin de la deuxième mairie de Montaigne) et dans les environs de Castillon, (Périgord).

4. *Panser*.

5. Hameau à l'est de La Devinière (cf. chap. IV). Par le *gué* passait le chemin de Seuilly à Chinon. Tous les noms de lieux de la guerre picrocholine évoquent le pays natal de Rabelais.

6. Troupe de fantassins groupée autour d'un drapeau; la *lance* est un terme de cavalerie; il désigne le chevalier et sa suite d'hommes d'armes, valets, etc.

7. Rabelais use souvent du rapprochement burlesque entre *diables* et *moines*.

CHAPITRE XXVII

Comment un moine de Seuillé saulva le cloz
de l'abbaye du sac des ennemys.

Tant feirent et tracasserent[1], pillant et larronnant, qu'ilz arriverent à Seuillé[2], et detrousserent hommes et femmes, et prindrent ce qu'ilz peurent : rien ne leurs feut ne trop chault ne trop pesant. Combien que la peste[3] y feust par la plus grande part des maisons, ilz entroient partout, ravissoient tout ce qu'estoit dedans, et jamais nul n'en print dangier, qui est cas assez merveilleux : car les curez, vicaires, prescheurs, medicins, chirurgiens et apothecaires qui alloient visiter, penser[4], guerir, prescher et admonester les malades, estoient tous mors de l'infection, et ces diables pilleurs et meurtriers oncques n'y prindrent mal. Dont vient cela, Messieurs? Pensez y, je vous pry.

Le bourg ainsi pillé, se transporterent en l'abbaye avecques horrible tumulte, mais la trouverent bien reserée et fermée, dont l'armée principale marcha oultre vers le gué de Vede[5], exceptez sept enseignes[6] de gens de pied et deux cens lances qui là resterent et rompirent les murailles du cloz affin de guaster toute la vendange.

Les pauvres diables[7] de moines ne sçavoient auquel de leurs saincts se vouer. A toutes adventures feirent

229

8. « *Au chapitre, ceux qui ont voix au chapitre!* » C'est le rassemblement général du chapitre assistant le Prieur.

9. *Chants* exécutés par le premier chantre ou *préchantre*.

10. *« Contre les pièges des ennemis. »*

11. *Répons,* paroles tirées de l'Écriture sainte.

12. *Du cloître.*

13. *Entommeure* ou *Entamures* signifie *hachis;* cf. *Quart Livre,* chap. LXVI : *« faire ses entommeures. »* Frère Jean n'a pas été identifié avec certitude. Il s'agit vraisemblablement d'un moine de Seuilly, que Rabelais a pu connaître.

14. *Pimpant.*

15. *Joyeux.*

16. *Adroit.*

17. *Fort en gueule.*

18. Frère Jean expédie son bréviaire en vitesse; de même, *beau desbrideur de messes* et *beau descroteur de vigiles.*

19. Notez l'effet comique produit par les allitérations, procédé cher à Rabelais et à Marot.

20. *Boisson.*

21. Comparaison fréquente au XVIᵉ s. : *frappés de stupeur comme les fondeurs qui voient leur cloche manquée, lorsqu'ils l'ont démoulée.*

22. *Répons* des dimanches d'octobre : *« Impesum inimicorum ne timueritis »* : Ne craignez pas l'assaut des ennemis.

23. *Grapiller.*

24. La colère fait jurer Frère Jean comme un laïc!

25. « Donne-moi à boire. »

26. Cf. note 12.

---

* *Beau descroteur de vigiles* manque dans la 1ᵉʳᵉ édition.
** *Au reste... breviaire* manque dans la 1ᵉʳᵉ édition.

sonner *ad capitulum capitulantes*[8]. Là feut decreté qu'ilz feroient une belle procession, renforcée de beaulx preschans[9], et letanies *contra hostium insidias*[10], et beaulx responds[11] *pro pace*.

En l'abbaye estoit pour lors un moine claustrier[12], nommé Frere Jean des Entommeures[13], jeune, guallant, frisque[14], de hayt[15], bien à dextre[16], hardy, adventureux, deliberé, hault, maigre, bien fendu de gueule[17], bien advantaigé en nez, beau despescheur d'heures[18], beau desbrideur de messes, beau descroteur de vigiles*, pour tout dire sommairement vray moyne si oncques en feut depuys que le monde moynant moyna de moynerie[19]; au reste clerc jusques es dents en matiere de breviaire**.

Icelluy, entendent le bruict que faisoyent les ennemys par le cloz de leur vine, sortit hors pour veoir ce qu'ilz faisoient, et, advisant qu'ilz vendangeoient leur cloz auquel estoyt leur boyte[20] de tout l'an fondée, retourne au cueur de l'eglise, où estoient les aultres moynes, tous estonnez comme fondeurs de cloches[21], lesquelz voyant chanter *Ini nim, pe, ne, ne, ne, ne, ne, ne, tum, ne, num, num, ini, i, mi, i, mi, co, o, ne, no, o, o, ne, no, ne, no, no, no, rum, ne, num, num*[22] : « C'est, dist il, bien chien chanté ! Vertus Dieu, que ne chantez vous :

Adieu, paniers, vendanges sont faictes ?

« Je me donne au diable s'ilz ne sont en nostre cloz et tant bien couppent et seps et raisins qu'il n'y aura, par le corps Dieu ! de quatre années que halleboter[23] dedans. Ventre sainct Jacques[24] ! que boyrons nous ce pendent, nous aultres pauvres diables ? Seigneur Dieu, *da mihi potum*[25] ! »

Lors dist le prieur claustral[26] :

« Que fera cest hyvrogne icy ? Qu'on me le mene en prison. Troubler ainsi le service divin !

27. Rapprochement burlesque : *service divin; service du vin*.

28. *Précepte*.

29. *Heures du bréviaire*.

30. *Frère Macé Pelosse* n'a pas été identifié jusqu'ici. Est-ce un type proverbial de moine comme *frère Lubin?* Faut-il rapprocher ce nom de la plaisanterie des « Bien Yvres » : « *Je suis prestre macé* » (chap. v), rien n'est moins sûr.

31. « *Que saint Antoine me brûle!* »

32. *Goûtent*.

33. Saint Thomas Becket, archevêque de Cantorbery, assassiné dans son église sur l'ordre du roi d'Angleterre. Le conflit du prélat et du souverain a servi de thème à la pièce d'Éliot (1888-1965), prix Nobel de littérature (1948), intitulée *Meurtre dans la Cathédrale* (1935).

34. *Casaque*.

35. Le *guidon* est un fanion utilisé dans les unités de cavalerie, alors que l'*enseigne* est un drapeau d'infanterie.

36. *Moissines,* branches de vigne avec les grappes et les feuilles.

37. *Débandé*.

* *C'est un apophtegme monachal* manque dans les premières éditions.

— Mais (dist le moyne) le service du vin[27], faisons tant qu'il ne soit troublé; car vous mesmes, Monsieur le Prieur, aymez boyre du meilleur. Sy faict tout homme de bien; jamais homme noble ne hayst le bon vin : c'est un apophthegme[28] monachal*. Mais ces responds que chantez ycy ne sont, par Dieu! poinct de saison.

« Pourquoy sont noz heures[29] en temps de moissons et vendenges courtes; en l'advent et tout hyver longues? Feu de bonne memoire Frere Macé Pelosse[30], vray zelateur (ou je me donne au diable) de nostre religion, me dist, il m'en soubvient, que la raison estoit affin qu'en ceste saison nous facions bien serrer et faire le vin, et qu'en hyver nous le humons.

« Escoutez, Messieurs, vous aultres qui aymez le vin : le corps Dieu, sy me suibvez! Car, hardiment, que sainct Antoine me arde[31] sy ceulx tastent[32] du pyot qui n'auront secouru la vigne! Ventre Dieu, les biens de l'Eglise! Ha, non, non! Diable! sainct Thomas l'Angloys voulut bien pour yceulx mourir[33] : si je y mouroys, ne seroys je sainct de mesmes? Je n'y mourray jà pourtant, car c'est moy qui le foys es aultres. »

Ce disant, mist bas son grand habit et se saisist du baston de la croix, qui estoit de cueur de cormier, long comme une lance, rond à plain poing et quelque peu semé de fleurs de lys, toutes presque effacées. Ainsi sortit en beau sayon[34], mist son froc en escharpe et de son baston de la croix donna sy brusquement sus les ennemys, qui, sans ordre, ne enseigne, ne trompette, ne tabourin, parmy le cloz vendangeoient, — car les porteguydons et port'enseignes avoient mis leurs guidons[35] et enseignes l'orée des murs, les tabourineurs avoient defoncé leurs tabourins d'un cousté pour les emplir de raisins, les trompettes estoient chargez de moussines[36], chascun estoit desrayé[37], — il

38. Sans chercher finesse, à la française, et non selon l'escrime nouvelle, à l'italienne, plus subtile.

39. *Déboîtait les vertèbres.*

40. *Disloquait.*

41. *Faisait tomber.*

42. *Défonçait.*

43. Noircissait de coups les jambes, comme si elles avaient eu la grangrène *(sphacèle).*

44. *Faisait sortir de leurs gonds les têtes de fémur :* luxait les hanches.

45. *Mettait en pièces les os des bras et des jambes.* Dans tout ce passage, Rabelais mêle plaisamment les termes médicaux et les locutions dialectales.

46. *Ceps.*

47. *Brisait l'arête du dos.*

48. *Cassait les reins.*

49. Terme d'anatomie : *suture lambdoïde* (en forme de la lettre grecque *lambda :* λ).

50. *Grimpait.*

51. *Coups,* en parler d'Anjou.

52. Terme d'anatomie : *médiastin* antérieur.

53. *Au défaut des côtes.*

54. *Retournait.*

55. *Cruellement.*

56. Rabelais se plaît à parodier les massacres des épopées dans le style burlesque des *Macaronées* de Merlin Coccaïe.

57. Encore aujourd'hui la patronne des artilleurs.

58. Le patron des cavaliers.

chocqua doncques si roydement sus eulx, sans dyre guare, qu'il les renversoyt comme porcs, frapant à tors et à travers, à vieille escrime[38].

Es uns escarbouilloyt la cervelle, es aultres rompoyt bras et jambes, es aultres deslochoyt les spondyles[39] du coul, es aultres demoulloyt[40] les reins, avalloyt[41] le nez, poschoyt les yeulx, fendoyt les mandibules, enfonçoyt les dens en la gueule, descroulloyt[42] les omoplates, sphaceloyt les greves[43], desgondoit les ischies[44], debezilloit les fauciles[45].

Si quelq'un se vouloyt cascher entre les sepes[46] plus espès, à icelluy freussoit toute l'areste du douz[47] et l'esrenoit[48] comme un chien.

Si aulcun saulver se vouloyt en fuyant, à icelluy faisoyt voler la teste en pieces par la commissure lambdoïde[49].

Si quelq'un gravoyt[50] en une arbre, pensant y estre en seureté, icelluy de son baston empaloyt par le fondement.

Si quelq'un de sa vieille congnoissance luy crioyt : Ha, Frere Jean, mon amy, Frere Jean, je me rend !

— Il t'est (disoit il) bien force; mais ensemble tu rendras l'ame à tous les diables. »

Et soubdain luy donnoit dronos[51]. Et, si personne tant feust esprins de temerité qu'il luy voulust resister en face, là monstroyt il la force de ses muscles, car il leurs transperçoyt la poictrine par le mediastine[52] et par le cueur. A d'aultres donnant suz la faulte des coustes[53], leurs subvertissoyt[54] l'estomach, et mouroient soubdainement. Es aultres tant fierement[55] frappoyt par le nombril qu'il leurs faisoyt sortir les tripes. Es aultres parmy les couillons persoyt le boiau cullier. Croiez que c'estoyt le plus horrible spectacle qu'on veit oncques[56].

Les uns cryoient : Saincte Barbe[57] !

les aultres : Sainct George[58] !

59. Sainte imaginaire, symbolisant l'hypocrisie (Elle n'y touche pas...).

60. Invocations à divers sanctuaires de la Vierge : le prieuré bénédictin de Cunault (près de Saumur); Notre-Dame de Lorette (Italie), où Montaigne, puis Descartes iront en pèlerinage; la Vierge de Bonne-Nouvelle, protectrice des marins marseillais; Notre-Dame de Marseille vénérée à Limoux(?) et Notre-Dame de Rivière, près de Chinon.

61. Saint Jacques de Compostelle, le plus illustre des pèlerinages pendant tout le Moyen Age.

62. Le reliquaire de Chambéry brûla le 4 décembre 1532, ce qui permet de dater la guerre pricrocholine; la relique du Saint Suaire fut épargnée par le feu. Calvin (*Traité des Reliques,* 1543) ironise contre les nombreux suaires que se disputent les cités : « Il y a une demi-douzaine de villes, pour le moins, qui se vantent d'avoir le suaire de la sépulture tout entier; comme Nice, celui qui a été transporté là de Chambéry; item, Aix en Allemagne, etc... ».

63. La relique de Cadouin, près de Bergerac, existe toujours; l'abbaye appartenait à Geoffroy d'Estissac. Calvin *(op. cit.)* la cite parmi les sanctuaires prétendant posséder le Suaire : « item, Cadouin en Limousin ».

64. Le monastère de Saint-Jean d'Angely (Charente-Maritime) conservait le chef de Jean-Baptiste.

65. Les hydropiques venaient implorer leur guérison à l'église Saint-Eutrope à Saintes (Ch.-M.).

66. Saint Mesme, confesseur, avait son tombeau dans l'église de Chinon, qui porte son nom; le pèlerinage de saint Mesme était très suivi en Touraine.

67. Saint Martin, évêque de Tours mourut à Candes (près de Chinon); son culte, très répandu dans toute la France, était particulièrement vif à Candes, où on conservait ses reliques (cf. R.E.R., VII).

68. Saint Cloud ou *Clodoald* (522-560), petit-fils de Clovis, renonça au trône pour entrer dans les ordres. Sa statue dans l'église de Cinais était un but de pèlerinage.

les aultres : Saincte Nytouche[59]!

les aultres : Nostre Dame de Cunault! de Laurette! de Bonnes Nouvelles! de la Lenou! de Riviere[60]!

les ungs se vouoyent à sainct Jacques[61];

les aultres au sainct suaire de Chambery, mais il brusla troys moys après, si bien qu'on n'en peut saulver un seul brin[62];

les aultres à Cadouyn[63];

les aultres à sainct Jean d'Angery[64];

les aultres à sainct Eutrope de Xainctes[65], à sainct Mesmes[66] de Chinon, à sainct Martin de Candes[67], à sainct Clouaud de Sinays[68], es reliques de Javrezay[69] et mille aultres bons petitz sainctz[70].

Les ungs mouroient sans parler, les aultres parloient sans mourir. Les ungs mouroient en parlant, les aultres parloient en mourant.

Les aultres crioient à haulte voix : « Confession! Confession! *Confiteor! Miserere! In manus!* »

Tant fut grand le cris des navrez[71] que le prieur de l'abbaye avec tous ses moines sortirent, lesquelz, quand apperceurent ces pauvres gens ainsi ruez[72] parmy la vigne et blessez à mort, en confesserent quelques ungs. Mais, ce pendent que les prebstres se amusoient[73] à confesser, les petits moinetons coururent au lieu où estoit Frere Jean et luy demanderent en quoy il vouloit qu'ilz luy aydassent. A quoy respondit qu'ilz esguorgetassent ceulx qui estoient portez par terre. Adoncques, laissans leurs grandes cappes sus une treille au plus près, commencerent esgourgeter[74] et achever ceulx qu'il avoit desjà meurtriz[75]. Sçavez vous de quelz ferrements? A beaulx gouvetz[76], qui sont petitz demy cousteaux dont les petitz enfans de nostre pays cernent[77] les noix.

Puis à tout[78] son baston de croix guaingna la breche qu'avoient faict les ennemys. Aulcuns des moinetons emporterent les enseignes et guydons en leurs chambres

69. Au début du XVIe s., le cardinal Perrault, originaire de ce village, avait apporté de Rome quantité de reliques (des os d'Abraham, un fragment de la verge d'Aaron, etc.). *Javarsay* ou l'église *Saint-Chartier* de Javarsay se trouve dans l'arrondissement de Melle (Deux-Sèvres).

70. L'ironie de Rabelais à l'égard du culte des saints et des reliques (cf. le rapprochement irrespectueux de sainte Nitouche et de saint Georges) se rapproche beaucoup des critiques de Calvin et d'Henri Estienne *(Apologie d'Hérodote)*.

71. *Blessés.*

72. *Tombés.*

73. *Passaient leur temps.*

74. Les *moinetons* font comme les *coutiliers,* qui achèvent les chevaliers tombés à terre.

75. *Blessés à mort.*

76. Couteaux à lame recourbée, en forme de serpette.

77. Font des *cernes* en détachant la coque verte des noix.

78. *Avec;* l'expression est encore employée par Montaigne.

79. *Jarretières.*

80. Comparaison proverbiale, dont l'ironie est soulignée par l'allusion au *chemin de Faye,* particulièrement sinueux et difficile. Faye-la-Vineuse se trouve près de Richelieu. Calembour possible entre *Foi* et *Faye.* — Panurge (cf. *Quart Livre,* chap. VIII) imite Frère Jean, empêchant les « moutonniers » jetés à l'eau de remonter dans la nef et « *affirmant plus heureux estre les trespassez que les vivants,* etc... ».

81. Personnage légendaire, cousin des quatre fils Aymon, et grand pourfendeur de Sarrazins. Dans la *Chanson de Roland,* l'évêque Turpin est aussi un rude combattant.

pour en faire des jartiers[79]. Mais, quand ceulx qui s'estoient confessez vouleurent sortir par icelle bresche, le moyne les assommoit de coups, disant :

« Ceulx cy sont confès et repentans, et ont guaigné les pardons; ilz s'en vont en paradis, aussy droict comme une faucille[90] et comme est le chemin de Faye. »

Ainsi, par sa prouesse, feurent desconfiz tous ceulx de l'armée qui estoient entrez dedans le clous, jusques au nombre de treze mille six cens vingt et deux, sans les femmes et petitz enfans, cela s'entend tousjours.

Jamais Maugis[81], hermite, ne se porta si vaillamment à tout son bourdon contre les Sarrasins, desquelz est escript es gestes des quatre filz Haymon, comme feist le moine à l'encontre des ennemys avec le baston de la croix.

1. Le château de La Roche-Clermault était fort important au XVIe s. Il dominait la région entre Chinon et Seuilly. Un membre de la famille Rabelais était tenancier de la seigneurie pour une terre appelée Pied Vallet (cf. R.E.R., V).

2. *Rafraîchie de sa colère pongitive* (*irritante*, terme médical).

3. *Fortifications avancées.*

4. *Mit en état de défense.*

5. *Appliqué.*

6. *Griller.*

7. *Tisonne.* Ce tableau d'une veillée au coin du feu, agrémentée de contes, fait un contraste pittoresque avec les entreprises guerrières de Picrochole. Comparer avec Ronsard évoquant Hélène de Surgères vieillie : « Quand vous serez bien vieille... au coin du feu... ».

CHAPITRE XXVIII

Comment Picrochole print d'assault La Roche
Clermauld[1], et le regret et difficulté que feist
Grandgousier de entreprendre guerre.

CEPENDENT que le moine s'escarmouchoit comme avons
dict contre ceulx qui estoient entrez le clous, Picrochole à grande hastiveté passa le gué de Vede avec ses
gens, et assaillit La Roche Clermauld, auquel lieu ne
luy feut faicte resistance quelconques, et, par ce qu'il
estoit jà nuict, delibera en icelle ville se heberger soy
et ses gens, et refraischir de sa cholere pungitive[2].

Au matin, print d'assault les boullevars[3] et chasteau,
et le rempara[4] très bien, et le proveut de munitions
requises, pensant là faire sa retraicte si d'ailleurs estoit
assailly, car le lieu estoit fort et par art et par nature
à cause de la situation et assiete.

Or laissons les là et retournons à nostre bon Gargantua, qui est à Paris, bien instant[5] à l'estude de
bonnes lettres et exercitations athletiques, et le vieux
bon homme Grandgousier, son pere, qui après souper
se chauffe les couilles à un beau, clair et grand feu, et,
attendent graisler[6] des chastaines, escript au foyer avec
un baston bruslé d'un bout dont on escharbotte[7] le feu,

241

8. *Hâte*.

9. *Hélas!*

10. Le père de Rabelais, Antoine Rabelais, avait été pendant vingt ans sénéchal de Lerné, comme mandataire de Gaucher de Sainte-Marthe (Picrochole). Il avait donc été en bonnes relations avec lui (jusqu'en 1527, assure Abel Lefranc).

11. *Cœur*.

12. *Fou furieux*.

13. *Embarrasse*.

14. *Recherché*.

faisant à sa femme et famille de beaulx contes du temps jadis.

Un des bergiers qui guardoient les vignes, nommé Pillot, se transporta devers luy en icelle heure et raconta entierement les excès et pillaiges que faisoit Picrochole, roy de Lerné, en ses terres et dommaines, et comment il avoit pillé, gasté, saccagé tout le pays, excepté le clous de Seuillé que Frere Jean des Entommeures avoit saulvé à son honneur, et de present estoit ledict roy en La Roche Clermauld, et là en grande instance[8] se remparoit, luy et ses gens.

« Holos! holos[9]! dist Grandgousier, qu'est cecy, bonnes gens? Songé je, ou si vray est ce qu'on me dict? Picrochole, mon amy ancien de tout temps[10], de toute race et alliance, me vient il assaillir? Qui le meut? Qui le poinct? Qui le conduict? Qui l'a ainsi conseillé? Ho! ho! ho! ho! ho! mon Dieu, mon Saulveur, ayde moy, inspire moy, conseille moy à ce qu'est de faire! Je proteste, je jure davant toy, — ainsi me soys tu favorable! — sy jamais à luy desplaisir, ne à ses gens dommaige, ne en ses terres je feis pillerie; mais, bien au contraire, je l'ay secouru de gens, d'argent, de faveur et de conseil, en tous cas que ay peu congnoistre son adventaige. Qu'il me ayt doncques en ce poinct oultraigé, ce ne peut estre que par l'esprit maling. Bon Dieu, tu congnois mon couraige[11], car à toy rien ne peut estre celé; si par cas il estoit devenu furieux[12] et que, pour luy rehabiliter son cerveau, tu me l'eusse icy envoyé, donne moy et pouvoir et sçavoir le rendre au joug de ton sainct vouloir par bonne discipline. »

« Ho! ho! ho! mes bonnes gens, mes amys et mes feaulx serviteurs, fauldra il que je vous empesche[13] à me y ayder? Las! ma vieillesse ne requerroit dorenavant que repous, et toute ma vie n'ay rien tant procuré[14] que paix; mais il fault, je le voy bien, que maintenant de harnoys je charge mes pauvres espaules lasses et foi-

15. Grandgousier est conscient de ses devoirs de souverain; en échange des subsides fournis par le peuple, il assure la protection de celui-ci.

16. Cette règle de paix figure dans l'*Institutio principis christiani* d'Erasme.

17. *Affaire* est masculin au XVIe s.

18. *S'était départi.*

19. Les *Basques* et les Gascons servaient souvent comme valets (cf. Marot, *Épître au Roi.*).

20. Ce début de la *guerre Picrocholine* rappelle l'invasion du pays des Amaurotes par les Dipsodes dans le *Pantagruel* (chap. XXIII et suivants), mais le ton est différent; dans le *Pantagruel* la parodie épique est de pure fantaisie, tandis que le *Gargantua* transpose, en partie, sur le mode épique le conflit juridique qui opposa le père de Rabelais à Gaucher de Sainte-Marthe.

bles, et en ma main tremblante je preigne la lance et
la masse pour secourir et guarantir mes pauvres subjectz. La raison le veult ainsi, car de leur labeur je suis
entretenu et de leur sueur je suis nourry, moy, mes
enfans et ma famille[15].

« Ce non obstant, je n'entreprendray guerre que je
n'aye essayé tous les ars et moyens de paix[16]; là je me
resouls. »

Adoncques feist convoquer son conseil et proposa
l'affaire[17] tel comme il estoit, et fut conclud qu'on envoi-
roit quelque homme prudent devers Picrochole sçavoir
pourquoy ainsi soubdainement estoit party[18] de son
repous et envahy les terres es quelles n'avoit droict quic-
quonques, davantaige qu'on envoyast querir Gargantua
et ses gens, affin de maintenir le pays et defendre à
ce besoing. Le tout pleut à Grandgousier, et commenda
que ainsi feust faict.

Dont sus l'heure envoya le Basque, son laquays[19],
querir à toute diligence Gargantua, et luy escripvoit
comme s'ensuit[20].

1. *Repos.*

2. *Secours.*

3. *Confiés;* c'est la reprise de l'argument exposé au chapitre précédent : « *La raison le veult ainsi...* etc. ».

4. *Libres.*

CHAPITRE XXIX

Le teneur des lettres que Grandgousier escripvoit à Gargantua.

« LA ferveur de tes estudes requeroit que de long temps ne te revocasse de cestuy philosophicque repous[1], sy la confiance de noz amys et anciens confederez n'eust de present frustré la seureté de ma vieillesse. Mais, puis que telle est ceste fatale destinée que par iceulx soye inquiété es quelz plus je me repousoye, force me est te rappeler au subside[2] des gens et biens qui te sont par droict naturel affiez[3].

« Car, ainsi comme debiles sont les armes au dehors si le conseil n'est en la maison, aussi vaine est l'estude et le conseil inutile qui en temps oportun par vertus n'est executé et à son effect reduict.

« Ma deliberation n'est de provocquer, ains de apaiser; d'assaillir, mais defendre; de conquester, mais de guarder mes feaulx subjectz et terres hereditaires, es quelles est hostillement entré Picrochole sans cause ny occasion, et de jour en jour poursuit sa furieuse entreprinse avecques excès non tolerables à personnes liberes[4].

« Je me suis en devoir mis pour moderer sa cholere tyrannicque, luy offrent tout ce que je pensois luy

5. *Défi.*

6. *Convenance.* Picrochole prétend n'en faire qu'à sa guise.

7. Grandgousier estime que Picrochole est abandonné par la Grâce divine, et laissé à sa volonté humaine, qui, entachée par le péché originel, ne peut être que mauvaise. C'est la doctrine des « Evangéliques ». Mais dans le chap. LVII, il accorde plus de liberté à la raison humaine. Le problème de la Grâce qui divisait les catholiques et les protestants rebondira au XVIIe s. avec le jansénisme.

8. *Hostiles.*

9. *C'est pourquoi.*

10. On peut rapprocher ces conseils de ceux de Ronsard (*Institution pour l'adolescence...*) :

« Mais les princes Chrestiens n'estiment leur vertu Procéder ni de sang ni de glaive pointu... »

11. *Précautions.*

12. Formule employée surtout par les Evangéliques et les protestants.

13. Cette date rappelle que la scène se passe pendant les vendanges.

povoir estre en contentement, et par plusieurs foys ay envoyé amiablement devers luy pour entendre en quoy, par qui et comment il se sentoit oultragé; mais de luy n'ay eu responce que de voluntaire deffiance[5] et que en mes terres pretendoit seulement droict de bienseance[6]. Dont j'ay congneu que Dieu eternel l'a laissé au gouvernail de son franc arbitre et propre sens, qui ne peult estre que meschant sy par grace divine n'est continuellement guidé[7], et, pour le contenir en office et reduire à congnoissance, me l'a icy envoyé à molestes[8] enseignes.

« Pourtant[9], mon filz bien aymé, le plus tost que faire pouras, ces lettres veues, retourne à diligence secourir, non tant moy (ce que toutesfoys par pitié naturellement tu doibs) que les tiens, lesquelz par raison tu peuz saulver et guarder. L'exploict sera faict à moindre effusion de sang que sera possible[10], et, si possible est, par engins plus expediens, cauteles[11] et ruzes de guerre, nous saulverons toutes les ames et les envoyerons joyeux à leurs domiciles.

« Tres chier filz, la paix de Christ, nostre redempteur, soyt avecques toy[12].

« Salue Ponocrates, Gymnaste et Eudemon de par moy.

« Du vingtiesme de Septembre[13].

« Ton père, GRANDGOUSIER. »

1. Un parent de Rabelais, avocat du roi à Chinon, s'appelait Jean Gallet. Il représenta les marchands de la Loire contre Gaucher de Sainte-Marthe devant le Parlement de Paris dans le procès causé par les pêcheries installées par Gaucher, au détriment de la navigation fluviale. *Ulrich* et *Jean Gallet* ne font vraisemblablement qu'une seule et même personne.

2. *Avisé.*

3. Le *gué de Vède,* dont il a déjà été question.

4. Le meunier du Moulin du Pont.

5. *S'avancer.*

6. *Exposa sa mission* (terme du langage scolastique). Picrochole méprise les droits des ambassadeurs et traite de haut l'envoyé de Grandgousier.

CHAPITRE XXX

Comment Ulrich Gallet fut envoyé devers Picrochole.

Les lettres dictées et signées, Grandgousier ordonna que Ulrich Gallet[1], maistre de ses requestes, homme saige et discret[2], duquel en divers et contencieux affaires il avoit esprouvé la vertus et bon advis, allast devers Picrochole pour luy remonstrer ce que par eux avoit esté decreté.

En celle heure partit le bon homme Gallet, et, passé le gué[3], demanda au meusnier[4] de l'estat de Picrochole, lequel luy feist responce que ses gens ne luy avoient laissé ny coq ny geline, et qu'ilz s'estoient enserrez en La Roche Clermauld, et qu'il ne luy conseilloit poinct de proceder[5] outre, de peur du guet, car leur fureur estoit enorme. Ce que facilement il creut, et pour celle nuict herbergea avecques le meusnier.

Au lendemain matin se transporta avecques la trompette à la porte du chasteau, et requist es guardes qu'ilz le feissent parler au roy pour son profit.

Les parolles annoncées au roy, ne consentit aulcunement qu'on luy ouvrist la porte, mais se transporta sus le bolevard, et dist à l'embassadeur : « Qu'i a il de nouveau? Que voulez vous dire? »

Adoncques l'embassadeur proposa[6] comme s'ensuit :

1. *Bienveillance*.
2. *Reçoivent*.
3. *Procédé*.
4. *Très troublé* (latinisme : *perturbatus*). Dans les harangues, les orateurs emploient souvent du français latinisé.

CHAPITRE XXXI

La harangue faicte par Gallet à Picrochole.

« PLUS juste cause de douleur naistre ne peut entre les humains que si, du lieu dont par droicture esperoient grace et benevolence[1], ilz recepvent[2] ennuy et dommaige. Et non sans cause (combien que sans raison) plusieurs, venuz en tel accident, ont ceste indignité moins estimé tolerable que leur vie propre, et, en cas que par force ny aultre engin[3] ne l'ont peu corriger, se sont eulx mesmes privez de ceste lumiere.

« Doncques merveille n'est si le roy Grandgousier, mon maistre, est à ta furieuse et hostile venue saisy de grand desplaisir et perturbé[4] en son entendement. Merveille seroit si ne l'avoient esmeu les excès incomparables qui en ses terres et subjectz ont esté par toy et tes gens commis, es quelz n'a esté obmis exemple aulcun d'inhumanité, ce que luy est tant grief de soy, par la cordiale affection de laquelle tousjours a chery ses subjectz, que à mortel homme plus estre ne sçauroit. Toutesfoys sus l'estimation humaine plus grief luy est en tant que par toy et les tiens ont esté ces griefz et tords faictz, qui de toute memoire et ancienneté aviez, toy et tes peres, une amitié avecques luy et tous ses encestres conceu, laquelle jusques à present

5. *Étrangères.*

6. Allusion probable à la victoire de Charles VIII sur les Poitevins, Bretons et Manceaux à Saint-Aubin-du-Cormier en 1488, et à l'annexion de la Bretagne à la France.

7. Il est déjà question du pays de *Canarre* dans le *Pantagruel,* (chap. XXII, p. 303) et dans le *Gargantua,* (chap. XIII); pays imaginaire (les Canaries?) symbolisant l'exotisme.

8. Ville fondée par Christophe Colomb en 1493, à Haïti. Le rapprochement des provinces françaises et des territoires d'Amérique est une façon de signifier le monde entier. Amplification oratoire burlesque du différend entre le père de Rabelais et Gaucher.

9. *Fou furieux* (latinisme : *efferatus*); de même *superbe* : orgueilleux (latin : *superbus*).

10. *Décision.*

11. *Tenté* (latin : *attemptare*).

12. *Nouveauté* (avec un sens péjoratif : entreprise extraordinaire). Montaigne hait par-dessus tout la « *nouvelleté* », c'est-à-dire la révolution religieuse et politique introduite par la Réforme.

13. *Foulée aux pieds* (latin : *conculcatus*).

14. *Outrepassé.*

15. *Cachés aux esprits...*

16. *Révolution.* L'idée d'un cycle passant du bonheur au malheur est fréquente chez les Anciens; au Moyen Age, la *roue de la Fortune* en est le symbole.

comme sacrée ensemble aviez inviolablement maintenue, guardée et entretenue, si bien que non luy seulement ny les siens, mais les nations barbares[5], Poictevins, Bretons, Manseaux[6] et ceulx qui habitent oultre les isles de Canarre[7] et Isabella[8], ont estimé aussi facile demollir le firmament et les abysmes eriger au dessus des nues que desemparer vostre alliance, et tant l'ont redoubtée en leurs entreprinses que n'ont jamais auzé provoquer, irriter ny endommaiger l'ung, par craincte de l'aultre.

« Plus y a. Ceste sacrée amitié tant a emply ce ciel que peu de gens sont aujourd'huy habitans par tout le continent et isles de l'ocean, qui ne ayent ambitieusement aspiré estre receuz en icelle à pactes par vous mesmes conditionnez, autant estimans vostre confederation que leurs propres terres et dommaines; en sorte que de toute memoire n'a esté prince ny ligue tant efferée[9] ou superbe qui ait auzé courir sus, je ne dis poinct voz terres, mais celles de voz confederez; et, si par conseil[10] precipité ont encontre eulx attempté[11] quelque cas de nouvelleté[12], le nom et tiltre de vostre alliance entendu, ont soubdain desisté de leurs entreprises.

« Quelle furie doncques te esmeut maintenant, toute alliance brisée, toute amitié conculquée[13], tout droict trespassé[14], envahir hostilement ses terres, sans en rien avoir esté par luy ny les siens endommagé, irrité ny provocqué? Où est foy? Où est loy? Où est raison? Où est humanité? Où est craincte de Dieu? Cuyde tu ces oultraiges estre recellés[15] es esperitz eternelz et au Dieu souverain qui est juste retributeur de noz entreprinses? Si le cuyde, tu te trompe car toutes choses viendront à son jugement. Sont ce fatales destinées ou influences des astres qui voulent mettre fin à tes ayzes et repous? Ainsi ont toutes choses leur fin et periode[16], et, quand elles sont venues à leur

17. *A leur sommet.*

18. *Précipitées en bas.*

19. D'après Robert Estienne : « *Fée* est qui doit advenir par nécessité, *fatalis* ». C'est la même idée que plus haut : *fatales destinées*. Les *fées* au Moyen Age sont souvent assimilées aux Parques antiques.

20. *Bonheur.*

21. *S'écrouler.*

22. *Bornes* (latin : *meta*).

23. *Éloignée.*

24. *Ennemis* (latin : *malevolus*).

25. *Difficultés.*

26. *Diable* (grec διαϐάλλω : calomnier).

27. *Entraîner au mal.*

28. *Images trompeuses.*

29. *Visions décevantes.*

30. *Lâche* (latin : *ignavus*).

31. *Dépourvu de...*

32. *Pour toujours.*

poinct suppellatif[17], elles sont en bas ruinées[18], car
elles ne peuvent long temps en tel estat demourer.
C'est la fin de ceulx qui leurs fortunes et prosperitez
ne peuvent par rayson et temperance moderer.

« Mais, si ainsi estoit phée[19] et deust ores ton heur[20]
et repos prendre fin, falloit il que ce feust en incom-
modant à mon roy, celluy par lequel tu estois estably?
Si ta maison debvoit ruiner[21], failloit il qu'en sa ruine
elle tombast suz les atres de celluy qui l'avoit aornée?
La chose est tant hors les metes[22] de raison, tant abhorrente[23] de sens commun, que à peine peut elle estre
par humain entendement conceue, et jusques à ce
demourera non croiable entre les estrangiers que
l'effect asseuré et tesmoigné leur donne à entendre que
rien n'est ny sainct, ny sacré à ceulx qui se sont eman-
cipez de Dieu et Raison pour suyvre leurs affections
perverses.

« Si quelque tort eust esté par nous faict en tes
subjectz et dommaines, si par nous eust esté porté
faveur à tes mal vouluz[24], si en tes affaires[25] ne te
eussions secouru, si par nous ton nom et honneur eust
esté blessé, ou, pour mieulx dire, si l'esperit calumnia-
teur[26], tenant à mal te tirer[27], eust par fallaces
especes[28] et phantasmes ludificatoyres[29] mis en ton
entendement que envers toy eussions faict choses non
dignes de nostre ancienne amitié, tu debvois premier
enquerir de la verité, puis nous en admonester, et nous
eussions tant à ton gré satisfaict que eusse eu occasion
de toy contenter. Mais (ô Dieu eternel!) quelle est ton
entreprinse? Vouldroys tu, comme tyrant perfide, pil-
lier ainsi et dissiper le royaulme de mon maistre? Le
as tu esprouvé tant ignave[30] et stupide qu'il ne voulust,
ou tant destitué[31] de gens, d'argent, de conseil et d'art
militaire qu'il ne peust resister à tes iniques assaulx?

« Depars d'icy presentement, et demain pour tout
le jour[32] soye retiré en tes terres, sans par le chemin

33. Monnaie byzantine (d'où le nom), qui, par sa longue stabilité, fut employée comme monnaie internationale pendant tout le Moyen Age.

34. Calendrier romain : *au 15 mai.*

35. *Otage.*

36. Cette noble harangue se termine sur le mode burlesque. *Tournemoule : Tournemeule;* chez les Romains, c'étaient les esclaves de la pire espèce qui tournaient la meule du moulin. — *Bas-de-Fesses* — *Menuail* est dérivé de *menu,* petit, vil : *homme de peu* — *Gratelles* vient de *gratter :* le *prince de Gale* — *Morpiaille* est formé sur *morpion.* L'état-major de Picrochole est composé de gens de rien. Rabelais a voulu souligner la parodie de l'éloquence cicéronienne par cette conclusion vulgaire, alors que l'usage de la rhétorique faisait attendre, au contraire, une amplification oratoire.

faire aulcun tumulte ne force; et paye mille bezans d'or[33] pour les dommaiges que as faict en ces terres. La moytié bailleras demain, l'aultre moytié payeras es ides de May[34] prochainement venant, nous delaissant ce pendent pour houltaige[35] les ducs de Tournemoule, de Basdefesses et de Menuail, ensemble le prince de Gratelles et le vicomte de Morpiaille[36]. »

1. *Alors.*

2. Succession de jeux de mots : *molle* (adj.) et *mole* (meule); d'où le verbe *broieront;* ironiquement, Picrochole présente ses soldats comme de bonnes pâtes, sans virilité : des « *couilles-molles* ».

3. Comme dans les chap. XXVIII et XXIX, Grandgousier implore la Providence divine. Gargantua, tout en étant croyant, se fie surtout à sa raison.

4. Il n'y a plus aucun ordre : tout va de travers.

CHAPITRE XXXII

Comment Grandgousier, pour achapter paix, feist rendre les fouaces.

A TANT[1] se teut le bon homme Gallet; mais Picrochole à tous ses propos ne respond aultre chose sinon : « Venez les querir, venez les querir. Ilz ont belle couille et molle[2]. Ilz vous brayeront de la fouace. »

Adoncques retourne vers Grandgousier, lequel trouva à genous, teste nue, encliné en un petit coing de son cabinet, priant Dieu qu'il vouzist amollir la cholere de Picrochole et le mettre au poinct de raison, sans y proceder par force[3]. Quand veit le bon homme de retour, il luy demanda :

« Ha! mon amy, mon amy, quelles nouvelles m'apportez vous?

— Il n'y a (dist Gallet) ordre[4]; cest homme est du tout hors du sens et delaissé de Dieu.

— Voyre mais (dist Grandgousier), mon amy, quelle cause pretend il de cest excès?

— Il ne me a (dist Gallet) cause queconques exposé, sinon qu'il m'a dict en cholere quelques motz de fouaces. Je ne sçay si l'on auroit poinct faict oultrage à ses fouaciers.

5. Grandgousier, en roi prudent, enquête sur les origines du conflit, alors que Picrochole, dès la plainte des fouaciers, entre en fureur (cf. chap. XXVI).

6. *Bâton.*

7. Adverbe : *premièrement.*

8. Grandgousier est plus pacifique que son conseil.

9. *Jaunes d'œufs.*

10. A l'origine, monnaie à l'effigie de Philippe, roi de Macédoine, puis par extension toute monnaie d'or.

11. Les *barbiers* faisaient fonction de chirurgiens.

12. *En plus.*

13. *La Pomardière* est une ferme de Seuilly, appartenant à la famille de Rabelais. Il en a été question (ainsi que de La Devinière) dans le discours de Panurge à Pantagruel (*Pantagruel,* chap. IX, p. 137).

14. *Exempte d'impositions.* C'est donc un don héréditaire, et sans contrepartie. La générosité de Grandgousier est hors de proportion avec le dommage causé.

15. La prairie bordée de saules, le long de la Vède. Il en a été question au chap. IV.

16. *Roseaux.*

17. *Équiper.*

18. *Charretiers.* La Fontaine conserve l'orthographe *chartier,* conforme à la prononciation paysanne.

19. Picrochole se comporte de la même façon que lors de la première ambassade de Gallet.

— Je le veulx (dist Grandgousier) bien entendre[5] devant qu'aultre chose deliberer sur ce que seroit de faire. »

Alors manda sçavoir de cest affaire, et trouva pour vray qu'on avoit prins par force quelques fouaces de ses gens et que Marquet avoit repceu un coup de tribard[6] sus la teste; toutesfoys que le tout avoit esté bien payé et que le dict Marquet avoit premier[7] blessé Forgier de son fouet par les jambes. Et sembla à tout son conseil que en toute force il se doibvoit defendre. Ce nom ostant dist Grandgousier :

« Puis qu'il n'est question que de quelques fouaces, je essayeray le contenter, car il me desplaist par trop de lever guerre[8]. »

Adoncques s'enquesta combien on avoit prins de fouaces, et, entendent quatre ou cinq douzaines, commenda qu'on en feist cinq charretées en icelle nuict, et que l'une feust de fouaces faictes à beau beurre, beau moyeux[9] d'eufz, beau saffran et belles éspices pour estre distribuées à Marquet, et que pour ses interestz il luy donnoit sept cens mille et troys philippus[10] pour payer les barbiers[11] qui l'auroient pensé, et d'abondant[12] luy donnoit la mestayrie de la Pomardiere[13] à perpétuité, franche[14] pour luy et les siens. Pour le tout conduyre et passer fut envoyé Gallet, lequel par le chemin feist cuillir près de la Sauloye[15] force grands rameaux de cannes[16] et rouzeaux, et en feist armer[17] autour leurs charrettes, et chascun des chartiers[18]; luy mesmes en tint un en sa main, par ce voulant donner à congnoistre qu'ilz ne demandoient que paix et qu'ilz venoient pour l'achapter.

Eulx venuz à la porte, requirent parler à Picrochole de par Grandgousier. Picrochole ne voulut oncques les laisser entrer, ny aller à eulx parler[19], et leurs manda qu'il estoit empesché, mais qu'ilz dissent ce qu'ilz vouldroient au capitaine Toucquedillon, lequel

20. *Plaçait sur affût.*

21. *En franc-alleu,* terme de droit féodal. Le *franc-alleu* est un bien héréditaire, exempt de toute redevance seigneuriale.

22. *Fortifier.*

23. *Méprisable.*

24. Proverbe médiéval, encore en usage de nos jours.

25. *Ravitaillés.*

affustoit[20] quelque piece sus les murailles. Adonc luy dict le bon homme :

« Seigneur, pour vous retirer de tout ce debat et ouster toute excuse que ne retournez en nostre premiere alliance, nous vous rendons presentement les fouaces dont est la controverse. Cinq douzaines en prindrent noz gens; elles furent très bien payées; nous aymons tant la paix que nous en rendons cinq charrettes, desquelles ceste icy sera pour Marquet, qui plus se plainct. Dadvantaige, pour le contenter entierement, voylà sept cens mille et troys philippus que je luy livre, et, pour l'interest qu'il pourroit pretendre, je luy cede la mestayrie de la Pomardiere, à perpétuité, pour luy et les siens, possedable en franc alloy[21]; voyez cy le contract de la transaction. Et, pour Dieu, vivons dorenavant en paix, et vous retirez en vos terres joyeusement, cedans ceste place icy, en laquelle n'avez droict quelconques, comme bien le confessez, et amis comme par avant. »

Toucquedillon raconta le tout à Picrochole, et de plus envenima son couraige, luy disant :

« Ces rustres ont belle paour. Par Dieu, Grandgousier se conchie, le pouvre beuveur! Ce n'est son art aller en guerre, mais ouy bien vuider les flascons. Je suis d'opinion que retenons ces fouaces et l'argent, et au reste nous hastons de remparer[22] icy et poursuivre nostre fortune. Mais pensent ilz bien avoir affaire à une duppe, de vous paistre de ces fouaces? Voylà que c'est : le bon traictement et la grande familiarité que leurs avez par cy devant tenue vous ont rendu envers eulx comtemptible[23] : oignez villain, il vous poindra; poignez villain, il vous oindra[24].

— Çà, çà, çà, dist Picrochole, sainct Jacques, ilz en auront! Faictes ainsi qu'avez dict.

— D'une chose, dist Toucquedillon, vous veux je advertir. Nous sommes icy assez mal avituaillez[25] et

26. *Avancerons*.

27. Toucquedillon aime les proverbes; cf. Villon (*Testament*, xxv) : « Car la danse vient de la pance... » Autrement dit, on ne danse que la panse pleine.

28. *Est bannie* (latinisme : *exulare; exul :* exilé).

29. *Sinon au moyen de...*

pourveuz maigrement des harnoys de gueule. Si Grandgousier nous mettoit siege, dès à present m'en irois faire arracher les dents toutes, seulement que troys me restassent, autant, à voz gens comme à moy : avec icelles nous n'avangerons[26] que trop à manger noz munitions.

— Nous, dist Picrochole, n'aurons que trop mangeailles. Sommes nous icy pour manger ou pour batailler?

— Pour batailler, vrayement, dist Toucquedillon; mais de la pance vient la dance[27], et où faim regne, force exule[28].

— Tant jazer! dist Picrochole. Saisissez ce qu'ilz ont amené. »

Adoncques prindrent argent et fouaces et beufz et charrettes, et les renvoyerent sans mot dire, sinon que plus n'aprochassent de si près pour la cause qu'on leur diroit demain. Ainsi sans rien faire retournerent devers Grandgousier, et luy conterent le tout, adjoustans qu'il n'estoit aulcun espoir de les tirer à paix, sinon à[29] vive et forte guerre.

1. Cet emploi du mot italien comme nom propre au xvie s. est fort rare. Pour le duc de *Menuail* et le capitaine *Merdaille*, se reporter au chap. xxxi. Le terme *Merdaille* s'appliquait généralement aux jeunes recrues.

2. *Sire*.

3. *Alexandre le Macédonien*.

4. *Partagerez*.

5. *Se jeter*.

6. *Au premier choc*.

7. *En quantité* (cf. *boire à tas*).

8. *Du comptant*.

CHAPITRE XXXIII

*Comment certains gouverneurs de Picrochole, par
conseil precipité, le mirent au dernier peril.*

Les fouaces destroussées, comparurent davant Picrochole les duc de Menuail, comte Spadassin[1] et capitaine
Merdaille, et luy dirent :

« Cyre[2], aujourd'huy nous vous rendons le plus
heureux, le plus chevaleureux prince qui oncques feust
depuis la mort de Alexandre Macedo[3].

— Couvrez, couvrez vous, dist Picrochole.

— Grand mercy (dirent ilz), Cyre, nous sommes à
nostre debvoir. Le moyen est tel :

« Vous laisserez icy quelque capitaine en garnison
avec petite bande de gens pour garder la place, laquelle
nous semble assez forte, tant par nature que par les
rampars faictz à vostre invention. Vostre armée par-
tirez[4] en deux, comme trop mieulx l'entendez. L'une
partie ira ruer[5] sur ce Grandgousier et ses gens. Par
icelle sera de prime abordée[6] facilement desconfit. Là
recouvrerez argent à tas[7], car le vilain en a du content[8] ; vilain, disons nous, parce que un noble prince
n'a jamais un sou. Thesaurizer est faict de vilain. —
L'aultre partie, cependent, tirera vers Onys, Sanc-
tonge, Angomoys et Gascoigne, ensemble Perigot,

9. Itinéraire logique vers le Sud-Ouest : Aunis, Saintonge, Angoumois, Gascogne, Périgord, Médoc, Landes.

10. Saint-Jean-de-Luz.

11. *Navires*.

12. *Lisbonne*.

13. Imprécation : *par le corps Dieu*.

14. *Rustres* (mot gascon).

15. *Détroit de Gibraltar,* ou de *Séville. Sibyle* est peut-être une déformation de *Séville*.

16. *Les colonnes d'Hercule :* le détroit de Gibraltar, dans l'Antiquité.

17. Surnom de Khaïr Eddyn, corsaire turc (1476-1546), qui commandait à Alger.

18. *Attaquerez*.

19. Les principaux ports d'Afrique du Nord : Tunis, Bizerte (en latin *Hippo Diarrhytus*), Alger (la *Cosmographie* de S. Münster orthographie *Argier*), Bône (*Hippo Regius* chez les Romains), Corène (*Cyrène* dans l'Antiquité).

20. Picrochole s'empare maintenant des îles. La *mer Ligusticque* est le *Golfe de Gênes;* du temps des Romains, *mer des Ligures*.

21. *Adieu Rome!* (formule gasconne).

22. Locution ironique (cf. La Fontaine : « Monsieur du Corbeau ») malgré sa forme respectueuse. Le Pape n'était pas encore réconcilié avec François Ier.

23. Allusion à l'usage de faire baiser la pantoufle du Pape par ses visiteurs (cf. le *Journal de voyage* de Montaigne).

24. *La Pouille* (l'*Apulie* des Romains).

25. Les Chevaliers de Saint-Jean de Jérusalem, chassés de Rhodes (1522) par Soliman II et établis à Malte en 1530 par Charles Quint.

26. *Pour voir ce qu'ils ont dans le ventre*.

27. *Notre-Dame de Lorette*. Rabelais a déjà cité ce pèlerinage (cf. chap. xxvii) parmi les sanctuaires invoqués par les victimes de Frère Jean. Le pèlerinage de Lorette était particulièrement vénéré par les Français : Montaigne, puis Descartes iront y déposer des ex-voto (cf. xxvii, note 60).

28. *Saint Treignan,* patron des Écossais, est cité dans le *Pantagruel* (chap. ix, p. 137) et dans le *Gargantua* (chap. xvii).

29. *Sultan*.

Medoc et Elanes[9]. Sans resistence prendront villes, chasteaux et forteresses. A Bayonne, à Sainct Jean de Luc[10] et Fontarabie sayzirez toutes les naufz[11], et, coustoyant vers Galice et Portugal, pillerez tous les lieux maritimes jusques à Ulisbonne[12], où aurez renfort de tout equipage requis à un conquerent. Par le corbieu[13], Hespaigne se rendra, car ce ne sont que madourrez[14] ! Vous passerez par l'estroict de Sibyle[15], et là erigerez deux colonnes, plus magnificques que celles de Hercules[16], à perpetuelle memoire de vostre nom, et sera nommé cestuy destroict la mer Picrocholine. Passée la mer Picrocholine, voicy Barberousse[17], qui se rend vostre esclave...

— Je (dist Picrochole) le prendray à mercy.

— Voyre (dirent ilz), pourveu qu'il se face baptiser. Et oppugnerez[18] les royaulmes de Tunic, de Hippes, Argiere, Bone, Corone[19], hardiment toute Barbarie. Passant oultre, retiendrez en vostre main Majorque, Minorque, Sardaine, Corsicque et aultres isles de la mer Ligusticque et Baleare[20]. Coustoyant à gausche, dominerez toute la Gaule Narbonicque, Provence et Allobroges, Genes, Florence, Lucques, et à Dieu seas[21] Rome! Le pauvre Monsieur du Pape[22] meurt desjà de peur.

— Par ma foy (dist Picrochole), je ne lui baiseray jà sa pantofle[23].

— Prinze Italie, voylà Naples, Calabre, Appoulle[24] et Sicile toutes à sac, et Malthe avec. Je vouldrois bien que les plaisans chevaliers, jadis Rhodiens[25], vous resistassent, pour veoir de leur urine[26] !

— Je iroys (dict Picrochole) voluntiers à Laurette[27].

— Rien, rien (dirent ilz); ce sera au retour. De là prendrons Candie, Cypre, Rhodes et les isles Cyclades, et donnerons sus la Morée. Nous la tenons. Sainct Treignan[28], Dieu gard Hierusalem! car le soubdan[29] n'est pas comparable à vostre puissance!

30. « Hâte-toi lentement », maxime attribuée à Auguste par Suétone (*Vie d'Auguste*, 25). Erasme l'a prise comme thème d'un de ses *Adages* (II, 2, 1).

31. Cette énumération renferme des cités ou pays parfois mal identifiés : *Pamphile*, la Pamphylie; *Celicie*, la Cilicie; *Betune*, la Bithynie ou Anatolie; *Charazie* ou *Carrasie*, capitale de la Lydie; *Satalie*, Adalia. *Samagarie* n'est pas identifiée; *Castamena*, Kastamoun; *Luga* est inconnu; *Savasta*, Sebasta.

32. *Vraiment*.

33. *Traversé* (latinisme; cf. l'Écolier limousin; *Pantagruel*, chap. VI, p. 89).

34. *La mer Caspienne* (l'*Hircanie* dans l'Antiquité bordait cette mer).

35. On distingue la *grande* et la *petite Arménie;* la *Cosmographie* de S. Münster dénombre l'Arabie déserte, l'Arabie heureuse et l'Arabie pierreuse.

36. *Fous*.

37. L'empereur Julien, dit Julien l'Apostat, périt dans une expédition contre les Perses en 363 apr. J.-C. Montaigne consacre à Julien l'Apostat le chap. XIX du livre II, *De la liberté de conscience*.

38. *Oust* ou *ost :* armée.

39. La tradition rapporte que son armée avait été décimée par la soif dans le désert.

40. La mer de Syrie, sur laquelle se trouve le port de Jaffa.

41. Énumération comique à la fois par son gigantisme et par sa précision feinte.

42. Ville d'Afrique, célèbre au Moyen Age, mais disparue depuis.

43. *Par surcroît*.

44. *La Caravane de la Mecque*.

45. L'emploi du passé *bûmes* montre combien Picrochole vit son rêve. Pour lui, c'est arrivé. Même effet quelques lignes plus bas : *Dieu soit loué que estes venu*,... etc.

* Variante de la première édition : « *tracassé de avoir oultrepassé les monts Caspies...* »

— Je (dist il) feray doncques bastir le Temple de Salomon.

— Non (dirent ilz) encores, attendez un peu. Ne soyez jamais tant soubdain à voz entreprinses. Sçavez vous que disoit Octavian Auguste? *Festina lente*[30]. Il vous convient premièrement avoir l'Asie Minor, Carie, Lycie, Pamphile, Celicie, Lydie, Phrygie, Mysie, Betune, Charazie, Satalie, Samagarie, Castamena, Luga, Savasta[31], jusques à Euphrates.

— Voirons nous (dist Picrochole) Babylone et le Mont Sinay?

— Il n'est (dirent ilz) jà besoing pour ceste heure. N'est ce pas assez tracassé* dea[32] avoir transfreté[33] la mer Hircane[34], chevauché les deux Armenies et les troys Arabies[35]?

— Par ma foy (dist il) nous sommes affolez[36]. Ha, pauvres gens!

— Quoy? dirent ilz.

— Que boyrons nous par ces desers? Car Julian Auguste[37] et tout son oust[38] y moururent de soif, comme l'on dict[39].

— Nous (dirent ilz) avons jà donné ordre à tout. Par la mer Siriace[40] vous avez neuf mille quatorze grandz naufz, chargées des meilleurs vins du monde; elles arriverent à Japhes. Là se sont trouvez vingt et deux cens mille chameaulx et seize cens elephans[41], lesquelz aurez prins à une chasse environ Sigeilmes[42], lorsque entrastes en Lybie, et d'abondant[43] eustes toute la garavane de la Mecha[44]. Ne vous fournirent ilz de vin à suffisance?

— Voyre! Mais (dist il) nous ne beumes[45] poinct frais.

— Par la vertus (dirent ilz) non pas d'un petit poisson[46], un preux, un conquerent, un pretendent et aspirant à l'empire univers ne peut tousjours avoir ses aizes. Dieu soit loué que estes venu, vous et voz gens, saufz et entiers jusques au fleuve du Tigre!

46. Cf. le juron de Panurge au *Quart Livre*, chap. XXVIII : « *Vertu d'un petit poisson!* »

47. *Ivrogne*.

48. *Zélande*, province des Pays-Bas.

49. Les mercenaires suisses des rois de France venaient des cantons d'Uri et d'Unterwald. Les *lansquenets* étaient surtout recrutés en Allemagne.

50. *La Souabe, le Wurtemberg*.

51. *La Suède*.

52. *Le Danemark*.

53. *Le pays des Goths :* le sud de la Suède.

54. *Le Groenland*.

55. Les habitants des villes hanséatiques (Brême, Lübeck, Hambourg) appelés *Oustrelins* par Commynes.

56. *La mer aux bancs de sable :* la Baltique.

57. L'empire de Trébizonde, fondé en 1204 par Alexis Commène après la prise de Constantinople par les Croisés. Comme Constantinople, Trébizonde était une des cités merveilleuses alimentant l'exotisme naïf des romans de chevalerie.

58. *La Caramanie,* en Asie Mineure.

59. *Le Prudent* (du grec ἐχέφρων).

— Mais (dist il) que faict ce pendent la part de nostre armée qui desconfit ce villain humeux[47] Grandgousier?

— Ilz ne chomment pas (dirent ilz); nous les rencontrerons tantost. Ilz vous ont pris Bretaigne, Normandie, Flandres, Haynault, Brabant, Artoys, Hollande, Selande[48]. Ilz ont passé le Rhein par sus le ventre des Suices et Lansquenetz[49], et part d'entre eulx ont dompté Luxembourg, Lorraine, la Champaigne, Savoye jusques à Lyon, auquel lieu ont trouvé voz garnisons retournans des conquestes navales de la mer Mediterranée, et se sont reassemblez en Boheme, après avoir mis à sac Soueve[50], Vuitemberg, Bavieres, Austriche, Moravie et Stirie; puis ont donné fierement ensemble sus Lubek, Norwerge, Swedenrich[51], Dace[52], Gotthie[53], Engroneland[54], les Estrelins[55], jusques à la mer Glaciale. Ce faict, conquesterent les isles Orchades et subjuguerent Escosse, Angleterre et Irlande. De là, navigans par la mer Sabuleuse[56], et par les Sarmates, ont vaincu et dominé Prussie, Polonie, Litwanie, Russie, Valache, la Transsilvane et Hongrie, Bulgarie, Turquie, et sont à Constantinoble.

— Allons nous (dist Picrochole) rendre à eulx le plus toust, car je veulx estre aussi empereur de Thebizonde[57]. Ne tuerons nous pas tous ces chiens turcs et Mahumetistes?

— Que diable (dirent ilz) ferons nous doncques? Et donnerez leurs biens et terres à ceulx qui vous auront servy honnestement.

— La raison (dist il) le veult; c'est equité. Je vous donne la Carmaigne[58], Surie et toute Palestine.

— Ha! (dirent ilz) Cyre, c'est du bien de vous. Grand mercy! Dieu vous face bien tousjours prosperer! »

Là present estoit un vieux gentilhomme, esprouvé en divers hazars et vray routier de guerre, nommé Echephron[59], lequel, ouyant ces propous, dist :

60. On ne possède pas la *farce du pot au lait;* une anecdote analogue sert de thème à la *XIIe nouvelle* de Despériers : «*Comparaison des alquemistes* [alchimistes] *à la bonne femme qui portait une potée de lait au marché.*» La Fontaine s'en souviendra dans *La laitière et le Pot au lait* (Livre VII, fable 10) :

« Qui ne fait châteaux en Espagne?
Picrochole, Pyrrhus, la Laitière, enfin tous... »

61. Au Moyen Age, Sardanapale était représenté filant parmi les femmes; cf. Villon, Testament :

> *Sardana, le preux chevalier*
> *Qui conquit le regne de Cretes*
> *Et voulut devenir moullier* (femme : mulier)
> *Et filler entre pucelletes.*

62. Ces deux maximes sont tirées des *Dialogues de Salomon et Marcoul,* très lus au Moyen Age. Le bon sens de *Marcoul* ou *Malchus* s'y oppose à la sagesse philosophique du roi Salomon.

63. *Assez!* (italien *Basta*).

64. *Campagne.*

65. *Peigne.*

66. Le proverbe : « Tuer un mercier pour un peigne » est retourné. Ce genre de lapsus comique est encore employé par les chansonniers.

67. Cette satire de la vantardise est l'un des passages les plus célèbres du *Gargantua*. Rabelais a utilisé la *Vie de Pyrrhus,* 14, de Plutarque, et un dialogue de Lucien, *Le Navire ou les Souhaits*. Le personnage de Lucien, Samippe, souhaite d'être roi, et à l'exemple d'Alexandre entreprend (en rêve) la conquête de la terre. Rabelais a repris l'itinéraire de Samippe et les détails de l'expédition (les craintes de Picrochole de manquer de ravitaillement).

« J'ay grand peur que toute ceste entreprinse sera semblable à la farce du pot au laict[60], duquel un cordouannier se faisoit riche par resverie; puis, le pot cassé, n'eut de quoy disner. Que pretendez vous par ces belles conquestes? Quelle sera la fin de tant de travaulx et traverses?

— Ce sera (dist Picrochole) que, nous retournez, repouserons à noz aises. »

Dont dist Echephron :

« Et, si par cas jamais n'en retournez, car le voyage est long et pereilleux, n'est ce mieulx que dès maintenant nous repousons, sans nous mettre en ces hazars?

— O (dist Spadassin) par Dieu, voicy un bon resveux! Mais allons nous cacher au coing de la cheminée, et là passons avec les dames nostre vie et nostre temps à enfiller des perles, ou à filler comme Sardanapalus[61]. Qui ne se adventure, n'a cheval ny mule, ce dist Salomon.

— Qui trop (dist Echephron) se adventure, perd cheval et mulle, respondit Malcon[62].

— Baste[63]! (dist Picrochole) passons oultre. Je ne crains que ces diables de legions de Grandgousier. Ce pendent que nous sommes en Mesopotamie, s'ilz nous donnoient sus la queue, quel remede?

— Très bon (dist Merdaille). Une belle petite commission, laquelle vous envoirez es Moscovites, vous mettra en camp[64] pour un moment quatre cens cinquante mille combatans d'eslite. O, si vous me y faictes vostre lieutenant, je tueroys un pigne[65] pour un mercier[66]! Je mors, je rue, je frappe, je attrape, je tue, je renye!

— Sus, sus (dict Picrochole), qu'on despesche tout, et qui me ayme, si me suyve[67]. »

1.   Pont sur la Vienne, entre Chinon et La Roche-Clermault, sur lequel les *nonnes* de l'abbaye de Fontevrault percevaient un péage.

2.   La poste avec relais de chevaux avait été instituée par Louis XI en 1474.

3.   *A journées normales :* Gargantua et ses compagnons, eux, reviennent à bride abattue.

4.   *Attirail.*

5.   *Parilly,* hameau près de Chinon ; il est question du *chemin de Pareillé* à la fin du chap. xxv.

6.   Vraisemblablement nom d'un métayer plutôt que d'un village.

7.   *Tripet* signifie *gobelet,* mais évoque aussi les *tripes,* nom prédestiné pour un capitaine chargé d'*étriper* les ennemis, mais qui le sera à son tour (chap. xliii).

8.   *Vaugaudry* se trouve à l'est de La Devinière, commune de Chinon (cf. chap. iv).

9.   *Ils avaient couru la poule jusqu'au Pressoir Billard,* c.-à-d., pillé les basses-cours. Le *pressoir Billard* se confond aujourd'hui avec le hameau de Saint-Lazare.

10.   Fief seigneurial de la paroisse de Parilly, appartenant au xvie s. à la famille Le Petit, sans doute amie de Rabelais.

CHAPITRE XXXIV

Comment Gargantua laissa la ville de Paris pour secourir
son païs, et comment Gymnaste rencontra les ennemys.

En ceste mesme heure, Gargantua, qui estoyt yssu
de Paris soubdain les lettres de son pere leues, sus sa
grand jument venant, avoit jà passé le pont de la Nonnain[1], luy, Ponocrates, Gymnaste et Eudemon, lesquelz
pour le suivre avoient prins chevaulx de poste[2]. Le
reste de son train venoit à justes journées[3], amenent
tous ses livres et instrument[4] philosophique.

Luy arrivé à Parillé[5], fut adverty par le mestayer
de Gouguet[6] comment Picrochole s'estoit remparé à
La Roche Clermaud et avoit envoyé le capitaine Tripet[7] avec grosse armée assaillir le boys de Vede et
Vaugaudry[8], et qu'ilz avoient couru la poulle jusques
au Pressouer Billard[9], et que c'estoit chose estrange et
difficile à croyre des excès qu'ilz faisoient par le pays.
Tant qu'il luy feist paour, et ne sçavoit bien que dire
ny que faire. Mais Ponocrates luy conseilla qu'ilz se
transportassent vers le seigneur de La Vauguyon[10],
qui de tous temps avoit esté leur amy et confederé,
et par luy seroient mieulx advisez de tous affaires,
ce qu'ilz feirent incontinent, et le trouverent en bonne
deliberation de leur secourir, et feut de opinion que

11. *S'avancer.*

12. *Chemins détournés.*

13. *Le Pimpant.*

14. Effet facile de gigantisme : c'est un picotin d'environ 1 332 hectolitres !

15. *Or buvable;* jeu de mots : cet écu permet de payer à boire; d'autre part, l'*or potable* (mixture d'huile et de chlorure d'or) était un remède universel des apothicaires.

16. *Assaisonner.*

17. *Bienvenue;* cf. chap. XVII, note 5.

18. *Gourde.*

19. Pour voir s'il n'est pas empoisonné. Henri de Navarre, lorsqu'il sera reçu au château de Montaigne, en témoignage de confiance ne fait pas faire l'*essai* des mets (19 décembre 1584).

20. Village près de Niort.

* Dans la première édition *car c'est...* manque.

il envoyroit quelq'un de ses gens pour descouvrir le pays et sçavoir en quel estat estoient les ennemys, affin de y proceder[11] par conseil prins scelon la forme de l'heure presente. Gymnaste se offrir d'y aller; mais il feut conclud que pour le meilleur il menast avecques soy quelq'un qui congneust les voyes et destorses[12] et les rivieres de l'entour.

Adoncques partirent luy et Prelinguand[13], escuyer de Vauguyon, et sans effroy espierent de tous coustez. Ce pendent Gargantua se refraischit et repeut quelque peu avecques ses gens, et feist donner à sa jument un picotin d'avoyne : c'estoient soisante et quatorze muys troys boisseaux[14]. Gymnaste et son compaignon tant chevaucherent qu'ilz rencontrerent les ennemys tous espars et mal en ordre, pillans et desrobans tout ce qu'ilz povoient; et, de tant loing qu'ilz l'aperceurent, accoururent sus luy à la foulle pour le destrouser. Adonc il leurs cria :

« Messieurs, je suys pauvre diable; je vous requiers qu'ayez de moy mercy. J'ay encores quelque escu : nous le boyrons* car c'est *aurum potabile*[15], et ce cheval icy sera vendu pour payer ma bien venue; cela faict, retenez moy des vostres, car jamais homme ne sceut mieulx prendre, larder, roustir et aprester, voyre, par Dieu! demembrer et gourmander[16] poulle que moy qui suys icy, et pour mon *proficiat*[17] je boy à tous bons compaignons. »

Lors descouvrit sa ferriere[18] et, sans mettre le nez dedans, beuvoyt assez honnestement. Les maroufles le regardoient, ouvrans la gueule d'un grand pied et tirans les langues comme levriers, en attente de boyre après; mais Tripet, le capitaine, sus ce poinct accourut veoir que c'estoit. A luy Gymnaste offrit sa bouteille, disant :

« Tenez, capitaine, beuvez en hardiment, j'en ay faict l'essay[19], c'est vin de La Faye Monjau[20].

21. *Paysan, rustre.*
22. *Se moque.*
23. Au sens général d'*impôt*... et avec un jeu de mots sur *se guabele* et *gabelle.*
24. *C'est pourquoi.*
25. *Cheval de charge.*

— Quoy, dist Tripet, ce gaustier[21] icy se guabele[22] de nous! Qui es tu?

— Je suis (dist Gymnaste) pauvre diable.

— Ha! (dist Tripet) puisque tu es pauvre diable, c'est raison que passes oultre, car tout pauvre diable passe partout sans peage ny gabelle[23]; mais ce n'est de coustume que pauvres diables soient si bien monstez. Pour tant[24], Monsieur le diable, descendez que je aye le roussin[25], et, si bien il ne me porte, vous, Maistre diable, me porterez, car j'ayme fort qu'un diable tel m'emporte. »

1. Les *Franc-taupins,* milice rurale créée par Charles VII, supprimée par Louis XII passaient comme les *Francs-Archers,* (cf. *Le Franc-Archer de Bagnolet*) pour être fort peu belliqueux. Rabelais s'en est moqué dans le *Pantagruel,* (chap. VII, p. 115) : « *Stratagemata Francarchieri de Baignolet — Franc-topinus, De re militari, cum figuris Tevoti* »; Même raillerie au *Tiers Livre,* chap. VIII : « ... *ne faudra dorénavant dire... quand on envoyra le franc taulpin en guerre :*

      Saulve, Tevot, le pot au vin. »

2. Son *bréviaire.* Les braguettes, fort volumineuses, permettaient d'y loger quantité d'objets hétéroclites, (cf. chap. VIII, note 17, et *Pantagruel,* chap. XVIII).

3. « *Dieu est saint* », formule grecque d'exorcisme. Le naïf Bon Joan a pris à la lettre le propos de Tripet.

4. *Alors.*

5. *L'autre,* c'est le diable, que Bon Joan n'ose nommer.

6. Du côté où on *monte :* à gauche.

7. La courroie qui tient l'étrier.

8. Jeu de mots : au sens juridique : « mon affaire va mal »; au sens libre, *cas* ou *catz : vits,* membre viril.

* Dans la première édition, *capitaine des Franc Topins* manque.

CHAPITRE XXXV

Comment Gymnaste soupplement tua le capitaine Tripet
et aultres gens de Picrochole.

CES motz entenduz, aulcuns d'entre eulx commencerent avoir frayeur et se seignoient de toutes mains,
pensans que ce feust un diable desguisé. Et quelq'un
d'eulx, nommé Bon Joan*, capitaine des Franc Topins[1],
tyra ses heures[2] de sa braguette et cria assez hault :
« *Agios ho Theos*[3]. Si tu es de Dieu, sy[4] parle ! Si tu es
de l'Aultre[5], sy t'en va ! » Et pas ne s'en alloit; ce
que entendirent plusieurs de la bande, et departoient de
la compaignie, le tout notant et considerant Gymnaste.

Pour tant feist semblant descendre de cheval, et,
quand feut pendent du cousté du montouer[6], feist
soupplement le tour de l'estriviere[7], son espée bastarde
au cousté, et, par dessoubz passé, se lança en l'air
et se tint des deux piedz sus la scelle, le cul tourné
vers la teste du cheval. Puis dist : « Mon cas va au
rebours[8]. »

Adoncq, en tel poinct qu'il estoit, feist la guambade
sus un pied et, tournant à senestre, ne faillit oncq de
rencontrer sa propre assiete sans en rien varier. Dont
dist Tripet :

« Ha ! ne feray pas cestuy là pour ceste heure, et
pour cause.

9. M...!

10. *Se dressa.*

11. La variante *« soustenant »* des premières éditions explique mieux les tours de voltige de Gymnaste : il passe d'abord sous son cheval, à gauche, se rétablit debout sur la selle, la tête vers la queue du cheval, puis pirouette sur le pied gauche et se retrouve en selle normalement. Ensuite, il commence une autre série d'acrobaties, cette fois sur la droite, se soutenant en l'air appuyé sur son pouce, et retombant sur la croupe, comme montaient les dames.

12. *« Par la Mère de Dieu! »*

13. *« Seigneur, délivre-nous de l'ennemi malin. »*

14. *En déroute.*

15. Un plumeau fait d'une aile d'oie : on s'en sert encore à la campagne pour épousseter.

16. *Abattait.*

— Bren[9] ! (dist Gymnaste) j'ay failly; je voys defaire cestuy sault. »

Lors par grande force et agilité feist en tournant à dextre la gambade comme davant. Ce faict, mist le poulce de la dextre sus l'arçon de la scelle et leva tout le corps en l'air, se soustenant tout le corps sus le muscle et nerf dudict poulce, et ainsi se tourna troys foys. A la quatriesme, se renversant tout le corps sans à rien toucher, se guinda[10] entre les deux aureilles du cheval, soudant[11] tout le corps en l'air sus le poulce de la senestre, et en cest estat feist le tour du moulinet; puis, frappant du plat de la main dextre sus le meil-lieu de la selle, se donna tel branle qu'il se assist sus la crope, comme font les damoiselles.

Ce faict, tout à l'aise passe la jambe droicte par sus la selle, et se mist en estat de chevaucheur sus la croppe.

« Mais (dist il) mieulx vault que je me mette entre les arsons. »

Adoncq, se appoyant sur les poulces des deux mains à la crope davant soy, se renversa cul sur teste en l'air et se trouva entre les arsons en bon maintien; puis d'un sobresault leva tout le corps en l'air, et ainsi se tint piedz joinctz entre les arsons, et là tournoya plus de cent tours, les bras estenduz en croix, et crioit ce faisant à haulte voix : « J'enrage, diables, j'enrage, j'enrage! Tenez moy, diables, tenez moy, tenez! »

Tandis qu'ainsi voltigeoit, les marroufles en grand esbahissement disoient l'ung à l'aultre : « Par la mer Dé[12]! c'est un lutin ou un diable ainsi deguisé. *Ab hoste maligno, libera nos, Domine*[13]. » Et fuyoient à la route[14], regardans darriere soy comme un chien qui emporte un plumail[15].

Lors Gymnaste, voyant son advantaige, descend de cheval, desguaigne son espée et à grands coups chargea sus les plus huppés, et les ruoit[16] à grands monceaulx,

17. *Épée de lansquenet,* courte et large, à deux tranchants.

18. Son casque et son armure sont de bonne qualité.

19. *Choc :* la lame n'entame pas le casque.

20. *Un coup de pointe.*

21. *Révolution :* Gymnaste craint un retour de fortune. Il a agi par ruse, et ne veut pas compromettre son succès par excès de confiance; il possède la vertu de tempérance, par opposition à Picrochole l'outrecuidant.

22. *Géhenner :* tourmenter.

blessez, navrez et meurtriz, sans que nul luy resistast, pensans que ce feust un diable affamé, tant par les merveilleux voltigemens qu'il avoit faict que par les propos que luy avoit tenu Tripet en l'appellant *pauvre diable;* sinon que Tripet en trahison luy voulut fendre la cervelle de son espée lansquenette[17]; mais il estoit bien armé[18] et de cestuy coup ne sentit que le chargement[19], et, soubdain se tournant, lancea un estoc volant[20] audict Tripet, et, ce pendent que icelluy se couvroit en hault, luy tailla d'un coup l'estomac, le colon et la moytié du foye, dont tomba par terre, et, tombant, rendit plus de quatre potées de souppes, et l'ame meslée parmy les souppes.

Ce fait, Gymnaste se retyre, considerant que les cas de hazart jamais ne fault poursuyvre jusques à leur periode[21] et qu'il convient à tous chevaliers reverentement traicter leur bonne fortune, sans la molester ny gehainer[22], et, monstant sus son cheval, luy donne des esperons, tyrant droict son chemin vers La Vauguyon, et Prelinguand avecques luy.

1. Rabelais paraît être le premier à avoir introduit ce mot grec en français avec son sens général. Il serait d'ailleurs l'auteur d'un ouvrage en latin, traduit en français, et dont on ne connaît plus que le titre : « *Stratagèmes, c'est-à-dire proesses et ruses de guerre du preux et très célèbre chevalier Langey*, etc... »

2. *Troupe* (latin *caterva*).

3. Allusion à un miracle de saint Martin : pendant son sommeil, son bâton planté en terre se garnit de feuilles.

4. *Arrangea* (terme de la langue des bouchers).

CHAPITRE XXXVI

Comment Gargantua desmollit le chasteau du Gué de Vede,
et comment ilz passerent le gué.

Venu que fut, raconta l'estat onquel avoit trouvé les
ennemys et du stratageme[1] qu'il avoit faict, luy seul
contre toute leur caterve[2], afferment que ilz n'estoient
que maraulx, pilleurs et brigans, ignorans de toute
discipline militaire, et que hardiment ilz se missent en
voye, car il leurs seroit très facile de les assommer
comme bestes.

Adoncques monta Gargantua sus sa grande jument,
accompaigné comme davant avons dict, et, trouvant
en son chemin un hault et grand arbre (lequel communement on nommoit l'Arbre de sainct Martin[3],
pource qu'ainsi estoit creu un bourdon que jadis
sainct Martin y planta), dist : « Voicy ce qu'il me failloit : cest arbre me servira de bourdon et de lance. »
Et l'arrachit facilement de terre, et en ousta les rameaux,
et le para[4] pour son plaisir.

Ce pendent sa jument pissa pour se lascher le ventre;
mais ce fut en telle abondance qu'elle en feist sept lieues
de deluge, et deriva tout le pissat au gué de Vede,
et tant l'enfla devers le fil de l'eau que toute ceste
bande des ennemys furent en grand horreur noyez,

5. *Tempe*.

6. L'action se passe au temps des vendanges (cf. *supra*).

7. *Attardés au pillage*.

8. Pièce d'artillerie légère (cf. couleuvrine).

9. *Boulets*. Dans tout le passage, les effets de gigantisme sont particulièrement nombreux et réussis. La destruction du château par Gargantua a inspiré de nombreux dessinateurs.

exceptez aulcuns qui avoient prins le chemin vers les cousteaux à gauche.

Gargantua, venu à l'endroit du boys de Vede, feust advisé par Eudemon que dedans le chasteau estoit quelque reste des ennemys, pour laquelle chose sçavoir Gargantua s'escria tant qu'il peut :

« Estez vous là, ou n'y estez pas? Si vous y estez, n'y soyez plus; si n'y estez, je n'ay que dire. »

Mais un ribaud canonnier, qui estoit au machicoulys, luy tyra un coup de canon et le attainct par la temple[5] dextre furieusement; toutesfoys ne luy feist pour ce mal en plus que s'il luy eust getté une prune.

« Qu'est ce là? (dist Gargantua). Nous gettez vous icy des grains de raisins? La vendange vous coustera cher! » pensant de vray que le boulet feust un grain de raisin[6].

Ceulx qui estoient dedans le chasteau amuzez à la pille[7], entendant le bruit, coururent aux tours et forteresses, et luy tirerent plus de neuf mille vingt et cinq coups de faulconneaux[8] et arquebouzes, visans tous à sa teste, et si menu tiroient contre luy qu'il s'escria :

« Ponocrates, mon amy, ces mousches icy me aveuglent; baillez moy quelque rameau de ces saulles pour les chasser », pensant des plombées[9] et pierres d'artillerie que feussent mousches bovines.

Ponocrates l'advisa que n'estoient aultres mousches que les coups d'artillerye que l'on tiroit du chasteau. Alors chocqua de son grand arbre contre le chasteau, et à grands coups abastit et tours et forteresses, et ruyna tout par terre. Par ce moyen feurent tous rompuz et mis en pieces ceulx qui estoient en icelluy.

De là partans, arriverent au pont du moulin et trouverent tout le gué couvert de corps mors en telle foulle qu'ilz avoient engourgé le cours du moulin,

10. Patron des Écossais, déjà invoqué précédemment.

11. Allusion au *De natura animalium,* XVI, 25, d'Elien, où celui-ci oppose la méthode de dressage de Diomède et d'Ulysse, à celle des Perses, qui utilisaient des mannequins remplis de paille, méthode suivie par Gymnaste.

12. *Mannequin.*

13. *Enfonça.*

14. *Soin des chevaux.*

15. *Tumeur.*

et c'estoient ceulx qui estoient peritz au deluge urinal de la jument. Là feurent en pensement comment ilz pourroient passer, veu l'empeschement de ces cadavres. Mais Gymnaste dist :

« Si les diables y ont passé, je y passeray fort bien.

— Les diables (dist Eudemon) y ont passé pour en emporter les ames damnées.

— Sainct Treignan[10] ! (dist Ponocrates) par doncques consequence necessaire il y passera.

— Voyre, voyre (dist Gymnaste), ou je demoureray en chemin. »

Et, donnant des esperons à son cheval, passa franchement oultre, sans que jamais son cheval eust fraieur des corps mors; car il l'avoit accoustumé (selon la doctrine de AElian[11]) à ne craindre les ames ny corps mors — non en tuant les gens comme Diomedes tuoyt les Traces et Ulysses mettoit les corps de ses ennemys es pieds de ses chevaulx, ainsi que raconte Homere, — mais en luy mettant un phantosme[12] parmy son foin et le faisant ordinairement passer sus icelluy quand il luy bailloit son avoyne.

Les troys aultres le suibvirent sans faillir, excepté Eudemon, duquel le cheval enfoncea le pied droict jusques au genoil dedans la pance d'un gros et gras vilain qui estoit là noyé, à l'envers, et ne le povoit tirer hors; ainsi demoureroit empestré jusques à ce que Gargantua du bout de son baston enfondra[13] le reste des tripes du villain en l'eau, ce pendent que le cheval levoit le pied, et (qui est chose merveilleuse en hippiatrie[14]) feut ledict cheval guery d'un surot[15] qu'il avoit en celluy pied par l'atouchement des boyaux de ce gros marroufle.

1. *Sortis de*.

2. Le *Supplément du Supplément des chroniques,* titre fictif qui raille la manie des commentaires de commentaires.

3. *S'arrangeant la tête avec son peigne. Testonner* paraît archaïque au XVIIᵉ s., comme l'indique la remarque de La Fontaine :

> « Ces deux veuves...
> L'allaient quelquefois testonnant,
> C'est-à-dire ajustant sa tête »
>
> (I, 17).

4. La *canne* mesurait presque 2 mètres.

5. *Ballots*.

6. *Vraiment*.

7. Les *éperviers de Montaigu* : les poux des collégiens de Montaigu. Il a déjà été question de ce collège dans le *Pantagruel,* collège non seulement connu pour sa saleté, mais pour l'attachement de son principal, Béda, aux traditions scolastiques (cf. *Pantagruel,* chap. VII, note 49, p. 107). Le collège Montaigu occupait la place de l'actuelle bibliothèque Sainte-Geneviève.

8. Les *gueux des Saints-Innocents* sont cités dans le *Pantagruel,* chap. XVI. Panurge va chercher dans cette assemblée de clochards les « *pulces et poux* » qu'il jette à l'église sur « *les colletz des plus sucrées damoiselles...* » (p. 225). Le cimetière des Saints-Innocents, situé derrière les Halles, avait un charnier, où les gueux se chauffaient en brûlant des ossements.

CHAPITRE XXXVII

*Comment Gargantua, soy peignant, faisoit tomber
de ses cheveulx les boulletz d'artillerye.*

Issuz[1] la rive de Vede, peu de temps après aborderent
au chasteau de Grandgousier qui les attendoit en grand
desir. A sa venue, ilz le festoyerent à tour de bras; jamais
on ne veit gens plus joyeux, car *Supplementum Supplementi
Chronicorum*[2] dict que Gargamelle y mourut de joye. Je
n'en sçay rien de ma part, et bien peu me soucie ny
d'elle ny d'aultre.

La vérité fut que Gargantua, se rafraischissant d'habillemens et se testonnant[3] de son pigne (qui estoit grand
de cent cannes[4], appoincté de grandes dents de elephans
toutes entières), faisoit tomber à chascun coup plus de
sept balles[5] de bouletz qui luy estoient demourez entre
ses cheveulx à la demolition du boys de Vede. Ce que
voyant, Grandgousier, son pere, pensoit que feussent
pous et luy dist :

« Dea[6], mon bon filz, nous as tu aporté jusques icy
des esparviers de Montagu[7]? Je n'entendoys que là tu
feisse residence. »

Adonc Ponocrates respondit :

« Seigneur, ne pensez que je l'aye mis au colliege de
pouillerie qu'on nomme Montagu[8]. Mieulx le eusse voulu

9. Les accusations de Rabelais rejoignent celles d'Erasme, qui y avait été *capette* (élève), dans ses *Colloques*.

10. *Forçats*.

11. *Malheureux*.

12. Béda.

13. Le collège de Montaigu avait été réformé par Standonck au début du XVIe s.; il subissait une règle très rigoureuse comme dans un couvent, et les privations causaient beaucoup de victimes parmi les élèves. Rabelais, au *Quart Livre*, chap. XXI évoque le souvenir du régent Pierre Tempête, « *grand fouetteur d'escholiers* ». Même en contant la guerre Picrocholine, Rabelais n'oublie pas sa croisade contre la scolastique.

14. *Ruse* (cf. l'Ancien Testament, *Juges*, XVI, 26-31).

15. Saint Luc, XIII, 4, rapporte l'écroulement de la tour de Siloé, sans autre explication.

16. *La chance*.

17. Proverbe tiré du recueil de maximes attribué à Caton, le *Catonet*.

18. *Chevreaux de lait* (*Moisson* pouvait signifier *traite*).

19. *Gorets*.

20. *Avec une belle sauce au moût,* c.a.d. au verjus.

21. Les chapons de Loudun étaient encore célèbres au XVIIIe s.

22. Région de la Basse-Bretagne, dont Quimper était la ville principale.

23. *Gelinottes*.

24. *Outardes*.

25. *Jeunes chapons*.

26. Abbaye bénédictine près d'Azay-le-Rideau, dont l'abbé était alors Philippe Hurault de Cheverny.

27. Le *seigneur de Grandmont* n'a pas été identifié; deux fiefs de ce nom existaient près de Chinon. D'autre part, il y avait en Gascogne une famille de Gramont très connue : Montaigne (*Essais,* livre I, chap. XXIX) dédie à Mme de Gramont 21 sonnets de La Boétie.

mettre entre les guenaux de Sainct Innocent[9], pour
l'enorme cruaulté et villennie que je y ay congneu[9].
Car trop mieulx, sont traictez les forcez[10] entre les
Maures et Tartares, les meurtriers en la prison crimi-
nelle, voyre certes les chiens en vostre maison, que ne
sont ces malautruz[11] audict colliege, et, si j'estois roy de
Paris, le diable m'emport si je ne metoys le feu dedans
et faisoys brusler et principal[12] et regens qui endurent
ceste inhumanité devant leurs yeulx estre exercée[13]! »

Lors, levant un de ces boulletz, dist :

« Ce sont coups de canon que n'a guieres a repceu
vostre filz Gargantua passant davant le Boys de Vede,
par la trahison de vos ennemys. Mais ilz en eurent telle
recompense qu'ilz sont tous periz en la ruine du chasteau,
comme les Philistins par l'engin[14] de Sanson, et ceulx
que opprima la tour de Siloé[15], desquelz est escript *Luce,
xiij*. Iceulx je suis d'advis que nous poursuyvons, ce
pendent que l'heur[16] est pour nous, car l'occasion a
tous ses cheveulx au front : quand elle est oultre passée,
vous ne la povez plus revocquer; elle est chauve par le
darriere de la teste et jamais plus ne retourne[17].

— Vrayement, dist Grandgousier, ce ne sera pas à
ceste heure, car je veulx vous festoyer pour ce soir, et
soyez les très bien venuz. »

Ce dict, on apresta le soupper, et de surcroist feurent
roustiz : seze beufz, troys genisses, trente et deux veaux,
soixante et troys chevreaux moissonniers[18], quatre vingt
quinze moutons, troys cens gourretz[19] de laict à beau
moust[20], unze vingt perdrys, sept cens becasses, quatre
cens chappons de Loudunoys[21] et Cornouaille[22], six
mille poulletz et autant de pigeons, six cens gualinottes[23],
quatorze cens levraux, troys cens et troys hostardes[24], et
mille sept cents hutaudeaux[25]. De venaison l'on ne peut
tant soubdain recouvrir, fors unze sangliers qu'envoya
l'abbé de Turpenay[26], et dix et huict bestes fauves que
donna le seigneur de Grandmont[27], ensemble sept vingt

28. Autre inconnu; le fief des *Essarts* est dans le canton de Langeais. Le nom d'*Essarts* (cf. le verbe *essarter* : débroussailler) désigne des villages édifiés à l'origine dans des clairières. En dehors des *Essarts* mentionnés par Rabelais, on compte encore les Essarts-le-Roi, Les Essarts-le-Vicomte, etc.

29. Toute cette liste d'oiseaux montre à la fois les connaissances ornithologiques de Rabelais et la variété du gibier à plumes au Moyen Age. On peut la comparer avec le tableau de chasse de Carpalim (*Pantagruel,* chap. XXVI, p. 327 et suivantes), beaucoup moins copieux. *Cercelles* : sarcelles; *buours* : butors; *courtes* : courlis; *francolys* : francolins; *cravans* : oies sauvages; *tyransons* : variété de bécasses; *vanereaux* : jeunes vanneaux; *tadournes* : tadornes, espèce de canards; *pochecullieres* : spatule, espèce d'échassiers; *pouacres* : hérons tachetés (terme poitevin); *hégronneaux* : jeunes hérons; *foulques* : poules d'eau; *aigrettes* : hérons blancs à aigrette; *oranges flammans* : flamants de couleur orange (*phœnicoptères* est le nom latin); *terrigoles* : oiseau non identifié; *poulles de Inde;* dindes; *coscossons* : couscous. Le *couscous* appelle les *potages,* viandes bouillies avec bouillon.

30. Les cuisiniers de Grandgousier ont des noms convenant à leurs fonctions : *Fripesaulce* : lèche-saûce; *Hoschepot* : ragoût; *Pilleverjus* : pile-verjus (le verjus était produit par le raisin écrasé dans un mortier).

31. Les valets ont des noms de paysans, sauf *Verrenet* (Verre-net) qui rappelle son habitude de vider les verres jusqu'à la dernière goutte.

faisans qu'envoya le seigneur des Essars[28], et quelques douzaines de ramiers, de oiseaux de riviere, de cercelles[29], buours, courtes, pluviers, francolys, cravans, tyransons, vanereaux, tadournes, pocheculieres, pouacres, hegronneaux, foulques, aigrettes, ciguoingnes, cannes petieres, oranges flammans (qui sont phœnicopteres), terrigoles, poulles de Inde, force coscossons, et renfort de potages.

Sans poinct de faulte y estoit de vivres abondance, et feurent aprestez honnestement par Fripesaulce, Hoschepot et Pilleverjus, cuisiniers de Grandgousier[30].

Janot, Micquel et Verrenet[31] apresterent fort bien à boyre.

1. Saint-Sébastien d'Aignes. Son pèlerinage était très renommé en Poitou et en Saintonge, pour la guérison des morsures de serpents.

2. *Cachés*.

3. *Tiges de pois*.

4. Il existe encore une fontaine à La Devinière.

5. *Espions*.

6. La tonne de l'abbaye de Cîteaux en Bourgogne aurait remonté à la fondation du monastère par saint Bernard, et aurait contenu 300 muids.

7. *Avalé*.

CHAPITRE XXXVIII

Comment Gargantua mangea en sallade six pelerins.

LE propos requiert que racontons ce qu'advint à six pelerins, qui venoient de Sainct Sebastien, près de Nantes[1], et pour soy hezberger celle nuict, de peur des ennemys, s'estoient mussez[2] au jardin dessus les poyzars[3], entre les choulx et lectues. Gargantua se trouva quelque peu altéré et demanda si l'on pourroit trouver de lectues pour faire sallade, et, entendent qu'il y en avoit des plus belles et grandes du pays, car elles estoient grandes comme pruniers ou noyers, y voulut aller luy mesmes et en emporta en sa main ce que bon luy sembla. Ensemble emporta les six pelerins, lesquels avoient si grand paour qu'ilz ne ausoient ny parler ny tousser.

Les lavant doncques premierement en la fontaine[4], les pelerins disoient en voix basse l'un à l'aultre : « Qu'est il de faire? Nous noyons ici, entre ces lectues. Parlerons nous? Mais, si nous parlons, il nous tuera comme espies[5]. » Et, comme ilz deliberoient ainsi, Gargantua les mist avecques ses lectues dedans un plat de la maison, grand comme la tonne de Cisteaulx[6], et, avecques huille et vinaigre et sel, les mangeoit pour soy refraischir davant souper, et avoit jà engoullé[7] cinq des pelerins. Le sixiesme estoit dedans le plat, caché

8. Le cru de La Devinière était du vin pineau.

9. Nom familier désignant les pèlerins allant au Mont-Saint-Michel.

10. *En liberté*.

11. *Au défaut*.

12. *Frappa*.

13. Le noyer à noix très dures, que seuls les corbeaux (*grolles*) peuvent casser. On sait que corbeaux et pies sont amateurs de noix.

14. *Dénicha*.

15. *Attrapait*.

16. *Bourse* (en argot ancien).

17. *Chance*.

18. *Chancre*.

19. *Vigne nouvellement plantée*. Il en sera question aussi au *Tiers Livre,* chap. XXXII.

soubz une lectue, excepté son bourdon qui apparoissoit au dessus. Lequel voyant, Grandgousier dist à Gargantua :

« Je croys que c'est là une corne de limasson; ne le mangez poinct.

— Pourquoy? (dist Gargantua). Ilz sont bons tout ce moys. »

Et, tyrant le bourdon, ensemble enleva le pelerin, et le mangeoit très bien; puis beut un horrible traict de vin pineau[8], et attendirent que l'on apprestast le souper.

Les pelerins ainsi devorez se tirerent hors les meulles de ses dentz le mieulx que faire peurent, et pensoient qu'on les eust mys en quelque basse fousse des prisons, et, lors que Gargantua beut le grand traict, cuyderent noyer en sa bouche, et le torrent du vin presque les emporta au gouffre de son estomach; toutesfoys, saultans avec leurs bourdons, comme font les micquelotz[9], se mirent en franchise[10] l'orée des dentz. Mais, par malheur, l'un d'eux, tastant avecques son bourdon le pays à sçavoir s'ilz estoient en sceureté, frappa rudement en la faulte[11] d'une dent creuze et ferut[12] le nerf de la mandibule, dont feist très forte douleur à Gargantua, et commença crier de raige qu'il enduroit. Pour doncques se soulaiger du mal, feist aporter son cure-dentz et, sortant vers le noyer grollier[13], vous denigea[14] Messieurs les pelerins. Car il arrapoit[15] l'un par les jambes, l'aultre par les espaules, l'aultre par la bezace, l'aultre par la foilluze[16], l'aultre par l'escharpe, et le pauvre haire qui l'avoit feru du bourdon, le accrochea par la braguette; toutesfoys ce luy fut un grand heur[17], car il luy percea une brosse chancreuze[18] qui le marty-risoit depuis le temps qu'ilz eurent passé Ancenys.

Ainsi les pelerins denigez s'enfuyrent à travers la plante[19] a beau trot, et appaisa la douleur.

En laquelle heure feut appellé par Eudemon pour soupper, car tout estoit prest :

20. Canal d'irrigation, en dialecte tourangeau... et jeu de mots scatologique.

21. Bosquet de bois, sans doute de bois de l'Alleu.

22. *Traîne*, grand filet servant à capturer vivants les loups ou sangliers tombés dans la fosse.

23. *Hutte* de branchages.

24. Le château du Coudray-Montpensier (cf. chap. IV).

25. *Las d'aller*; beau nom pour un pèlerin!

26. Rabelais se moque des reliques (fausses ou vraies), des pèlerinages (cf. chap. XXVII) et des applications abusives de l'Ecriture Sainte pour la vie quotidienne. *Lasdaller* cite le psaume CXXIII, sauf le premier verset, en l'entrelardant d'applications à leur mésaventure : [Si le Seigneur n'avait été en nous], « *lorsque les hommes se sont dressés contre nous, peut-être nous auraient-ils avalés tout vifs... Lorsque leur fureur s'enflammait contre nous, peut-être l'eau nous eût-elle engloutis... Notre âme a franchi le torrent... Peut-être notre âme aurait-elle traversé cette inondation insurmontable... Béni soit le Seigneur qui ne nous a pas donnés en proie à leurs dents... Notre âme, comme un passereau s'est échappée du filet des chasseurs... Le filet a été rompu [par Fournillier], et nous avons été délivrés... Notre Secours... »*

« Je m'en voys doncques (dist il) pisser mon malheur. »

Lors pissa si copieusement que l'urine trancha le chemin aux pelerins, et furent contrainctz passer la grande boyre[20]. Passans de là par l'orée de la Touche[21], en plain chemin tomberent tous, excepté Fournillier, en une trape qu'on avoit faict pour prandre les loups à la trainnée[22], dont escapperent moyennant l'industrie dudict Fournillier, qui rompit tous les lacz et cordages. De là issus, pour le reste de celle nuyct coucherent en une loge[23] près le Couldray[24], et là feurent reconfortez de leur malheur par les bonnes parolles d'un de leur compaignie, nommé Lasdaller[25], lequel leur remonstra que ceste adventure avoit esté predicte par David *Ps.*[26] :

« *Cum exurgerent homines in nos, forte vivos deglutissent nos,* quand nous feusmes mangez en salade au grain du sel; *cum irasceretur furor eorum in nos, forsitan aqua absorbuisset nos,* quand il beut le grand traict; *torrentem pertransivit anima nostra,* quand nous passasmes la grande boyre; *forsitan pertransisset anima nostra aquam intolerabilem,* de son urine, dont il nous tailla le chemin. *Benedictus Dominus, qui non dedit nos in captionem dentibus eorum. Anima nostra, sicut passer erepta est de laquea venantium,* quand nous tombasmes en la trape; *laqueus contritus est* par Fournillier, *et nos liberati sumus. Adjutorium nostrum,* etc. »

CHAPITRE XXXIX

Comment le moyne fut festoyé par Gargantua
et des beaulx propos qu'il tint en souppant.

QUAND Gargantua feut à table et la premiere poincte des morceaux feut baufrée[1], Grandgousier commença raconter la source et la cause de la guerre meue entre luy et Picrochole, et vint au poinct de narrer comment Frere Jean des Entommeures avoit triumphé à la defence du clous de l'abbaye, et le loua au dessus des prouesses de Camille, Scipion, Pompée, Cesar et Themistocles. Adoncques requist Gargantua que sus l'heure feust envoyé querir, affin qu'avecques luy on consultast de ce qu'estoit à faire. Par leur vouloir l'alla querir son maistre d'hostel, et l'admena joyeusement avecques son baston de croix sus la mulle de Grandgousier.

Quand il feut venu, mille charesses, mille embrassemens, mille bons jours feurent donnez :

« Hés, Frere Jean, mon amy, Frere Jean mon grand cousin, Frere Jean de par le diable, l'acollée[2], mon amy!

— A moy la brassée[3]!

— Cza, couillon, que je te esrene[4] de force de t'acoller! »

5. *Foie.*

6. « La chape ayant été retirée », souvenir du rituel indiquant le moment où l'officiant doit ôter sa chape.

7. « *Dans les règles de l'ordre.* » Allusion possible à l'infraction commise par Rabelais qui avait revêtu l'habit du prêtre séculier au lieu de sa robe de moine.

8. Château près de Beaumont-en-Véron, à proximité de Chinon.

9. *De bon cœur.*

10. Calembour sur *botte,* chaussure, et *botte,* tonneau. Allusion à un grand tonneau du couvent de bénédictins de Bologne.

11. Frère Jean cite le début du proverbe : « *De tous poissons, fors* [excepté] *que la tanche, prenez le dos et laissez la panse* » et le termine en paillard.

12. *Drôlement.*

13. *Le membre viril.*

14. *Ressemble.*

Et Frere Jean de rigoller! Jamais homme ne feut tant courtoys ny gracieux.

« Cza, cza (dist Gargantua), une escabelle icy, auprès de moy, à ce bout.

— Je le veulx bien (dist le moyne), puis qu'ainsi vous plaist. Page, de l'eau! Boute, mon enfant, boute : elle me refraischira le faye[5]. Baille icy que je guargarize.

— *Deposita cappa*[6] (dist Gymnaste); oustons ce froc.

— Ho, par Dieu (dist le moyne), mon gentilhomme, il y a un chapitre *in statutis Ordinis*[7] auquel ne plairoit le cas.

— Bren (dist Gymnaste), bren pour vostre chapitre. Ce froc vous rompt les deux espaules; mettez bas.

— Mon amy (dist le moyne), laisse le moy, car, par Dieu! je n'en boy que mieulx : il me faict le corps tout joyeux. Si je le laisse, Messieurs les pages en feront des jarretieres, comme il me feut faict une foys à Coulaines[8]. Davantaige, je n'auray nul appetit. Mais, si en cest habit je m'assys à table, je boiray, par Dieu! et à toy et à ton cheval, et de hayt[9]. Dieu guard de mal la compaignie! Je avoys souppé; mais pour ce ne mangeray je poinct moins, car j'ay un estomac pavé, creux comme la botte sainct Benoist[10], tousjours ouvert comme la gibbessiere d'un advocat. De tous poissons, fors que la tanche[11], prenez l'aesle de la perdrys, ou la cuisse d'une nonnain. N'est ce falotement[12] mourir quand on meurt le caiche[13] roidde? Nostre prieur ayme fort le blanc de chappon.

— En cela (dist Gymnaste) il ne semble[14] poinct aux renars, car des chappons, poules, pouletz qu'ilz prenent, jamais ne mangent le blanc.

— Pourquoy? dist le moyne.

— Parce (respondit Gymnaste) qu'ilz n'ont poinct

15. *Convenablement.*

16. *Homards.*

17. « *Écrevisses, que l'on rend rouges comme cardinal à la cuisson.* »

18. Juron favori du chevalier Bayard.

19. *Infirmier.*

20. *Une jatte d'aune.*

21. Adaptation fantaisiste d'un conseil de Pline l'Ancien, (*Histoire naturelle,* XXVIII, 16), recommandant aux goutteux d'avoir sur eux une patte de levraut.

22. Début d'un dicton, qui sera repris au *Tiers Livre,* chap. XVIII : « *C'est bien à propos truelle. Dieu te guard de mal, masson.* »

23. Alexandre d'Aphrodisias (IIIᵉ s. ap. J.-C.), déjà cité à la fin du chap. X.

24. Métaphore désignant le sexe féminin.

25. Le parfum de la chemise féminine. Toutes ces plaisanteries paillardes étaient traditionnelles à l'époque de Rabelais.

26. *En outre.*

27. *Joyeusement!*

28. *A boire!* (cf. humer le piot).

29. *Je confesse Dieu.*

30. *Empêché.*

31. *Le Jardin des Oliviers.*

32. Chien à qui on a coupé la queue, les oreilles, et que l'on a châtré; l'expression s'emploie aussi pour les chevaux.

33. La défaite de Pavie (1525) succédant de si peu à la victoire de Marignan (1515), et la captivité du roi à Madrid avaient beaucoup frappé les sujets de François Iᵉʳ.

34. Forme de malédiction : « *Que la fièvre quarte* [les brûle] ».

de cuisiniers à les cuyre, et, s'ilz ne sont competente-
ment[15] cuitz, ilz demeurent rouge et non blanc. La rou-
geur des viandes est indice qu'elles ne sont assez cuytes,
exceptez les gammares[16] et escrivices, que l'on cardina-
lize à la cuyte[17].

— Feste Dieu Bayart[18]! (dist le moyne) l'enfermier[19]
de nostre abbaye n'a doncques la teste bien cuyte,
car il a les yeulx rouges comme un jadeau de
vergne...[20] Ceste cuisse de levrault est bonne pour
les goutteux[21]. A propos truelle[22], pourquoy est
ce que les cuisses d'une damoizelle sont tousjours
fraisches?

— Ce problesme (dist Gargantua) n'est ny en Aristoteles, ny en Alexandre Aphrodise[23], ny en Plutarque.

— C'est (dist le moyne) pour trois causes par lesquelles un lieu est naturellement refraischy : *primo,*
pource que l'eau decourt tout du long; *secundo,* pource
que c'est un lieu umbrageux, obscur et tenebreux,
auquel jamais le soleil ne luist; et tiercement, pource
qu'il est continuellement esventé des ventz du trou
de bize[24], de chemise[25], et d'abondant[26] de la braguette. Et de hayt[27]! Page, à la humerie[28]!... Crac, crac,
crac... Que Dieu est bon, qui nous donne ce bon piot!...
J'advoue[29]. Dieu, si j'eusse esté au temps de Jesu-christ,
j'eusse bien engardé[30] que les Juifz ne l'eussent prins
au jardin de Olivet[31]. Ensemble le diable me faille
si j'eusse failly de coupper les jarretz à Messieurs
les Apostres, qui fuyrent tant laschement, après qu'ilz
eurent bien souppé, et laisserent leur bon maistre
au besoing! Je hayz plus que poizon un homme qui
fuyt quand il fault jouer de cousteaux. Hon, que je
ne suis roy de France pour quatre vingtz ou cent ans!
Par Dieu, je vous metroys en chien courtault[32] les
fuyars de Pavye[33]! Leur fiebvre quartaine[34]! Pourquoy ne mouroient ilz là plus tost que laisser leur bon

35. *Courageusement.*

36. *Diable!*

37. « *La racine de Jessé a poussé* », Isaïe XI, 1;... avec une équivoque obscène, préparée par le double sens de *moust,* (*vin* et *mou*).

38. Peut-être ce moine érudit appartenait-il à l'hôtel de Saint-Denis où descend Pantagruel (*Pantagruel,* chap. XVIII), et où Rabelais avait été logé (cf. R. E. R., VI).

39. *Oreillons.*

40. Dicton proverbial dans les milieux d'Église, et que Mathurin Régnier traduira (*Satire* III) ainsi : « *Les plus grands clercs ne sont pas les plus fins.* » Montaigne le cite au début du chapitre *Du pédantisme* (I, XXV).

41. Allusion au braconnage des moines... mais aussi à l'abondance de lâches (comme les fuyards de Pavie).

42. *Recouvrer.*

43. Le *tiercelet* est le mâle de l'*autour,* oiseau de volerie.

44. Le château de la Bellonnière, dans la commune de Cravant, appartenait à René du Puy, seigneur de Basché, dont il sera question au *Quart Livre* (chap. XIII et XIV).

45. Oiseau de volerie, plus vulgaire que l'autour.

46. *Sans souffle* (?).

47. *Cette année.*

48. *Je m'y enrhume.*

49. *Recouvré.*

50. Fief voisin de Chavigny, et dépendant de Lerné. Allusion à un personnage connu de Rabelais et jeu de mots : *Maulevrier :* mauvais lévrier.

51. [Je bois] *à ces diables!*

---

* Variante de la 1re édition : « *de Sainct Denys* ».

prince en ceste necessité? N'est il meilleur et plus honorable mourir vertueusement[35] bataillant que vivre fuyant villainement?... Nous ne mangerons gueres d'oysons ceste année... Ha, mon amy, baille de ce cochon... Diavol[36]! il n'y a plus de moust : *germinavit radix Jesse*[37]. Je renye ma vie, je meurs de soif... Ce vin n'est des pires. Quel vin beuviez vous à Paris? Je me donne au diable si je n'y tins plus de six moys pour un tĕmps maison ouverte à tous venens!... Congnoissez vous Frere Claude[38] des Haulx Barrois*? O le bon compaignon que c'est! Mais quelle mousche l'a picqué? Il ne faict rien que estudier depuis je ne sçay quand. Je n'estudie poinct, de ma part. En nostre abbaye nous ne estudions jamais, de peur des auripeaux[39]. Nostre feu abbé disoit que c'est chose monstrueuse veoir un moyne sçavant. Par Dieu, Monsieur mon amy, *magis magnos clericos non sunt magis magnos sapientes*[40]... Vous ne veistes oncques tant de lievres[41] comme il y en a ceste année. Je n'ay peu recouvrir[42] ny aultour ni tiercelet[43] de lieu du monde. Monsieur de la Bellonniere[44] m'avoit promis un lanier[45], mais il m'escripvit n'a gueres qu'il estoit devenu patays[46]. Les perdris nous mangeront les aureilles mesouan[47]. Je ne prens poinct de plaisir à la tonnelle, car je y morfonds[48]. Si je ne cours, si je ne tracasse, je ne suis poinct à mon aize. Vray est que, saultant les hayes et buissons, mon froc y laisse du poil. J'ay recouvert[49] un gentil levrier. Je donne au diable si luy eschappe lievre. Un lacquays le menoit à Monsieur de Maulevrier[50]; je le destroussay. Feis je mal?

— Nenny, Frere Jean (dist Gymnaste), nenny, de par tous les diables, nenny!

— Ainsi (dist le moyne), à ces diables[51], ce pendent qu'ilz durent! Vertus de Dieu! qu'en eust faict ce boyteux? Le cor Dieu! il prent plus de plaisir

315

52. *Couple.*

53. Cicéron, maître de l'éloquence latine, n'ornait nullement ses discours de jurons, comme Frère Jean.

quand on luy faict present d'un bon couble[52] de beufz!

— Comment (dist Ponocrates), vous jurez, Frere Jean?

— Ce n'est (dist le moyne) que pour orner mon langaige. Ce sont couleurs de rethorique Ciceroniane[53]. »

1. *Évités.*

2. *Civilité :* Frère Jean sait se comporter en joyeux compagnon dans la société.

3. Érasme (*Adages,* II, 8) compare les moines à des frelons inutiles.

4. [Les abeilles] « *écartent les frelons, engeance paresseuse, dit Virgile* [Virgilius Maro] de leurs ruches. » (*Géorgiques,* chant IV, v. 168).

5. *Cagoule.*

6. Citation d'Aulu-Gelle (*Nuits Attiques,* II, 22) reproduite dans les *Adages* d'Érasme, (I, 5), qui inspire toute la satire des moines.

7. Les *retraits* sont les latrines; calembour sur *retraits* et *retraites.*

8. *Société.*

CHAPITRE XL

Pourquoy les moynes sont refuyz[1] du monde,
et pourquoy les ungs ont le nez plus grand que les
aultres.

Foy de christian! (dist Eudemon) je entre en grande
resverie, considerant l'honnesteté[2] de ce moyne, car
il nous esbaudist icy tous. Et comment doncques
est ce qu'on rechasse les moynes de toutes bonnes
compaignies, les appellans troublefeste, comme abeilles
chassent les fresons[3] d'entour leurs rousches?

« *Ignavum fucos pecus*

(dist Maro),

a presepibus arcent[4] »

A quoy respondit Gargantua :
« Il n'y a rien si vrai que le froc et la cogule[5] tire à
soy les opprobres, injures et maledictions du monde,
tout ainsi comme le vent dict Cecias attire les nues[6].
La raison peremptoire est parce qu'ilz mangent la
merde du monde, c'est à dire les pechez, et comme
machemerdes l'on les rejecte en leurs retraictz[7], ce sont
leurs conventz et abbayes, separez de conversation[8]
politicque comme sont les retraictz d'une maison.

9. *Harcelé.*

10. *Charrue.*

11. Ce passage est tiré de Plutarque, *Comment on peut discerner l'ami du flatteur,* 23, qu'Érasme avait lui-même cité.

12. *Oisifs* (latin : *otiosi*). Ce lieu commun contre l'oisiveté des moines sera repris par Voltaire : « *Vous avez autour de vous deux cent mille fainéants que vous pouvez employer.* » *(Embellissements de Cachemire).*

13. Par exemple, Lefèvre d'Étaples (cf. chap. XXVII).

14. *Abhorrée.*

15. Grandgousier est plus respectueux des moines que la génération nouvelle représentée par Gargantua.

16. *Gênent.*

17. *Faire sonner en agitant.* Au XVIIe s. Boileau (qui n'était pas anticlérical !) se plaindra encore des cloches :

« ...   mille cloches émues
D'un funèbre concert font retentir les nues... »

(Satire VI)

18. *Des.*

19. *Vies des saints :* des extraits en étaient lus à l'office.

20. C'est le grief principal des Humanistes.

21. *Que Dieu les aide !*

22. *Peur.*

23. Souvenir de saint Paul, *Épître aux Romains,* VIII, 26.

24. *Déchiré :* habillé de vêtements déchirés.

Mais, si entendez pourquoy un cinge en une famille est tousjours mocqué et herselé[9], vous entendrez pourquoy les moynes sont de tous refuys, et des vieux et des jeunes. Le cinge ne guarde poinct la maison, comme un chien; il ne tire pas l'aroy[10], comme le beuf; il ne produict ny laict ny layne, comme la brebis; il ne porte pas le faiz, comme le cheval. Ce qu'il faict est tout conchier et degaster, qui est la cause pourquoy de tous repceoyt mocqueries et bastonnades[11]. Semblablement, un moyne (j'entends de ces ocieux[12] moynes) ne laboure comme le paisant, ne garde le pays comme l'homme de guerre, ne guerist les malades comme le medicin, ne presche ny endoctrine le monde comme le bon docteur evangelicque[13] et pedagoge, ne porte les commoditez et choses necessaires à la republicque comme le marchant. Ce est la cause pourquoy de tous sont huez et abhorrys[14].

— Voyre, mais (dist Grandgousier) ilz prient Dieu pour nous[15].

— Rien moins (respondit Gargantua). Vray est qu'ilz molestent[16] tout leur voisinage à force de trinqueballer[17] leurs cloches.

— Voyre (dist le moyne), une messe, unes[18] matines, unes vespres bien sonnéez sont à demy dictes.

— Ilz marmonnent grand renfort de legendes[19] et pseaulmes nullement par eulx entenduz[20]; ilz content force patenostres, entrelardées de longs *Ave Mariaz,* sans y penser ny entendre, et ce je appelle mocquedieu, non oraison. Mais ainsi leurs ayde Dieu[21], s'ilz prient pour nous, et non par paour[22] de perdre leurs miches et souppes grasses. Tous vrays christians, de tous estatz, en tous lieux, en tous temps, prient Dieu, et l'Esperit prie et interpelle pour iceulx[22], et Dieu les prent en grace. Maintenant tel est nostre bon Frere Jean. Pourtant chascun le soubhaite en sa compaignie. Il n'est point bigot; il n'est poinct dessiré[24]; il est

25. *Décidé.*

26. *Peine.*

27. *Réconforte.*

28. *Clos.* Frère Jean représente la piété active... selon l'idéal de Rabelais et même de François Ier.

29. Les offices pour l'anniversaire de la mort d'un fidèle.

30. *Au chœur.*

31. *Traits d'arbalète.*

32. *Lapins.*

33. Région aux environs de Fontenay-le-Comte (Vendée); les châtaignes en étaient réputées. Les châtaignes se récoltent en automne, au temps du « *vin nouveau* ».

34. *Vous voilà.*

35. Jeu de mots sur *pets* et *paix* (locution latine *componere pacem*).

36. Dans la juridiction ecclésiastique, les *promoteurs* avaient les fonctions du ministère public dans les tribunaux d'aujourd'hui.

37. *Pourquoi ? parce que...*

38. *Protégé par le raisin.*

39. Souvenir de saint Paul, *Épître aux Romains* — *Vaisseaux :* vases.

honeste, joyeux, deliberé[25], bon compaignon; il travaille; il labeure[26]; il defent les opprimez; il conforte[27] les affligez; il subvient es souffreteux; il garde les clous[28] de l'abbaye.

— Je foys (dist le moyne) bien dadvantage; car, en despeschant nos matines et anniversaires[29] on cueur[30], ensemble je fois des chordes d'arbaleste, je polys des matraz et guarrotz[31], je foys des retz et des poches à prendre les connis[32]. Jamais je ne suis oisif. Mais or çzà, à boyre! à boyre çzà! Apórte le fruict; ce sont chastaignes du boys d'Estrocz[33] : avec bon vin nouveau, voy vous là[34] composeur de petz[35]. Vous n'estez encores ceans amoustillez. Par Dieu, je boy à tous guez, comme un cheval de promoteur[36]! »

Gymnaste luy dist :

« Frere Jean, oustez ceste rouppie que vous pend au nez.

— Ha! ha! (dist le moyne) serois je en dangier de noyer, veu que suis en l'eau jusques au nez? Non, non. *Quare? Quia*[37] elle en sort bien, mais poinct n'y entre, car il est bien antidoté de pampre[38]. O mon amy, qui auroit bottes d'hyver de tel cuir, hardiment pourroit il pescher aux huytres, car jamais ne prendroient eau.

— Pourquoi (dist Gargantua) est ce que Frere Jean a si beau nez?

— Parce (respondit Grandgousier) que ainsi Dieu l'a voulu, lequel nous faict en telle forme et telle fin, selon son divin arbitre, que faict un potier ses vaisseaulx[39].

— Parce (dist Ponocrates) qu'il feut des premiers à la foyre des nez. Il print des plus beaulx et plus grands.

— Trut avant[40]! (dist le moyne). Selon vraye philosophie monasticque, c'est parce que ma nourrice avoit

40. *Hue!*

41. *Tétant.*

42. *S'y enfonçait.*

43. « *A la forme du nez on connaît que* « *Ad te levavi* » [je me suis levé vers toi], transposition burlesque du psaume CXXII.

44. « *A boire! Et aussi des rôties* (pour les tremper dans le vin). »

les tetins moletz : en la laictant[41], mon nez y enfon-
droit[42] comme en beurre, et là s'eslevoit et croissoit
comme la paste dedans la met. Les durs tetins de
nourrices font les enfans camuz. Mais, guay, guay!
Ad forman nasi cognoscitur ad te levavi[43]... Je ne
mange jamais de confitures. Page, à la humerie!
Item, rousties[44]! »

1. *Affaire* est généralement du masculin au XVIe s. : affaire pressante.

2. Les sept psaumes de la Pénitence (Psaumes VI, XXXII, XXXVII, LI, CI, CXXIX, CXLII).

3. Début du premier verset du second psaume de la pénitence.

4. Refrain d'une chanson populaire au Moyen Age.

CHAPITRE XLI

Comment le moyne feist dormir Gargantua,
et de ses heures et bréviaire.

LE souper achevé, consulterent sus l'affaire instant[1],
et feut conclud que environ la minuict ilz sortiroient
à l'escarmouche pour sçavoir quel guet et diligence
faisoient leurs ennemys; en ce pendent, qu'il se repo-
seroient quelque peu pour estre plus frais. Mais Gargantua ne povoit dormir en quelque façon qu'il se
mist. Dont luy dist le moyne :

« Je ne dors jamais bien à mon aise, sinon quand
je suis au sermon ou quand je prie Dieu. Je vous
supplye, commençons, vous et moy, les sept pseaulmes[2]
pour veoir si tantost ne serez endormy. »

L'invention pleut très bien à Gargantua, et, com-
menceant le premier pseaulme, sus le poinct de *Beati*
quorum[3] s'endormirent et l'un et l'aultre. Mais le
moyne ne faillit oncques à s'esveiller avant la minuict
tant il estoit habitué à l'heure des matines claustralles.
Luy esveillé, tous les aultres esveilla, chantant à pleine
voix la chanson :

> « Ho, Regnault, reveille toy, veille;
> O, Regnault, reveille toy[4]. »

5. Pour s'éclaircir la voix.

6. *Régime.*

7. Dicton populaire repris par Mathurin Régnier (*Satire* X) : « Un jeune médecin vit moins qu'un vieux ivrogne. »

8. *Pacte.*

9. Terme de fauconnerie : la *cure* est un aliment destiné à purger l'oiseau; le *tiroir,* un vomitif.

10. *Nourrir.*

11. *Humeurs.*

12. Flacon en forme de bréviaire (cf. chap. v).

13. *Selon quel rite.*

14. Pourquoi cette allusion à l'abbaye bénédictine de Fécamp? Le motif en échappe.

15. Office abrégé, puisque les matines se composaient de 12 psaumes et 3 leçons, sauf au temps de Pâques.

16. Souvenir de saint Marc, II, 27.

17. *C'est pourquoi.* L'expression *à guise d'estrivières* est usuelle au xvie s. : cf. Ronsard, *Réponse aux injures...* Frère Jean agit comme le cavalier qui ajuste ses étriers.

* Dans les éditions antérieures : « *J'ay composé... il se lieve* » manque.

Quand tous furent esveillez, il dict :

« Messieurs, l'on dict que matines commencent par tousser[5], et souper par boyre. Faisons au rebours; commençons maintenant noz matines par boyre, et de soir, à l'entrée de souper, nous tousserons à qui mieulx mieulx. »

Dont dist Gargantua :

« Boyre si tost après le dormir, ce n'est vescu en diete[6] de medicine. Il se fault premier escurer l'estomach des superfluitez et excremens.

— C'est (dist le moyne) bien mediciné! Cent diables me saultent au corps s'il n'y a plus de vieulx hyvrognes qu'il n'y a de vieulx medicins[7]! * J'ay composé avecques mon appetit en telle paction[8] que tousjours il se couche avecques moy, et à cela je donne bon ordre le jour durant, aussy avecques moy il se lieve. Rendez tant que vouldrez vos cures[9], je m'en voys après mon tyrouer.

— Quel tyrouer (dist Gargantua) entendez vous?

— Mon breviaire (dist le moyne), car — tout ainsi que les faulconniers, davant que paistre[10] leurs oyseaux, les font tyrer quelque pied de poulle pour leurs purger le cerveau des phlegmes[11] et pour les mettre en appetit, — ainsi, prenant ce joyeux petit breviaire[12] au matin, je m'escure tout le poulmon, et voy me là prest à boyre.

— A quel usaige[13] (dist Gargantua) dictez vous ces belles heures?

— A l'usaige (dist le moyne) de Fecan[14], à troys pseaulmes et troys leçons[15] ou rien du tout qui ne veult. Jamais je ne me assubjectis à heures : les heures sont faictez pour l'homme, et non l'homme pour les heures[16]. Pour tant[17] je foys des miennes à guise d'estrivieres; je les acourcis ou allonge quand bon me semble : *brevis oratio penetrat celos, longa potatio evacuat cyphos*[18]. Où est escript cela?

18. Plaisanterie monastique : « *Courte prière va au ciel, longue beuverie vide les coupes.* » Érasme *(Colloques)* cite la première partie du dicton.

19. « Venez que nous buvions », transposition burlesque du *Venite adoremus, Venez que nous adorions...* Plaisanterie fréquente dans les Sermons joyeux.

20. *Grillades.*

21. *Tranches de pain trempées dans le bouillon* (cf. chap. XXI).

22. *Abstinrent.*

23. Locution italienne : « du royaume de Naples », dont les chevaux étaient réputés au XVIe s.

24. *Épée courte.*

— Par ma foy (dist Ponocrates), je ne sçay, mon petit couillaust; mais tu vaulx trop!

— En cela (dist le moyne) je vous ressemble. Mais *venite apotemus*[19]. »

L'on apresta carbonnades[20] à force et belles souppes de primes[21], et beut le moyne à son plaisir. Aulcuns luy tindrent compaignie, les aultres s'en deporterent[22]. Après, chascun commença soy armer et accoustrer, et armerent le moyne contre son vouloir, car il ne vouloit aultres armes que son froc davant son estomach et le baston de la croix en son poing. Toutesfoys, à leur plaisir feut armé de pied en cap et monté sus un bon coursier du royaulme[23], et un gros braquemart[24] au cousté, ensemble Gargantua, Ponocrates, Gymnaste, Eudemon et vingt et cinq des plus adventureux de la maison de Grandgousier, tous armez à l'advantaige, la lance au poing, montez comme sainct George, chascun ayant un harquebouzier en crope.

1. *Hésitation.*
2. *Sous-sacristain :* titre de fantaisie.
3. *Merveilles.*
4. *Plongera comme une cane :* disparaîtra du combat.
5. *Harnache.*
6. Personnage inconnu.

CHAPITRE XLII

*Comment le moyne donne couraige à ses compaignons
et comment il pendit à une arbre.*

Or s'en vont les nobles champions à leur adventure,
bien deliberez d'entendre quelle rencontre fauldra
poursuyvre et de quoy se fauldra contregarder, quand
viendra la journée de la grande et horrible bataille. Et
le moyne leur donne couraige, disant :

« Enfans, n'ayez ny paour ny doubte[1], je vous condui-
ray seurement. Dieu et sainct Benoit soient avecques
nous! Si j'avoys la force de mesmes le couraige,
par la mort bieu! je vous les plumeroys comme un
canart! Je ne crains rien fors l'artillerie. Toutesfoys,
je sçay quelque oraison que m'a baillé le soubse-
cretain[2] de nostre abbaye, laquelle guarentist la personne de toutes bouches à feu; mais elle ne me profi-
tera de rien, car je n'y adjouste poinct de foy. Toutesfoys, mon baston de croix fera diables[3]. Par Dieu,
qui fera la cane[4], de vous aultres, je me donne au
diable si je ne le says moyne en mon lieu et l'enche-
vestre[5] de mon froc : il porte medicine à couhardise
de gens. Avez poinct ouy parler du levrier de Monsieur de Meurles[6] qui ne valloit rien pour les champs?

7. *Éreinté.*

8. *« Des frigides et impuissants... »,* titre d'un paragraphe des *Décrétales.*

9. *Cassure.*

10. *Décrocher sa visière de la branche.*

11. Dans la Bible, *Livre des Rois,* II, 18.

12. *A trois pointes,* comme la foudre de Jupiter : triple excommunication.

13. *« Sur le mépris du monde et la fuite du siècle. »* La Fontaine se souviendra de ce passage dans les *Fables* (I, 19) :

> « L'Enfant lui crie : « Au secours! je péris. »
> Le Magister se tournant à ses cris.
> D'un ton fort grave à contre-temps s'avise
> De le tancer... »
>
> (*L'Enfant et le Maître d'école*)

Il luy mist un froc au col. Par le corps Dieu! il n'eschappoit ny lievre ny regnard devant luy, et, que plus est, couvrit toutes les chiennes du pays, qui auparavant estoit esrené[7] et *de frigidis et malefi-ciatis*[8]. »

Le moyne, disans ces parolles en cholere, passa soubz un noyer, tyrant vers la Saullaye, et embrocha la visiere de son heaulme à la roupte[9] d'une grosse branche du noyer. Ce non obstant donna fierement des esperons à son cheval, lequel estoit chastouilleur à sa poincte, en maniere que le cheval bondit en avant, et le moyne, voulant deffaire sa visiere du croc[10], lasche la bride et de la main se pend aux branches, ce pendent que le cheval se desrobe dessoubz luy. Par ce moyen demoura le moyne pendent au noyer et criant à l'aide et au meurtre, protestant aussi de trahison.

Eudemon premier l'aperceut et, appellant Gargantua : « Sire, venez et voyez Absalon pendu[11]! » Gargantua, venu, considera la contenence du moyne et la forme dont il pendoit, et dist à Eudemon :

« Vous avez mal rencontré, le comparant à Absalon, car Absalon se pendit par les cheveux; mais le moyne, ras de teste, s'est pendu par les aureilles.

— Aydez moy (dist le moyne), de par le diable! N'est il pas bien le temps de jazer? Vous me semblez les prescheurs decretalistes, qui disent que quiconques voira son prochain en dangier de mort, il le doibt, sus peine d'excommunication trisulce[12], plustoust admon-nester de soy confesser et mettre en estat de grace que de luy ayder. Quand doncques, je les voiray tombez en la riviere et prestz d'estre noyez, en lieu de les aller querir et bailler la main, je leur feray un beau et long sermon *de contemptu mundi et fuga seculi*[13], et, lorsqu'ilz seront roides mors, je les iray pescher.

14. « Un moine au cloître ne vaut pas deux œufs; mais, quand il en est sorti, il en vaut bien trente. »

15. *Le Diable*. Frère Jean intervertit l'ordre des imprécations.

16. *« En temps et lieu »*, devise de Rabelais, selon d'anciens commentateurs.

17. Pièce de l'armure protégeant les aisselles.

18. Frère Jean en revient à sa première idée, de conserver seulement son froc.

— Ne bouge (dist Gymnaste), mon mignon, je te voys querir, car tu es gentil petit *monachus* :

> *« Monachus in claustro*
> *Non valet ova duo;*
> *Sed, quando est extra,*
> *Bene valet triginta*[14].

« J'ay veu des pendus plus de cinq çens, mais je n'en veis oncques qui eust meilleure grace en pendilant, et, si je l'avoys aussi bonne, je vouldroys ainsi pendre toute ma vye.

— Aurez vous (dist le moyne) tantost assez presché? Aidez moy de par Dieu, puisque de par l'Aultre[15] ne voulez. Par l'habit que je porte, vous en repentirez *tempore et loco prelibatis*[16]. »

Allors descendit Gymnaste de son cheval, et montant au noyer, souleva le moyne par les goussetz[17] d'une main, et de l'aultre deffist sa visiere du croc de l'arbre et ainsi le laissa tomber en terre et soy après.

Descendu que feut, le moyne se deffist de tout son arnoys et getta l'une piece après l'aultre parmy le champ[18], et, reprenant son baston de la croix, remonta sus son cheval, lequel Eudemon avoit retenu à la fuite.

Ainsi s'en vont joyeusement, tenans le chemin de la Saullaye.

1. *Déroute* (cf. chap. xxxv).

2. Nom d'un cépage précoce... qui semble indiquer un conseiller trop pressé pour être réfléchi.

3. *C'est pourquoi.*

4. *Qui s'enfuit avant la bataille.* Pourtant ce sera le seul à affronter Frère Jean.

5. *Insigne.*

6. *L'eau grégorienne,* mélange d'eau, de vin et de cendre, selon une formule de saint Grégoire, était utilisée pour purifier les églises profanées.

7. *Disparaître.* Rabelais se moque des cérémonies de purification et d'exorcisme (cf. Ronsard, *Réponse aux injures...* où celui-ci évoque l'exorcisme d'un loup-garou).

8. Ancienne léproserie (*ladre :* lépreux) qui se trouve à l'extrémité du pont de la Nonnain; aujourd'hui, Saint-Lazare.

9. *Cabane* (latin : *tugurium*). On en revient à l'histoire des pèlerins (cf. chap. xxxviii).

CHAPITRE XLIII

Comment l'escharmouche de Picrochole feut rencontré par Gargantua, et comment le moyne tua le capitaine Tyravant, et puis fut prisonnier entre les ennemys.

Picrochole à la relation de ceulx qui avoient evadé à la roupte[1] lors que Tripet fut estripé, feut esprins de grand courroux, ouyant que les diables avoient couru suz ses gens, et tint son conseil toute la nuict, auquel Hastiveau[2] et Toucquedillon conclurent que sa puissance estoit telle qu'il pourroit defaire tous les diables d'enfer s'ilz y venoient, ce que Picrochole ne croyoit du tout, aussy ne s'en defioit il.

Pourtant[3] envoya soubz la conduicte du conte Tyravant[4], pour descouvrir le pays, seize cens chevaliers tous montez sus chevaulx legiers, en escarmousche, tous bien aspergez d'eau beniste et chascun ayant pour leur signe[5] une estolle en escharpe, à toutes adventures, s'ilz rencontroient les diables, que par vertus tant de ceste eau Gringorienne[6] que des estolles, yceulx feissent disparoir[7] et esvanouyr. Coururent doncques jusques près La Vauguyon et la Maladerye[8], mais oncques ne trouverent personne à qui parler, dont repasserent par le dessus, et en la loge et tugure[9] pastoral, près le Couldray, trouverent les cinq pelerins, lesquel liez et

10. *Attachés avec une corde.*

11. *Espions* (cf. chap. XXXVIII).

12. *Abattue.*

13. L'*arrêt* est le point d'appui de la lance, sur l'armure.

14. *S'émoussa.* Le froc est vraiment miraculeux!

15. Terme anatomique : *crête de l'omoplate.*

16. *Assomma.*

17. Rivalité entre le clergé séculier et le clergé régulier évoquée plaisamment par frère Jean.

18. *Seigle.*

19. *Abattu et défaillant.*

20. *Stupéfaits et recrus* (de fatigue); le conseil est déjà dans Virgile, (*Énéide*, II, 354).

baffouez[10] emmenerent comme s'ilz feussent espies[11], non obstant les exclamations, adjurations et requestes qu'ilz feissent. Descendus de là vers Seuillé, furent entenduz par Gargantua, lequel dist à ses gens :

« Compaignons, il y a icy rencontre, et sont en nombre trop plus dix foys que nous. Chocquerons nous sus eulx?

— Que diable (dist le moyne) ferons nous doncq? Estimez vous les hommes par nombre, et non par vertus et hardiesse? » Puis s'escria : « Chocquons, diables, chocquons! »

Ce que entendens, les ennemys pensoient certainement que feussent vrays diables, dont commencerent fuyr à bride avallée[12], excepté Tyravant, lequel coucha sa lance en l'arrest[13] et en ferut à toute oultrance le moyne au milieu de la poictrine; mais, rencontrant le froc horrificque, rebouscha[14] par le fer, comme si vous frappiez d'une petite bougie contre une enclume. Adoncq le moyne avec son baston de croix luy donna entre col et collet sus l'os acromion[15] si rudement qu'il l'estonna[16] et feist perdre tout sens et movement, et tomba es piedz du cheval. Et, voyant l'estolle qu'il portoit en escharpe, dist à Gargantua :

« Ceulx cy ne sont que prebstres : ce n'est qu'un commencement de moyne. Par sainct Jean je suis moyne parfaict[17] : je vous en tueray comme de mousches. »

Puis le grand gualot courut après, tant qu'il atrapa les derniers, et les abbastoit comme seille[18], frappant à tors et à travers.

Gymnaste interrogua sus l'heure Gargantua s'ilz les debvoient poursuivre. A quoy dist Gargantua :

« Nullement, car, selon vraye discipline militaire, jamais ne fault mettre son ennemy en lieu de desespoir, parce que telle necessité luy multiplie sa force et accroist le couraige qui jà estoit deject et failly[19], et n'y a meilleur remede de salut à gens estommiz[20] et recreuz que de ne

21. *Combien de.*

22. *Enlevées.*

23. *Tenté de tout mettre à mort.*

24. Érasme (*Apophtegmes,* VIII, 14) prête un mot analogue au roi d'Aragon.

25. *Avoir le moine :* être berné (cf. chap. XII, note 32); jeu de mots, puisque l'expression est ici prise au sens propre.

26. *Caractère.*

27. Picrochole et ses compagnons sont superstitieux, alors que Gargantua agit par réflexion (*conseil*).

28. *Aucun.*

29. La vallée des *jeunes noyers* sans doute près de Seuilly.

esperer salut aulcun. Quantes[21] victoires ont esté tollues[22] des mains des vaincqueurs par les vaincuz, quand ilz ne se sont contentés de raison, mais ont attempté du tout mettre à internition[23] et destruire totallement leurs ennemys, sans en vouloir laisser un seul pour en porter les nouvelles! Ouvrez tousjours à voz ennemys toutes les portes et chemins, et plustost leurs faictes un pont d'argent affin de les renvoyer [24].

— Voyre, mais (dist Gymnaste) ilz ont le moyne[25].

— Ont ilz (dist Gargantua) le moyne? Sus mon honneur, que ce sera à leur dommaige! Mais, affin de survenir à tous azars, ne nous retirons pas encores; attendons icy en silence, car je pense jà assez congnoistre l'engin[26] de noz ennemys. Ilz se guident par sort, non par conseil[27]. »

Iceulx ainsi attendens soubz les noiers, ce pendent le moyne poursuyvoit, chocquant tous ceulx qu'il rencontroit, sans de nully[28] avoir mercy, jusque à ce qu'il rencontra un chevalier qui portoit en crope un des pauvres pelerins. Et là, le voulent mettre à sac, s'escria le pelerin :

« Ha, Monsieur le Priour, mon amy, Monsieur le Priour, sauvez moy, je vous en prie! »

Laquelle parolle entendue, se retournerent arriere les ennemys, et, voyans que là n'estoit que le moyne qui faisoit cest esclandre, le chargerent de coups comme on faict un asne de boys; mais de tout rien ne sentoit, mesmement quand ilz frapoient sus son froc, tant il avoit la peau dure. Puis le baillerent à guarder à deux archiers, et, tournans bride, ne veirent personne contre eulx, dont existimerent que Gargantua estoit fuy avecques sa bande. Adoncques coururent vers les Noyrettes[29] tant roiddement qu'ilz peurent pour les rencontrer, et laisserent là le moyne seul avecques deux archiers de guarde.

30. *Train.*
31. *En masse désordonnée* (cf. début du chap. XLIV).

Gargantua entendit le bruit et hennissement des chevaulx et dict à ses gens :

« Compaignons, j'entends le trac[30] de noz ennemys, et jà apperçoy aulcuns d'iceulx qui viennent contre nous à la foulle[31]. Serrons nous icy, et tenons le chemin en bon ranc. Par ce moyen nous les pourrons recepvoir à leur perte et à nostre honneur. »

1. *S'éloigner.*
2. *Raisonnait.*
3. *Parole.*
4. *Épée.*
5. *Frappa.*
6. Description anatomique : les veines de la gorge *(jugulaires)*, les artères (de la gorge); la luette *(guarguareon,* terme grec); les glandes *(adenes,* mot grec); la moelle de l'épine dorsale *(mouelle spinale).*

CHAPITRE XLIV

Comment le moyne se deffist de ses guardes,
et comment l'escarmouche de Picrochole feut deffaicte.

LE moyne, les voyant ainsi departir[1] en desordre, conjectura qu'ilz alloient charger sus Gargantua et ses gens, et se contristoit merveilleusement de ce qu'il ne les povoit secourir. Puis advisa la contenence de ses deux archiers de guarde, lesquelz eussent voluntiers couru après la troupe pour y butiner quelque chose et tousjours regardoient vers la vallée en laquelle ilz descendoient. Dadvantaige syllogisoit[2], disant :

« Ces gens icy sont bien mal exercez en faictz d'armes, car oncques ne me ont demandé ma foy[3] et ne me ont ousté mon braquemart[4]. »

Soubdain après, tyra son dict braquemart et en ferut[5] l'archier qui le tenoit à dextre, luy coupant entierement les venes jugulaires et arteres spagitides du col, avecques le guarguareon, jusques es deux adenes, et, retirant le coup, luy entreouvrit le mouelle spinale[6] entre la seconde et tierce vertebre : là tomba l'archier tout mort. Et le moyne, detournant son cheval à gauche, courut sus l'aultre, lequel, voyant son compaignon mort et le moyne adventaigé sus soy, cryoit à haulte voix :

7. Jeu de mots : le *prieur* s'oppose au *postérieur* dans les deux sens du mot : *posteres :* derrière.

8. En lui coupant la tête... qui deviendra rouge de sang.

9. *Futur.*

10. *Crâne.*

11. Os pétreux, partie de l'os temporal ; les *bregmatis :* les pariétaux ; la *commissure sagittale :* suture des os pariétaux ; l'*os coronal :* l'os frontal ; les *ventricules postérieurs du cerveau :* les ventricules latéraux. L'anatomiste s'en donne à cœur joie !

12. *Périoste,* qui enveloppe le crâne.

13. *Bonnet de docteur,* rond au XVIe s.

14. *Troublés.*

« Ha, Monsieur le Priour, je me rendz! Monsieur le Priour, mon bon amy, Monsieur le Priour! »

Et le moyne cryoit de mesmes :

« Monsieur le Posteriour[7], mon amy, Monsieur le Posteriour, vous aurez sus voz posteres.

— Ha! (disoit l'archier) Monsieur le Priour, mon mignon, Monsieur le Priour, que Dieu vous face abbé!

— Par l'habit (disoit le moyne) que je porte, je vous feray icy cardinal[8]. Rensonnez vous les gens de religion? Vous aurez un chapeau rouge à ceste heure de ma main. »

Et l'archier cryoit :

« Monsieur le Priour, Monsieur le Priour, Monsieur l'Abbé futeur[9], Monsieur le Cardinal, Monsieur le tout! Ha! ha! hés! non, Monsieur le Priour, mon bon petit Seigneur le Priour, je me rends à vous!

— Et je te rends (dist le moyne) à tous les diables. »

Lors d'un coup luy tranchit la teste, luy coupant le test[10] sus les os petrux[11], et enlevant les deux os bregmatis et la commissure sagittale avecques grande partie de l'os coronal, ce que faisant luy tranchit les deux meninges et ouvrit profondement les deux posterieurs ventricules du cerveau; et demoura le craine pendent sus les espaules à la peau du pericrane[12] par derriere, en forme d'un bonnet doctoral[13], noir par dessus, rouge par dedans. Ainsi tomba roidde mort en terre.

Ce faict, le moyne donne des esperons à son cheval et poursuyt la voye que tenoient les ennemys, lesquelz avoient rencontré Gargantua et ses compaignons au grand chemin et tant estoient diminuez au nombre, pour l'enorme meurtre que y avoit faict Gargantua avecques son grand arbre, Gymnaste, Ponocrates, Eudemon et les aultres, qu'ilz commençoient soy retirer à diligence, tous effrayez et perturbez[14] de sens et entendement,

15. Un *taon de Junon;* allusion à la légende antique de Junon, qui, par jalousie, envoya un taon piquer sa rivale Io, métamorphosée en vache.

16. *Pique.*

17. *Terreur panique.*

18. *S'enfuir.*

19. *Se ménager.*

20. Frère Jean obéit aux instructions de Gargantua.

21. *Arquebuses.*

comme s'ilz veissent la propre espece et forme de mort davant leurs yeulx.

Et — comme vous voyez un asne, quand il a au cul un œstre Junonicque[15] ou une mouche qui le poinct[16], courir çà et là sans voye ny chemin, gettant sa charge par terre, rompant son frain et renes, sans aulcunement respirer ny prandre repos, et ne sçayt on qui le meut, car l'on ne veoit rien qui le touche, — ainsi fuyoient ces gens, de sens desprouveuz, sans sçavoir cause de fuyr; tant seulement les poursuit une terreur panice[17] laquelle avoient conceue en leurs ames.

Voyant le moyne que toute leur pensée n'estoit sinon à guaigner au pied[18], descend de son cheval et monte sus une grosse roche qui estoit sus le chemin, et avecques son grand braquemart frappoit sus ces fuyars à grand tour de bras, sans se faindre[19] ny espargner. Tant en tua et mist par terre que son braquemart rompit en deux pieces. Adoncques pensa en soy mesmes que c'estoit assez massacré et tué, et que le reste debvoit eschapper pour en porter les nouvelles[20].

Pourtant saisit en son poing une hasche de ceulx qui là gisoient mors et se retourna derechief sus la roche, passant temps à veoir fouyr les ennemys et culle-buter entre les corps mors, excepté que à tous faisoit laisser leurs picques, espées, lances et hacquebutes[21]; et ceulx qui portoient les pelerins liez, il les mettoit à pied et delivroit leurs chevaulx audictz pelerins, les retenent avecques soy l'orée de la haye, et Toucque-dillon, lequel il retint prisonnier.

1. *Berner;* cf. chap. XLIII.
2. *Reposer.*
3. *Faisait peine.*
4. *Paraissait.*

CHAPITRE XLV

Comment le moyne amena les pelerins
et les bonnes parolles que leur dist Grandgousier.

CESTE escarmouche parachevée, se retyra Gargantua avecques ses gens, excepté le moyne, et sus la poincte du jour se rendirent à Grandgousier, lequel en son lict prioit Dieu pour leur salut et victoire, et, les voyant tous saulfz et entiers, les embrassa de bon amour et demanda nouvelles du moyne. Mais Gargantua luy respondit que sans doubte leurs ennemys avoient le moyne. « Ilz auront (dist Grandgousier) doncques male encontre », ce que avoit esté bien vray. Pourtant encores est le proverbe en usaige de *bailler le moyne à quelc'un*[1].

Adoncques commenda qu'on aprestast très bien à desjeuner pour les refraischir[2]. Le tout apresté, l'on appella Gargantua; mais tant luy grevoit[3] de ce que le moyne ne comparoit[4] aulcunement, qu'il ne vouloit ny boire ny manger.

Tout soubdain le moyne arrive et, dès la porte de la basse court, s'escria :

« Vin frays, vin frays, Gymnaste, mon amy! »

Gymnaste sortit et veit que c'estoit Frere Jean qui amenoit cinq pelerins et Toucquedillon prisonnier.

5. *Accueil.*

6. *Recouvré.*

7. Toutes ces localités sont des environs de Châteauroux.

8. Voir début du chap. XXXVIII.

9. *Vœux.*

10. le pèlerinage était surtout fréquenté par les victimes des serpents; Calvin *(Traité des Reliques)* indique toutefois que la guérison de la peste entrait dans les attributions de saint Sébastien, dont les reliques auraient été « multipliées en quatre corps entiers » dans quatre sanctuaires. Allusion aux quatre épidémies de peste qui ravagèrent le Berry du temps de Rabelais (1516, 1517, 1524 et 1526).

11. Allusion à la superstition populaire donnant aux saints non seulement le pouvoir de guérir, mais aussi de rendre malade.

12. Souvenir de l'*Iliade,* chant I : l'armée *(oust)* des Grecs est ravagée par la peste envoyée par Apollon, dont le prêtre avait été outragé par Agamemnon.

13. *Vejovis,* dieu malfaisant, honoré à Rome, cité par Aulu-Gelle et par Érasme *(Éloge de la Folie).*

14. *Cinais,* la paroisse de La Devinière; il en a été question au chap. IV.

15. *Cafard :* hypocrite.

16. Le *mal des ardents* ou *feu saint Antoine* (cf. chap. XIII, note 9), si fréquent au Moyen Age.

17. Saint Eutrope, vénéré à Saintes, dont la cathédrale porte le nom (cf. chap. XXVII).

Dont Gargantua sortit au devant, et luy feirent le meilleur recueil[5] que peurent, et le menerent davant Grandgousier, lequel l'interrogea de toute son adventure. Le moyne luy disoit tout, et comment on l'avoit prins, et comment il s'estoit deffaict des archiers, et la boucherie qu'il avoit faict par le chemin, et comment il avoit recouvert[6] les pelerins et amené le capitaine Toucquedillon. Puis se mirent à bancqueter joyeusement tous ensemble.

Ce pendent Grandgousier interrogeoit les pelerins de quel pays ilz estoient, dont ilz venoient et où ilz alloient.

Lasdaller pour tous respondit :

« Seigneur, je suis de Sainct Genou en Berry; cestuy cy est de Paluau; cestuy cy est de Onzay; cestuy cy est de Argy; et cestuy cy est de Villebrenin[7]. Nous venons de Sainct Sebastian[8] près de Nantes, et nous en retournons par noz petites journées.

— Voyre, mais (dist Grandgousier) qu'alliez vous faire à Sainct Sebastian?

— Nous allions (dist Lasdaller) luy offrir noz votes[9] contre la peste[10].

— O (dist Grandgousier) pauvres gens, estimez vous que la peste vienne de sainct Sebastian?

— Ouy vrayement (respondit Lasdaller), noz prescheurs nous l'afferment[11].

— Ouy? (dist Grandgousier) les faulx prophetes vous annoncent ilz telz abuz? Blasphement ilz en ceste façon les justes et sainctz de Dieu qu'ilz les font semblables aux diables, qui ne font que mal entre les humains, comme Homere escript que la peste fut mise en l'oust des Gregoys par Apollo[12], et comme les poetes faignent un grand tas de Vejoves[13] et dieux malfaisans? Ainsi preschoit à Sinays[14] un caphart[15] que sainct Antoine mettoit le feu es jambes[16], sainct Eutrope faisoit les hydropiques[17], sainct Gildas les

18. *Saint Gildas* passait pour guérir la folie, en qualité de patron des *gilles* ou des bouffons (?).

19. L'abbaye de Saint-Genou était un pèlerinage réputé. Le rapprochement entre le *genou* et la *goutte* est facile...

20. Au sens biblique : *occasion de pécher.*

21. *Artifice.*

22. Il s'agit d'Antoine de Tranchelion, abbé de Saint-Genou, qui passe pour avoir dilapidé les biens du couvent,

23. *Caressent.*

24. *Pèlerinage à Rome.*

25. Locution tirée du jeu de cartes : « C'est mal joué. »

26. *Elle sera couverte.*

27. *Engrossées.*

28. L'eau du Nil, selon Strabon et Pline, rendait les femmes fécondes. Les quadruplés n'étaient pas rares.

29. Sens obscur. Rabelais veut peut-être dire que l'eau du Nil apporte la prospérité : nourriture *(la miche),* vêtements *(des habitz)* et vie *(des corps).*

30. *Oisifs.*

folz[18], sainct Genou les gouttes[19]. Mais je le puniz en tel exemple, quoy qu'il me appellast heretique, que depuis ce temps caphart quiconques n'est auzé entrer en mes terres, et m'esbahys si vostre roy les laisse prescher par son royaulme telz scandales[20], car plus sont à punir que ceulx qui, par art magicque ou aultre engin[21], auroient mis la peste par le pays. La peste ne tue que le corps, mais telz imposteurs empoisonnent les ames. »

Luy disans ces parolles, entra le moyne tout deliberé, et leurs demanda :

« Dont este vous, vous aultres pauvres hayres?

— De Sainct Genou, dirent ilz.

— Et comment (dist le moyne) se porte l'abbé Tranchelion[22], le bon beuveur? Et les moynes, quelle chere font ilz? Le cor Dieu! ilz biscotent[23] vos femmes, ce pendent que estes en romivage[24]!

— Hin, hen! (dist Lasdaller) je n'ay pas peur de la mienne, car qui la verra de jour ne se rompera jà le col pour l'aller visiter la nuict.

— C'est (dist le moyne) bien rentré de picques[25]! Elle pourroit estre aussi layde que Proserpine, elle aura, par Dieu, la saccade[26], puisqu'il y a moynes autour, car un bon ouvrier mect indifferentement toutes pieces en œuvre. Que j'aye la verolle en cas que ne les trouviez engroissées[27] à vostre retour, car seulement l'ombre du clochier d'une abbaye est féconde.

— C'est (dist Gargantua) comme l'eau du Nile en Égypte, si vous croyez Strabo[28]; et Pline, *lib. vij*. chap. iij, advise que c'est de la miche, des habitz et des corps[29]. »

Lors dist Grandgousier :

« Allez vous en, pauvres gens, au nom de Dieu le createur, lequel vous soit en guide perpetuelle, et dorenavant ne soyez faciles à ces otieux[30] et inutilles

31. *Profession.*

32. Tout ce passage est inspiré de saint Paul, *Épître aux Éphésiens,* IV-V. Il reprend les arguments du chap. XL, *Pourquoy les moynes sont refuyz du monde...* Voltaire développera l'opposition entre la dévotion stérile et le travail (cf. *Apparition de saint Cucufin*), ainsi que la priorité d'une vie simple et morale sur la pratique du culte (cf. *Le catéchisme du jardinier*).

33. Dans la *République,* V, 473 d. Ce vœu de Platon, adopté par les Humanistes, sera encore repris par les « Philosophes » du XVIIIe siècle, qui mettront leurs espoirs dans les « despotes éclairés ».

voyages. Entretenez voz familles, travaillez, chascun en sa vocation[31], instruez voz enfans, et vivez comme vous enseigne le bon apostre sainct Paoul[32]. Ce faisans, vous aurez la garde de Dieu, des anges et des sainctz avecques vous, et n'y aura peste ny mal qui vous porte nuysance. »

Puis les mena Gargantua prendre leur refection en la salle; mais les pelerins ne faisoient que souspirer, et dirent à Gargantua :

« O que heureux est le pays qui a pour seigneur un tel homme! Nous sommes plus edifiez et instruictz en ces propos qu'il nous a tenu qu'en tous les sermons que jamais nous feurent preschez en nostre ville.

— C'est (dist Gargantua) ce que dict Platon, *lib. v. de Rep*.[33] : que lors les republiques seroient heureuses quand les roys philosopheroient ou les philosophes regneroient. »

Puis leur feist emplir leurs bezaces de vivres, leurs bouteilles de vin, et à chascun donna cheval pour soy soulager au reste du chemin, et quelques carolus pour vivre.

1. *Soudain* (latin *tumultus* : guerre subite, sans préavis).
2.. Le pacifisme de Grandgousier se fonde sur l'Évangile :
les souverains chrétiens ne doivent pas se comporter comme
les conquérants païens.

CHAPITRE XLVI

Comment Grandgousier traicta humainement Toucquedillon prisonnier.

Toucquedillon fut presenté à Grandgousier et interrogé par icelluy sus l'entreprinze et affaires de Picrochole, quelle fin il pretendoit par ce tumultuaire[1] vacarme. A quoy respondit que sa fin et sa destinée estoit de conquester tout le pays, s'il povoit, pour l'injure faicte à ses fouaciers.

« C'est (dist Grandgousier) trop entreprint : qui trop embrasse peu estrainct. Le temps n'est plus d'ainsi conquester les royaulmes avecques dommaige de son prochain frere christian. Ceste imitation des anciens Hercules, Alexandres, Hannibalz, Scipions, Cesars et aultres telz, est contraire à la profession de l'Évangile[2], par lequel nous est commandé guarder, saulver, regir et administrer chascun ses pays et terres, non hostillement envahir les aultres, et, ce que les Sarazins et Barbares jadis appelloient prouesses, maintenant nous appellons briguanderies et mechansetez. Mieulx eust il faict soy contenir en sa maison, royallement la gouvernant, que insulter en la mienne, hostillement la pillant; car par bien la gouverner l'eust augmentée, par me piller sera destruict.

3. Grandgousier victorieux se conduit généreusement, comme il l'avait promis aux chap. XXVIII, XXIX, XXX, XXXI.

4. *Différend.*

5. *République,* livre V, 470 c. Mais Rabelais, comme il arrive souvent, se contente de l'abrégé donné par Érasme dans l'*Institutio principis christiani.*

6. *Modération.*

7. *Superficielle.*

8. Néologisme venu de l'italien *cabinetto,* petite chambre.

9. Grandgousier admet le partage des responsabilités; il avait vainement offert des indemnités énormes (cf. chap. XXXII), en particulier La Pomardière pour Marquet.

10. *Mépriser.*

11. *Rappeler.*

12. *M'enlever.*

13. *Discernement.*

« Allez vous en au nom de Dieu, suyvez bonne entreprise; remonstrez à vostre roy les erreurs que congnoistrez, et jamais ne le conseillez ayant esgard à vostre profit particulier, car avecques le commun est aussy le propre perdu. Quand est de vostre ranczon, je vous la donne entierement, et veulx que vous soient rendues armes et cheval[3].

« Ainsi faut il faire entre voisins et anciens amys, veu que ceste nostre difference[4] n'est poinct guerre proprement, comme Platon[5], li. v. de Rep., vouloit estre non guerre nommée, ains sedition, quand les Grecz meuvoient armes les ungs contre les aultres, ce que, si par male fortune advenoit, il commande qu'on use de toute modestie[6]. Si guerre la nommez, elle n'est que superficiaire[7], elle n'entre poinct au profond cabinet[8] de noz cueurs : car nul de nous n'est oultragé en son honneur, et n'est question, en somme totale, que de rabiller quelque faulte commise par nos gens, j'entends et vostres et nostres[9], laquelle, encores que congneussiez, vous doibviez laisser couler oultre, car les personnages querelans estoient plus à contempner[10] que à ramentevoir[11], mesmement leurs satisfaisant selon le grief, comme je me suis offert. Dieu sera juste estimateur de nostre different, lequel je supplye plus tost par mort me tollir[12] de ceste vie et mes biens deperir davant mes yeulx, que par moy ny les miens en rien soit offensé. »

Ces parolles achevées, appella le moyne et davant tous luy demanda :

« Frere Jean, mon bon amy, estez vous qui avez prins le capitaine Toucquedillon icy present?

— Syre (dist le moyne), il est present; il a eage et discretion[13]; j'ayme mieulx que le sachez par sa confession que par ma parolle. »

Adoncques dist Toucquedillon :

« Seigneur, c'est luy veritablement qui m'a prins, et je me rends son prisonnier franchement.

14. Monnaie frappée par les rois d'Angleterre lorsqu'ils occupaient Paris pendant la *guerre de Cent Ans;* elle représentait la salutation angélique, d'où son nom; c'était une monnaie d'or; la rançon est donc énorme, le *salus* valant 12 francs-or.

15. Vienne, en Dauphiné; il y avait des fabriques d'armes.

16. Ciselures en forme de feuilles de vigne.

17. Si le *marc* pèse 250 g, le collier atteint le poids de 175 000 kg. Après les graves discours de Grandgousier, les effets comiques de gigantisme l'emportent.

18. Le *ducat* de Venise valait presque 12 francs-or; les *écus* d'or, un peu moins que les *salus.*

19. *Maintenant.*

20. *L'argent.* Frère Jean conseille son souverain dans l'intérêt général, au contraire des *gouverneurs* de Picrochole.

— L'avez-vous (dist Grandgousier au moyne) mis à rançon?

— Non (dist le moyne). De cela je ne me soucie.

— Combien (dist Grandgousier) vouldriez vous de sa prinse?

— Rien, rien (dist le moyne); cela ne me mène pas. »

Lors commenda Grandgousier que, present Toucquedillon, feussent contez au moyne soixante et deux mille saluz[14] pour celle prinse, ce que feut faict ce pendent qu'on feist la collation au dict Toucquedillon, auquel demanda Grandgousier s'il vouloit demourer avecques luy, ou si mieulx aymoit retourner à son roy.

Toucquedillon respondit qu'il tiendroit le party lequel il luy conseilleroit.

« Doncques (dist Grandgousier) retournez à vostre roy, et Dieu soit avecques vous. »

Puis luy donna une belle espée de Vienne[15], avecques le fourreau d'or faict à belles vignettes[16] d'orfeverie, et un collier d'or pesant sept cens deux mille marcz[17], garny de fines pierreries à l'estimation de cent soixante mille ducatz[18], et dix mille escuz par present honorable. Après ces propos monta Toucquedillon sus son cheval. Gargantua, pour sa seureté, luy bailla trente hommes d'armes et six vingt archiers soubz la conduite de Gymnaste, pour le mener jusques es portes de La Roche Clermauld, si besoing estoit.

Icelluy departy, le moyne rendit à Grandgousier les soixante et deux mille salutz qu'il avoit repceu, disant :

« Syre, ce n'est ores[19] que vous doibvez faire telz dons. Attendez la fin de ceste guerre, car l'on ne sçait quelz affaires pourroient survenir, et guerre faicte sans bonne provision d'argent n'a qu'un souspirail de vigueur. Les nerfz des batailles sont les pecunes[20].

— Doncques (dist Grandgousier) à la fin je vous contenteray par honneste recompense, et tous ceulx qui me auront bien servy. »

1. Toutes ces localités sont réelles et se situent dans le Chinonais, sur les rives de la Loire et de la Vienne; les quatre premiers noms désignent des faubourgs de Chinon; *Trainneau* serait une confusion avec *Raineau,* fief voisin du *bourg Saint-Jacques. Parillé* a été cité chap. XXV; *Rivière,* au chap. XXVII; Les *Roches Saint Paul* sont un hameau de Ligré; *Vaubreton,* un hameau de Rivière; *Pontille, Brehemont :* cf. chap. VII; *Pont-de-Clam* est un lieu-dit de la commune Saint-Germain-sur-Vienne, où la famille Rabelais possédait un pré; *Gravant* est voisin de l'Ile-Bouchard; *Grandmont,* hameau en lisière de la forêt de Chinon; *Bourdes,* fief dans la commune de Cravant; *La Villaumaire,* hameau d'Huismes, près de Chinon; *Ussé,* hameau de la commune de Rigny-Ussé, près d'Azay-le-Rideau; *Saint-Louant* (cf. chap. VIII, note 68), village sur la Vienne et abbaye; *Panzouet,* cf. l'Ile-Bouchard; au *Tiers-Livre,* chap. XVI-XVIII, Rabelais y situe l'épisode de la sybille; Les *Coldreaux,* hameau de Beaumont-sur-Véron; *Coulaines,* cité au chap. XXXIX, était un château sur la commune de Beaumont; *Chosé,* Chouzé-sur-Loire, village voisin de Bourgueil; *Varennes-sous-Montsoreau :* la famille Rabelais y avait des terres et des pêcheries; *Bourgueil* possédait une abbaye bénédictine. Ronsard rendra Bourgueil illustre en célébrant Marie Dupin; *Croulay,* hameau de Panzoult; *Narsy :* cf. chap. I; *Cande :* cf. chap. XXVII; *Montsoreau,* cf. chap. VIII.

2. *En vertu de.*

3. Grandgousier, selon l'usage féodal, convoque le ban et l'arrière-ban de ses vassaux. Cette longue énumération est conforme aux traditions épiques de l'Antiquité et du Moyen Age. Il s'agit aussi d'une transposition du procès soutenu par le père de Rabelais et les marchands de la Vienne et de la Loire contre Gaucher de Sainte-Marthe, depuis 1528. Le terme *confédération* rappelle ce syndicat des marchands. La famille de Rabelais avait des intérêts dans la plupart de ces localités.

4. *L'écu d'or* (cf. chap. XLVI) valait moins que le *salus,* soit environ 11 francs-or. Grandgousier ne risque pas de manquer de *pecunes!*

5. *Aventuriers;* cf. chap. XXVI, note 14.

CHAPITRE XLVII

Comment Grandgousier manda querir ses legions,
et comment Toucquedillon tua Hastiveau,
puis fut tué par le commandement de Picrochole.

EN ces mesmes jours, ceulx de Bessé, du Marché
Vieux, du bourg Sainct Jacques, du Trainneau, de
Parillé, de Riviere, des Roches Sainct Paoul, du Vaubreton, de Pautille, du Brehemont, du Pont de Clam,
de Cravant, de Grandmont, des Bourdes, de La Ville
au Mère, de Huymes, de Sergé, de Hussé, de Sainct
Louant, de Panzoust, des Coldreaux, de Verron, de
Coulaines, de Chosé, de Varenes, de Bourgueil, de
l'Isle Boucard, du Croulay, de Narsy, de Cande, de
Montsoreau[1] et aultres lieux confins, envoierent devers
Grandgousier ambassades pour luy dire qu'ilz estoient
advertis des tordz que luy faisoit Picrochole, et, pour[2] leur
ancienne confederation[3], ilz luy offroient tout leur povoir,
tant de gens que d'argent et aultres munitions de guerre.

L'argent de tous montoit, par les pactes qu'ilz luy
avoient, six vingt quatorze millions deux escuz et
demy d'or[4]. Les gens estoient quinze mille hommes
d'armes, trente et deux mille chevaux legiers, quatre
vingtz neuf mille harquebousiers, cent quarante mille
adventuriers[5], unze mille deux cens canons, doubles
canons, basilicz et spiroles[6], pionniers[7] quarante sept

6. cf. chap. XXVI, note 16. Les *spiroles* sont de petites couleuvrines.

7. Les *pionniers* étaient les servants des pièces d'artillerie.

8. *Ayant reçu solde et ravitaillement.*

9. Cette énumération comporte un élément de réalité (elle correspond aux diverses formations de l'armée au XVIe s.) et une part de gigantisme épique : c'est la réplique, en plus grand, de l'armée de Picrochole, au chap. XXVI.

10. *Organiserait.*

11. *Artifice, procédé.*

12. *Embarrasser.*

13. Terme technique : François Ier, incorporant les milices communales dans l'infanterie, créa sept *légions* de 6 000 hommes, qui constituèrent les premiers régiments d'infanterie permanents, *« pour avoir toujours des gens prêts »*, d'après l'historien La Noue.

14. Rappel des principales propriétés de famille : *La Devinière,* maison natale de Rabelais; *Chavigny,* commune de Varennes-sous-Montsoreau, était un « chastel et maison noble » appartenant à la mère de Rabelais; *Gravot,* hameau de Bourgueil, et Quinquenays, hameau près du château de Chinon comptaient vraisemblablement des terres des Rabelais.

15. Terme militaire : unité tactique de l'infanterie, rangée sous une *enseigne.*

16. *Trésoriers.*

17. *A la marche de.*

18. *Libres* (latin : *expeditus,* soldat armé à la légère).

19. *Entente.*

20. *Profit.*

21. Toucquedillon reprend l'argumentation de Grandgousier.

mille; le tout souldoyé et avitaillé[8] pour six moys et quatre jours[9]. Lequel offre Gargantua ne refusa ny accepta du tout; mais grandement les remerciant, dist qu'il composeroit[10] ceste guerre par tel engin[11] que besoing ne seroit tant empescher[12] de gens de bien. Seulement envoya qui ameneroit en ordre les legions[13], lesquelles entretenoit ordinairement en ses places de La Deviniere, de Chaviny, de Gravot et Quinquenays[14], montant en nombre deux mille cinq cens hommes d'armes, soixante et six mille hommes de pied, vingt et six mille arquebuziers, deux cens grosses pieces d'artillerye, vingt et deux mille pionniers et six mille chevaulx legiers, tous par bandes[15], tant bien assorties de leurs thesauriers[16], de vivandiers, de mareschaulx, de armuriers et aultres gens necessaires au trac[17] de bataille, tant bien instruictz en art militaire, tant bien armez, tant bien recongnoissans et suivans leurs enseignes, tant soubdains à entendre et obeir à leurs capitaines, tant expediez[18] à courir, tant fors à choquer, tant prudens à l'adventure, que mieulx ressembloient une harmonie d'orgues et concordance d'horologe q'une armée ou gensdarmerie.

Toucquedillon, arrivé, se presenta à Picrochole et luy compta au long ce qu'il avoit et faict et veu. A la fin conseilloit, par fortes parolles, qu'on feist apoinctement[19] avecques Grandgousier, lequel il avoit esprouvé le plus homme de bien du monde, adjoustant que ce n'estoit ny preu[20] ny raison molester ainsi ses voisins, desquelz jamais n'avoient eu que tout bien[21], et, au reguard du principal, que jamais ne sortiroient de ceste entreprinse que à leur grand dommaige et malheur, car la puissance de Picrochole n'estoit telle que aisement ne les peust Grandgousier mettre à sac. Il n'eust achevé ceste parolle que Hastiveau dist tout hault :

« Bien malheureux est le prince qui est de telz gens servy, qui tant facilement sont corrompuz, comme je

22. *Cœur.*

23. Peut-être : coloré par le sang d'Hastiveau, mais on se rappelle que la *belle épée de Vienne,* offerte par Grand-gousier, avait un fourreau avec « *belles vignettes d'orfèverie* » (chap. XLVI).

24. *Arme.*

25. *Grippe-Pineau,* l'amateur de vin.

26. *Affermis en leur cœur.*

27. *Sorties.*

28. Ancien dicton; les marchands ambulants criaient les « *anguilles de Melun* » dans les rues de Paris.

congnoys Toucquedillon, car je voy son couraige[22] tant changé que voluntiers se feust adjoinct à noz ennemys pour contre nous batailler et nous trahir, s'ilz l'eussent voulu retenir; mais, comme vertus est de tous, tant amys que ennemys, louée et estimée, aussi meschanceté est tost congneue et suspecte, et, posé que d'icelle les ennemys se servent à leur profit, si ont ilz tousjours les meschans et traistres en abhomination. »

A ces parolles, Toucquedillon, impatient, tyra son espée et en transperça Hastiveau un peu au dessus de la mammelle guauche, dont mourut incontinent; et, tyrant son coup du corps, dist franchement :

« Ainsi perisse qui feaulx serviteurs blasmera! »

Picrochole soubdain entra en fureur et, voyant l'espée et fourreau tant diapré[23], dist :

« Te avoit on donné ce baston[24] pour en ma presence tuer malignement mon tant bon amy Hastiveau? »

Lors commenda à ses archiers qu'ilz le meissent en pièces, ce que feut faict sus l'heure tant cruellement que la chambre estoit toute pavée de sang; puis feist honorablement inhumer le corps de Hastiveau, et celluy de Toucquedillon getter par sus les murailles en la vallée.

Les nouvelles de ces oultraiges feurent sceues par toute l'armée, dont plusieurs commencerent murmurer contre Picrochole, tant que Grippepinault[25] luy dist :

« Seigneur, je ne sçay quelle yssue sera de ceste entreprinse. Je voy voz gens peu confermés en leurs couraiges[26]. Ilz considerent que sommes icy mal pourveuz de vivres, et là beaucoup diminuez en nombre par deux ou troys yssues[27]. Davantaige, il vient grand renfort de gens à voz ennemys. Si nous sommes assiegez une foys, je ne voy poinct comment ce ne soit à nostre ruyne totale.

— Bren, bren! dist Picrochole; vous semblez les anguilles de Melun : vous criez davant qu'on vous escorche[28]. Laissés les seulement venir. »

1. Dans sa principale place forte, c'est-à-dire, en fait La Devinière.

2. Cette opinion est celle des historiens latins à l'égard des Gaulois (cf. Tite-Live, livre X, 28); Rabelais l'a sans doute empruntée à Érasme qui la rapporte dans ses *Apophtegmes*, VI, *Varie mixta*, 100.

3. *Champ*.

4. *Réserves* (latin *subsidium*).

5. *Enseignes* ou *bandes*.

6. Frère Jean prend à revers Picrochole — *Le Puy* : aujourd'hui, Peux-Girard; le grand chemin est celui de Loudun à Chinon.

CHAPITRE XLVIII

Comment Gargantua assaillit Picrochole dedans
La Roche Clermaud, et defist l'armée dudict Picrochole.

GARGANTUA eut la charge totale de l'armée. Son
pere demoura en son fort[1], et, leur donnant couraige
par bonnes parolles, promist grandz dons à ceulx qui
feroient quelques prouesses. Puis gaignerent le gué
de Vede et, par basteaulx et pons legierement faictz,
passerent oultre d'une traicte. Puis, considerant
l'assiete de la ville, que estoit en lieu hault et adven-
tageux, delibera celle nuyct sus ce qu'estoit de faire.
Mais Gymnaste luy dist :

« Seigneur, telle est la nature et complexion des
Françoys que ilz ne valent que à la premiere poincte.
Lors ils sont pires que diables, mais, s'ilz sejournent,
ilz sont moins que femmes[2]. Je suis d'advis que à l'heure
presente, après que voz gens auront quelque peu res-
piré et repeu, faciez donner l'assault. »

L'advis feut trouvé bon. Adoncques produict toute
son armée en plain camp[3], mettant les subsides[4] du
cousté de la montée. Le moyne print avecques luy six
enseignes[5] de gens de pied et deux cens hommes d'armes,
et en grande diligence traversa les marays, et gaingna au
dessus le Puy jusques au grand chemin de Loudun[6].

7. *Coteaux.*

8. *Farouchement.*

9. *Rangs.*

10. *Jetés.*

11. *Ne se présentant à la rencontre.*

12. Le Prudent (du grec φροντιστής).

13. Le Respectable (du grec σεβαστός). Les chefs de Grand-gousier ont des noms symbolisant des vertus, alors que ceux de Picrochole ont des surnoms satiriques.

14. *Face à face.*

15. *Dispersés.*

16. *Rappelée.*

Ce pendent l'assault continuoit. Les gens de Picrochole ne sçavoient si le meilleur estoit sortir hors et les recepvoir, ou bien guarder la ville sans bouger. Mais furieusement sortit avecques quelque bande d'hommes d'armes de sa maison, et là feut receu et festoyé à grandz coups de canon qui gresloient devers les coustaux[7], dont les Gargantuistes se retirent au val pour mieulx donner lieu à l'artillerye. Ceulx de la ville defendoient le mieulx que povoient, mais les traictz passoient oultre par dessus sans nul ferir. Aulcuns de la bande, saulvez de l'artillerie, donnerent fierement[8] sus noz gens, mais peu profiterent, car tous feurent repceuz entre les ordres[9], et là ruez[10] par terre. Ce que voyans, se vouloient retirer; mais ce pendent le moyne avoit occupé le passaige, par quoy se mirent en fuyte sans ordre ny maintien. Aulcuns vouloient leur donner la chasse, mais le moyne les retint, craignant que, suyvant les fuyans, perdissent leurs rancz et que sus ce poinct ceulx de la ville chargeassent sus eulx. Puis, attendant quelque espace et nul ne comparant[11] à l'encontre, envoya le duc Phrontiste[12] pour admonnester Gargantua à ce qu'il avanceast pour gaigner le cousteau à la gauche, pour empescher la retraicte de Picrochole par celle porte. Ce que feist Gargantua en toute diligence, et y envoya quatre legions de la compaignie de Sebaste[13]; mais si tost ne peurent gaigner le hault qu'ilz ne rencontrassent en barbe[14] Picrochole et ceulx qui avecques luy s'estoient espars[15]. Lors chargerent sus roiddement, toutesfoys grandement feurent endommaigez par ceulx qui estoient sus les murs, en coupz de traict et artillerie. Quoy voyant, Gargantua en grande puissance alla les secourir et commença son artillerie à hurter sus ce quartier de murailles, tant que toute la force de la ville y feut revocquée[16].

Le moyne, voyant celluy cousté, lequel il tenoit

17. *Dégarni.*

18. *Surviennent à l'improviste.*

19. *Il n'attaqua.*

20. Les cris des assaillants augmentent la panique des assiégés.

21. Le sujet de *se rendirent* est évidemment : les troupes de Picrochole.

22. Cette bataille a donné lieu à des études d'Albert Rossi, *Rabelais écrivain militaire,* 1892; du colonel de La Barre-Duparcq, *Rabelais stratégiste;* de Gigon, *l'Art militaire dans Rabelais* (R. E. R., tome V). La stratégie de Gargantua n'a rien de compliqué, et tient seulement compte de la topographie, bien connue de Rabelais.

assiegé, denué[17] de gens et guardes, magnanimement
tyra vers le fort et tant feist qu'il monta sus luy, et
aulcuns de ses gens, pensant que plus de crainte et
de frayeur donnent ceulx qui surviennent à un
conflict[18] que ceulx qui lors à leur force combattent.
Toutesfoys ne feist oncques effroy[19] jusques à ce que
tous les siens eussent guaigné la muraille, excepté les
deux cens hommes d'armes qu'il laissa hors pour les
hazars. Puis s'escria horriblement[20], et les siens ensemble, et sans resistence tuerent les guardes d'icelle
porte et la ouvrirent es hommes d'armes, et en toute
fiereté coururent ensemble vers la porte de l'Orient, ou
estoit le desarroy, et par derriere renverserent toute
leur force. Voyans les assiegez de tous coustez et les
Gargantuistes avoir gaigné la ville, se rendirent au
moyne à mercy[21]. Le moyne leurs feist rendre les bastons et armes, et tous retirer et reserrer par les
eglises, saisissant tous les bastons des croix et commettant gens es portes pour les garder de yssir; puis,
ouvrant celle porte orientale, sortit au secours de
Gargantua.

Mais Picrochole pensoit que le secours luy venoit
de la ville, et par oultrecuidance se hazarda plus que
devant, jusques à ce que Gargantua s'escrya :

« Frere Jean, mon amy, Frere Jean, en bon heure,
soyez venu. »

Adoncques, congnoissant Picrochole et ses gens que
tout estoit desesperé, prindrent la fuyte en tous endroictz. Gargantua les poursuyvit jusques près Vaugaudry, tuant et massacrant, puis sonna la retraicte[22].

1. Cf. chap. xlvii.

2. La stupidité de Picrochole le fait se priver de son seul moyen de fuir; *chole* (bile, colère) rappelle le nom symbolique de l'adversaire de Gargantua.

3. *Souquenille,* sorte de sarrau avec pèlerine : vêtement de paysan et non de seigneur!

4. Village sur l'Indre, près d'Azay-le-Rideau.

5. *Sorcière.*

6. Employé tantôt au sens de coquillage et tantôt au sens d'oiseau. Le sens de la locution équivaut à peu près à « quand les poules auront des dents ».

7. *Gagne-petit.* Dans le *Pantagruel* (chap. xxx, p. 381), Épistémon voit qu'aux Enfers *« Tous les chevaliers de la Table Ronde estoyent pauvres gaingnedeniers... »;* Au chapitre xxxi du *Pantagruel,* le roi Anarche, vaincu par Pantagruel, est fait *« cryeur de saulce vert ».*

8. *S'informe.*

CHAPITRE XLIX

Comment Picrochole fuiant feut surprins de males
fortunes, et ce que feit Gargantua après la bataille.

PICROCHOLE, ainsi desesperé, s'en fuyt vers l'Isle
Bouchart, et au chemin de Riviere[1] son cheval brun-
cha par terre, à quoy tant feut indigné que de son
espée le tua en sa chole[2]. Puis, ne trouvant personne
qui le remontast, voulut prendre un asne du moulin
qui là auprès estoit; mais les meusniers le meurtrirent
tout de coups et le destrousserent de ses habillemens,
et luy baillerent pour soy couvrir une meschante
sequenye[3].

Ainsi s'en alla le pauvre cholericque; puis, passant
l'eau au Port Huaux[4] et racontant ses males fortunes,
feut advisé par une vieille lourpidon[5] que son royaulme
luy seroit rendu à la venue des cocquecigrues[6]. Depuis
ne sçait on qu'il est devenu. Toutesfoys l'on m'a
dict qu'il est de present pauvre gaignedenier[7] à Lyon,
cholere comme davant, et tousjours se guemente[8] à
tous estrangiers de la venue des cocquecigrues, espe-
rant certainement, scelon la prophetie de la vieille,
estre à leur venue reintegré à son royaulme.

Après leur retraicte, Gargantua premierement recensa
les gens et trouva que peu d'iceulx estoient peryz en

9. *L'audacieux* du grec τολμηρός).

10. Ponocrates, le précepteur de Gargantua est seulement blessé.

11. *Se restaurer.*

12. *Dans sa formation.*

13. *Rassembler.*

14. *Du parti.*

la bataille, sçavoir est quelques gens de pied de la bande du capitaine Tolmere[9], et Ponocrates qui avoit un coup de harquebouze en son pourpoinct[10]. Puis les feist refraischer[11], chascun par sa bande[12], et commanda es thesauriers que ce repas leur feust defrayé et payé et que l'on ne feist oultrage quelconques en la ville, veu qu'elle estoit sienne, et après leur repas ilz comparussent en la place davant le chasteau, et là seroient payez pour six moys; ce que feut faict. Puis feist convenir[13] davant soy en ladicte place tous ceulx qui là restoient de la part[14] de Picrochole, esquelz, presens tous ses princes et capitaines, parla comme s'ensuyt :

1. *Harangue.*

2. *Commémoratif.*

3. *En leur faisant grâce;* le terme est repris plus bas : *par libéralité.*

4. *Muette.*

5. L'opposition entre les arcs de triomphe, les temples, les autels sujets à la destruction, et la gloire immortelle est inspirée du *Panégyrique de Trajan,* LV, de Pline le Jeune.

6. A Saint-Aubin-du-Cormier, La Tremoille, pour le compte du roi de France, écrasa l'armée du duc de Bretagne, François II, et captura le duc d'Orléans, le futur Louis XII (1488). Il a déjà été question de cette bataille mémorable au chap. XXXI, dans la harangue de Gallet à Picrochole.

7. Allusion à la prise de Parthenay (1487) par Charles VIII; le roi épargna la garnison et se contenta de démanteler les remparts. Dans ce chapitre, Grandgousier ne représente plus Antoine Rabelais, mais Charles VIII, Gargantua étant assimilé à Louis XII. Les géants de Rabelais ont une large disponibilité symbolique.

8. « *Espagnole* », nom donné par Christophe Colomb à Haïti. Les Haïtiens n'ont jamais attaqué la Vendée, on s'en doute; à moins que les *barbares de Spagnola* ne soient tout simplement les Espagnols, qui ne se privaient pas de faire des raids sur les côtes françaises.

9. *Dépeuplé.*

10. *Les frontières maritimes* des Sables-d'Olonne et de Talmont (en Vendée).

11. *Félicitations.*

12. Nom imaginaire formé sur le modèle des héros antiques, Annibal, Hasdrubal, etc... Il a déjà été souvent question du *royaume des Canarres* (les Canaries?) dans le *Pantagruel* (chap. XI, XXIII, XXIV) et dans le *Gargantua* (chap. XIII, XXXI).

13. *L'Aunis.*

14. *Piraterie.*

CHAPITRE L

La contion[1] que feist Gargantua es vaincus.

« Nos peres, ayeulx et ancestres de toute memoyre ont esté de ce sens et ceste nature que des batailles par eulx consommées ont, pour signe memorial[2] des triumphes et victoires, plus voluntiers erigé trophées et monumens es cueurs des vaincuz par grace[3] que, es terres par eulx conquestées, par architecture : car plus estimoient la vive souvenance des humains acquise par liberalité que la mute[4] inscription des arcs, colomnes et pyramides, subjecte es calamitez de l'air et envie d'un chascun[5].

« Souvenir assez vous peut de la mansuetude dont ilz userent envers les Bretons à la journée de Sainct Aubin du Cormier[6] et à la demolition de Parthenay[7]. Vous avez entendu et, entendent, admirez le bon traictement qu'il feirent es barbares de Spagnola[8], qui avoient pillé, depopulé[9] et saccaigé les fins maritimes de Olone et Thalmondoys[10].

« Tout ce ciel a esté remply des louanges et gratulations[11] que vous mesmes et vos peres feistes lorsque Alpharbal[12], roy de Canarre, non assovy de ses fortunes, envahyt furieusement le pays de Onys[13], exercent la piraticque[14] en toutes les isles Armoricques et regions confines. Il feut en juste bataille navale prins et vaincu de mon pere, auquel Dieu soit garde et pro-

383

15. *Tandis que*.

16. Allusion possible à la captivité de François Ier, après la défaite de Pavie (1525). Charles Quint portait le titre de « roi catholique ».

17. *Services*.

18. *Navires de transport*.

19. *Ouest-Nord-Est*.

20. On sait combien les *épices* étaient recherchées au XVIe s.

21. *Perroquets*.

22. Petit carnivore, voisin de la civette, qui existait au sud de la Loire, et était utilisé au Moyen Age pour la destruction des souris. La *genette* figure dans les animaux de la tapisserie de la *Dame à la Licorne*.

23. *Extraordinaire*.

24. *Au contraire*.

25. *Amicalement* (latinisme : *socialiter*).

26. *Esclave* (latinisme : *mancipium*).

tecteur. Mais quoy? Au cas que[15] les aultres roys et empereurs, voyre qui se font nommer catholicques, l'eussent miserablement traicté, durement emprisonné et rançonné extremement[16], il le traicta courtoisement, amiablement, le logea avecques soy en son palays, et par incroyable debonaireté le renvoya en saufconduyt, chargé de dons, chargé de graces, chargé de toutes offices[17] d'amytié. Qu'en est il advenu? Luy, retourné en ses terres, feist assembler tous les princes et estatz de son royaulme, leurs exposa l'humanité qu'il avoit en nous congneu, et les pria sur ce deliberer en façon que le monde y eust exemple, comme avoit jà en nous de gracieuseté honeste, aussi en eulx de honesteté gracieuse. Là feut decreté par consentement unanime que l'on offreroit entierement leurs terres, dommaines et royaulme, à en faire selon nostre arbitre. Alpharbal, en propre personne, soubdain retourna avecques neuf mille trente et huyt grandes naufzs oneraires[18], menant non seulement les thesors de sa maison et lignée royale, mais presque de tout le pays; car, soy embarquant pour faire voille au vent vesten Nordest[19], chascun à la foulle gettoit dedans icelle or, argent, bagues, joyaulx, espiceries[20], drogues et odeurs aromaticques, papegays[21], pelicans, guenons, civettes, genettes[22], porcz espicz. Poinct n'estoit filz de bonne mere reputé qui dedans ne gettast ce que avoit de singulier[23]. Arrivé que feut, vouloit baiser les piedz de mondict pere; le faict fut estimé indigne et ne feut toleré, ains[24] fut embrassé socialement[25]. Offrit ses presens; ilz ne feurent receupz par trop estre excessifz. Se donna mancipe[26] et serf voluntaire, soy et sa posterité; ce ne feut accepté par ne sembler equitable. Ceda par le decret des estatz ses terres et royaulme, offrant la transaction et transport, signée, scellé et ratifié de tous ceulx qui faire le debvoient; ce feut totalement refusé, et les contractz gettés au feu. La fin

27. *Le bon procédé.*

28. La générosité réciproque de Gargantua et d'Alpharbal cache peut-être une leçon d'humanité aux Espagnols, qui se montraient impitoyables pour les indigènes d'Amérique (cf. aussi Montaigne, *Des coches,* III, vı). Dans tout ce passage, géographie réelle, tirée de Grynaeus, *Novus orbis regionum ac insularum veteribus incognitarum,* Bâle, 1532, et fantaisie s'entremêlent. Alex. Cioranescu (*H. et R.,* tome XXV, 1963) voit dans ce chapitre l' « embryon du thème du « Bon sauvage. »

29. *Otages.*

30. Ce que fit précisément Charles Quint à l'égard de François Iᵉʳ. Les princes français, prisonniers à Madrid, répondirent de leur père après sa libération.

31. Le *carat* représentait la 24ᵉ partie du denier, qui servait à évaluer le titre de l'or; 24 *carats* équivaut à l'or pur.

32. *Empêcher.*

33. *Souvenir.*

34. *De plus.*

35. *Sûreté.*

feut que mon dict pere commença lamenter de pitié et pleurer copieusement, considerant le franc vouloir et simplicité des Canarriens, et par motz exquis et sentences congrues diminuoit le bon tour[27] qu'il leur avoit faict, disant ne leur avoir faict bien qui feut à l'estimation d'un bouton, et, si rien d'honnesteté leur avoir monstré, il estoit tenu de ce faire[28]. Mais tant plus l'augmentoit Alpharbal. Quelle feut l'yssue? En lieu que pour sa rançon, prinze à toute extrémité, eussions peu tyrannicquement exiger vingt foys cent mille escutz et retenir pour houstaigers[29] ses enfans aisnez[30], ilz se sont faictz tributaires perpetuelz et obligez nous bailler par chascun an deux millions d'or affiné à vingt quatre karatz[31]. Ilz nous feurent l'année premiere icy payez; la seconde, de franc vouloir, en paierent xxiij cens mille escuz, la tierce xxvj cens mille, la quarte troys millions, et tant tousjours croissent de leur bon gré que serons contrainctz leurs inhiber[32] de rien plus nous apporter. C'est la nature de gratuité, car le temps, qui toutes choses ronge et diminue, augmente et accroist les bienfaictz, parce q'un bon tour liberalement faict à l'homme de raison croist continuellement par noble pensée et remembrance[33].

« Ne voulant doncques aulcunement degenerer de la debonnaireté hereditaire de mes parens, maintenant je vous absoluz et delivre, et vous rends francs et liberes comme par avant. D'abondant[34], serez à l'yssue des portes payez, chascun pour troys moys, pour vous pouvoir retirer en voz maisons et familles, et vous conduiront en saulveté[35] six cens hommes d'armes et huyct mille hommes de pied, soubz la conduicte de mon escuyer Alexandre, affin que par les paisans ne soyez oultragez. Dieu soit avecques vous!

« Je regrette de tout mon cueur que n'est icy Picrochole, car je luy eusse donné à entendre que sans mon vouloir, sans espoir de accroistre ny mon bien ny mon

36. *Complètement perdu.*

37. Redondance : *disparu.* Dans le chapitre précédent, Picrochole passe pour s'être réfugié à Lyon, étant devenu un *« pauvre gaignedenier. »*

38. *Précepteur en chef.* Ponocrates a fait ses preuves près de Gargantua.

39. *Sans énergie.*

40. Souvenir de la Bible.

41. *Général en chef* (latin : *imperator*).

42. *Supérieur;* cet éloge de César est inspiré de Cicéron, (*Pro Ligaris,* 12).

43. *En certains cas :* Vercingétorix fut victime de cette rigueur.

44. Gargantua, aussi prudent que généreux, entend punir les mauvais conseillers de Picrochole. La satire des courtisans, qui égarent le roi par leurs flatteries, est fréquente chez les écrivains du xvie siècle (cf. Ronsard, *Institution pour le roi Charles IX;* d'Aubigné, *Les Tragiques.*)

nom, estoit faicte ceste guerre. Mais, puis qu'il est esperdu[36] et ne sçayt on où ny comment est esvanouy[37], je veulx que son royaulme demeure entier à son filz, lequel, parce qu'est par trop bas d'eage (car il n'a encores cinq ans accomplyz), sera gouverné et instruict par les anciens princes et gens sçavans du royaulme. Et, par autant q'un royaulme ainsi desolé seroit facilement ruiné, si on ne refrenoit la convoytise et avarice des administrateurs d'icelluy, je ordonne et veux que Ponocrates soit sus tous ses gouverneurs entendant[38] avecques auctorité à ce requise, et assidu avecques l'enfant jusques à ce qu'il le congnoistra idoine de povoir par soy regir et regner.

« Je considere que facilité trop enervée[39] et dissolue de pardonner es malfaisans leur est occasion de plus legierement derechief mal faire, par ceste pernicieuse confiance de grace.

« Je considere que Moyse, le plus doulx homme qui de son temps feust sus la terre[40], aigrement punissoit les mutins et séditieux au peuple de Israel.

« Je considere que Jules Cesar, empereur[41] tant debonnaire que de luy dict Ciceron que sa fortune rien plus souverain[42] n'avoit sinon qu'il pouvoit, et sa vertus meilleur n'avoit sinon qu'il vouloit tousjours sauver et pardonner à un chascun; icelluy toutesfois, ce non obstant, en certains endroictz[43] punit rigoureusement les aucteurs de rebellion.

« A ces exemples je veulx que me livrez[44] avant le departir : premierement ce beau Marquet, qui a esté source et cause premiere de ceste guerre par sa vaine oultrecuidance; secondement ses compaignons fouaciers, qui feurent negligens de corriger sa teste folle sus l'instant; et finablement tous les conseillers, capitaines, officiers et domestiques de Picrochole, lesquelz le auroient incité, loué ou conseillé de sortir ses limites pour ainsi nous inquieter. »

1. *Vainqueurs*.

2. Conseillers de Picrochole (cf. chap. XXXIII).

3. Le *Col d'Agnello* (Alpes-Maritimes), par où était passée l'armée de François Ier, victorieuse à Marignan (1515).

4. *Logroño*, dans la Navarre espagnole.

5. Les Humanistes ne manquent jamais de célébrer l'invention de l'imprimerie (cf. *Pantagruel*, chap. VIII).

6. Ces lieux-dits n'ont pas été identifiés.

7. *Blessés*.

8. *Hôpital* : c'est le seul emploi du mot latin *nosocomium* dans Rabelais.

9. *Dommages*.

CHAPITRE LI

Comment les victeurs[1] Gargantuistes feurent
recompensez après la bataille.

CESTE concion faicte par Gargantua, feurent livrez
les seditieux par luy requis, exceptez Spadassin, Merdaille et Menuail[2], lesquelz estoient fuyz six heures
davant la bataille, l'un jusques au col de Laignel[3],
d'une traicte, l'aultre jusques au val de Vyre, l'aultre
jusques à Logroine[4], sans derriere soy reguarder ny
prandre alaine par chemin, et deux fouaciers, lesquelz
perirent en la journée. Aultre mal ne leurs feist Gargantua, sinon qu'il les ordonna pour tirer les presses à
son imprimerie, laquelle il avoit nouvellement instituée[5].

Puis ceulx qui là estoient mors il feist honorablement inhumer en la vallée des Noirettes et au camp
de Bruslevieille[6]. Les navrés[7] il feist panser et traicter
en son grand nosocome[8]. Après advisa es dommaiges
faictz en la ville et habitans, et les feist rembourcer de
tous leurs interestz[9] à leur confession et serment, et
y feist bastir un fort chasteau, y commettant gens et
guet pour à l'advenir mieulx soy defendre contre les
soubdaines esmeutes.

Au departir, remercia gratieusement tous les soub-

10. *Soldats* (sans nuance péjorative).

11. *La dixième légion :* cette locution, tirée de l'armée romaine, a le sens de *troupe d'élite.*

12. *Assuérus :* d'après la Bible (Livre d'Esther, Assuérus donna un festin qui dura 180 jours.

13. *Petits pots.*

14. *Coupes.*

15. *Vases.*

16. *Pots à fleurs* (cf. *violettes*).

17. *Comptant.*

18. *Héritiers.*

19. Château près de Richelieu. Le capitaine *Tolmere* (l'*Audacieux*) est cité au début du chap. XLIX.

20. *Ithybole :* le *Direct* (qui va en ligne droite).

21. L'*Infatigable.*

22. Toutes ces localités du Chinonais ont été citées au début du chap. XLVII.

23. *Chironaicte : Le travailleur des mains ; Sebaste :* le *Vénérable ; Sophrone :* le *Tempérant.* Tous ces noms de capitaines sont tirés du grec. Leur symbolisme fictif fait contraste avec la réalité des noms de villes.

dars[10] de ses legions qui avoient esté à ceste defaicte, et les renvoya hyverner en leurs stations et guarnisons, exceptez aulcuns de la legion decumane[11], lesquelz il avoit veu en la journée faire quelques prouesses, et les capitaines des bandes, lesquelz il amena avecques soy devers Grandgousier.

A la veue et venue d'iceulx, le bon homme feut tant joyeux que possible ne seroit le descripre. Adonc leur feist un festin, le plus magnificque, le plus abundant et plus delitieux que feust veu depuis le temps du roy Assuere[12]. A l'issue de table, il distribua à chascun d'iceulx tout le parement de son buffet, qui estoit au poys de dis huyt cent mille quatorze bezans d'or en grands vases d'antique, grands poutz, grans bassins, grands tasses, couppes, potetz[13], candelabres, calathes[14], nacelles[15], violiers[16], drageouoirs et aultre telle vaisselle, toute d'or massif, oultre la pierrerie, esmail et ouvraige, qui, par estime de tous, excedoit en pris la matiere d'iceulx. Plus, leurs feist comter de ses coffres à chascun douze cens mille escutz contens[17], et d'abundant à chascun d'iceulx donna à perpetuité (excepté s'ilz mouroient sans hoirs[18]) ses chasteaulx et terres voizines, selon que plus leurs estoient commodes[1] : à Ponocrates donna La Roche Clermaud, à Gymnaste Le Couldray, à Eudemon Montpensier, Le Rivau[19] à Tolmere, à Ithybole[20] Montsoreau, à Acamas[21] Cande[22], Varenes à Chironacte[23], Gravot à Sebaste, Quinquenays à Alexandre, Ligré à Sophrone, et ainsi de ses aultres places.

1. Sans doute nom symbolique : *Abbaye du Bon Vouloir* (?), du grec θέλημα, volonté, ou bien souvenir de la nymphe Thélémia.

2. Abbaye bénédictine, près de Saumur; comme celle de Bourgueil, elle était fort riche.

3. *Conviendrait.*

4. *Selon mon plan.*

5. Rabelais situe l'abbaye de Thélème entre l'Indre, le vieux Cher et la Loire.

6. *Couvent.*

CHAPITRE LII

Comment Gargantua feist bastir pour le moyne l'abbaye de Theleme[1].

Restoit seulement le moyne à pourvoir, lequel Gargantua vouloit faire abbé de Seuillé, mais il le refusa. Il luy voulut donner l'abbaye de Bourgueil ou de Sainct Florent[2], laquelle mieulx luy duiroit[3], ou toutes deux s'il les prenoit à gré; mais le moyne luy fist responce peremptoire que de moyne il ne vouloit charge ny gouvernement :

« Car comment (disoit il) pourroy je gouverner aultruy, qui moy mesmes gouverner ne sçaurois? Si vous semble que je vous aye faict et que puisse à l'advenir faire service agreable, oultroyez moy de fonder une abbaye à mon devis[4]. »

La demande pleut à Gargantua, et offrit tout son pays de Theleme, jouste la riviere de Loyre, à deux lieues de la grande forest du Port Huault[5], et requist à Gargantua qu'il instituast sa religion[6] au contraire de toutes aultres.

« Premierement doncques (dist Gargantua) il n'y fauldra jà bastir murailles au circuit, car toutes aultres abbayes sont fierement murées.

— Voyre (dist le moyne), et non sans cause : où

395

7. *Mutuelle*.

8. *Avec soin*.

9. Le développement des horloges (xiiie-xive s.) est lié aux règles monastiques : grâce aux horloges, la répartition des offices était méthodique et régulière. D'où l'aversion de Gargantua pour cette mécanique à mesurer le temps.

10. *Cadran solaire*.

11. *Folie*.

12. *Ordre*.

13. *Difformes*.

14. Une gêne pour leur famille.

15. « *A quoi vaut-elle ?* » Mais *telle* et *toile* se prononçaient de la même façon; d'où le jeu de mots de Frère Jean : « *à faire des chemises* ».

16. *A la dérobée*.

17. *D'épreuve* (le noviciat). C'est le contraire des règles conventuelles. L'abbaye de Thélème suit les lois naturelles corrigées par les usages de la vie de cour. La naissance et l'éducation suffisent à faire respecter une discipline volontaire, alors que moines et nonnes, (d'après Rabelais) ne pensaient qu'à s'affranchir des contraintes de leur ordre.

mur y a et davant et derriere, y a force murmur, envie et conspiration mutue[7]. »

Davantaige, veu que en certains conventz de ce monde est en usance que, si femme aulcune y entre (j'entends des preudes et pudicques), on nettoye la place par laquelle elles ont passé, feut ordonné que, si religieux ou religieuse y entroit par cas fortuit, on nettoiroit curieusement[8] tous les lieulx par lesquelz auroient passé. Et parce que es religions de ce monde tout est compassé, limité et reiglé par heures, feut decreté que là ne seroit horrologe[9] ny quadrant[10] aulcun, mais selon les occasions et oportunitez seroient toutes les œuvres dispensées; car (disoit Gargantua) la plus vraye perte du temps qu'il sceust estoit de compter les heures — quel bien en vient il? — et la plus grande resverie[11] du monde estoit soy gouverner au son d'une cloche, et non au dicté[12] de bon sens et entendement. Item, parce qu'en icelluy temps on ne mettoit en religion des femmes sinon celles que estoient borgnes, boyteuses, bossues, laydes, defaictes, folles, insensées, maleficiées[13] et tarées, ny les hommes, sinon catarrez, mal nez, niays et empesche de maison[14]...

« A propos (dist le moyne), une femme, qui n'est ny belle ny bonne, à quoy vault toille[15]?

— A mettre en religion, dist Gargantua.

— Voyre (dist le moyne), et à faire des chemises. »

Feut ordonné que là ne seroient repceues sinon les belles, bien formées et bien naturées, et les beaulx, bien formez et bien naturez.

Item, parce que es conventz des femmes ne entroient les hommes sinon à l'emblée[16] et clandestinement, feut decreté que jà ne seroient là les femmes au cas que n'y feussent les hommes, ny les hommes en cas que n'y feussent les femmes.

Item, parce que tant hommes que femmes, une foys repceuez en religion, après l'an de probation[17]

estoient forcez et astrinctz y demeurer perpetuellement leur vie durante, feust estably que tant hommes que femmes là repceuz sortiroient quand bon leurs sembleroit, franchement et entierement.

Item, parce que ordinairement les religieux faisoient troys veuz, sçavoir est de chasteté, pauvreté et obedience, fut constitué que là honorablement on peult estre marié, que chascun feut riche et vesquist en liberté.

Au reguard de l'eage legitime, les femmes y estoient repceues depuis dix jusques à quinze ans, les hommes depuis douze jusques à dix et huict.

1. *Ravitaillement*.

2. *Comptant*.

3. Pièce d'or, valant environ 16 francs-or; cf. chap. VIII (fin), note 78.

4. La *Dive Mirebalaise*, ruisseau voisin de La Devinière, tout à fait impropre à la navigation, et *a fortiori* à procurer une recette de 1 669 mille écus; *l'écu au soleil*, frappé sous Louis XI portait un petit soleil au-dessus de la couronne.

5. Monnaie imaginaire : la *poussinière* désigna la constellation de la Pléiade. Jeu de mots analogue à celui de Rimbaud, dans *Ma Bohème :* « Mon auberge était à la Grande-Ourse ».

6. *Entretien*.

7. Monnaie d'or anglaise portant la rose d'York.

8. *Garantis*.

9. *Payables*.

10. La forme hexagonale à tours d'angle indique une architecture de transition entre le château fort du Moyen Age et le palais à l'italienne. La tour, comme le colombier, est signe de maison noble; la maison de Montaigne en avait une à chaque angle de l'enceinte; il subsiste encore celle de la « Librairie ».

11. *Figure*.

12. *Du côté du Nord*.

13. *Septentrionale* (du grec ἀρκτική).

14. *Bel air* (du grec καλός, beau, et ἀήρ, air).

15. *Orientale* (du grec ἀνατολή, orient).

16. *Méridionale* (du grec μεσημβρινή).

17. *Occidentale* (du grec ἑσπέρία).

18. *La glacée* (du grec χρυερα).

CHAPITRE LIII

Comment feust bastie et dotée l'abbaye des Thelemites.

Pour le bastiment et assortiment[1] de l'abbaye, Gargantua feist livrer de content[2] vingt et sept cent mille huyt cent trente et un moutons à la grand laine[3], et par chascun an, jusques à ce que le tout feust parfaict, assigna, sus la recepte de la Dive[4], seze cent soixante et neuf mille escuz au soleil, et autant à l'estoille poussiniere[5]. Pour la fondation et entretenement[6] d'icelle donna à perpetuité vingt troys cent soixante neuf mille cinq cens quatorze nobles à la rose[7] de rente fonciere, indemnez[8], amortyz, et solvables[9] par chascun an à la porte de l'abbaye, et de ce leurs passa belles lettres.

Le bastiment feut en figures exagone[10], en telle façon que à chascun angle estoit bastie une grosse tour ronde à la capacité de soixante pas en diametre, et estoient toutes pareilles en grosseur et protraict[11]. La riviere de Loyre decoulloit sus l'aspect de septentrion[12]. Au pied d'icelle estoit une des tours assise, nommée Artice[13], et tirant vers l'Orient, estoit une aultre nommée Calaer[14]; l'aultre ensuivant Anatole[15]; l'aultre après Mesembrine[16]; l'aultre après Hesperie[17]; la derniere Cryere[18]. Entre chascune tour estoit espace de

19. Environ 260 m.

20. Il s'agit d'un sous-sol plutôt que d'une cave véritable.

21. Le rez-de-chaussée; l'*anse de panier* est la forme de voûte en usage sous Louis XII.

22. *Recouvert de gypse de Flandre.*

23. *Les combles.*

24. L'*endossure* ou revêtement en plomb du faîte.

25. Petites figurines représentant des hommes (flamand *maneken*) ornant le faîte.

26. *Chéneaux.*

27. Les châteaux les plus célèbres de l'époque : *Bonnivet,* près de Poitiers, avait été construit entre 1513 et 1525 pour l'amiral de Bonnivet, tué à Pavie; il comportait des tours d'angle; il fut démoli en 1788 — *Chambord* fut commencé en* 1524 et terminé en 1557 — *Chantilly,* à peine terminé en 1534, fut presque entièrement rasé au xviiᵉ s. et reconstruit par Mansart, avant d'être démoli sous la Révolution.

28. Les 9 332 appartements font partie du gigantisme du roman. A noter le souci de confort, et la présence d'un oratoire dans chaque appartement, ce qui dispense de construire une église abbatiale, et incite à la dévotion particulière.

29. *Escalier à vis;* il y en a à Chambord, à Blois, à Amboise, etc.

30. *Le marbre de Numidie* est rouge, le *marbre serpentin* tacheté de rouge et de blanc sur fond vert.

31. *Palier.*

32. *Finissait.*

33. Les paliers se prolongeaient par des loggias en encorbellement, ou à l'intérieur d'une tourelle qui dominait le toit et se terminait en pavillon.

34. *Bibliothèques.* Montaigne se fait gloire d'avoir 1 000 volumes dans la sienne.

* Dans les premières éditions, *Chambord et Chantilly* ne sont pas mentionnés.

troys cent douze pas[9]. Le tout basty à six estages, comprenent les càves soubz terre pour un[20]. Le second[21] estoit voulté à la forme d'une anse de panier; le reste estoit embrunché de guy de Flandres[22] à forme de culz de lampes, le dessus[23] couvert d'ardoize fine, avec l'endousseure[24] de plomb à figures de petitz manequins[25] et animaulx bien assortiz et dorez, avec les goutieres que yssoient hors la muraille, entre les croyzées, pinctes en figure diagonale de or et azur, jusques en terre, où finissoient en grands eschenaulx[26] qui tous conduisoient en la riviere par dessoubz le logis.

Ledict bastiment estoit cent foys plus magnificque que n'est Bonivet*, ne Chambourg, ne Chantilly[27]; car en ycelluy estoient neuf mille troys cens trente et deux chambres, chascune guarnie de arriere chambre, cabinet, guarde robbe, chapelle, et yssue en une grande salle[28]. Entre chascune tour, au mylieu dudict corps de logis, estoit une viz brizée[29] dedans icelluy mesmes corps de laquelle les marches estoient part de porphyre, part de pierre Numidicque, part de marbre serpentin[30], longues de xxij : piedz; l'espesseur estoit de troys doigtz, l'assiete par nombre de douze entre chascun repous[31]. En chascun repous estoient deux beaulx arceaux d'antique par lesquelz estoit repceu la clarté, et par iceulx on entroit en un cabinet faict à clere voys, de largeur de ladicte viz. Et montoit jusques au dessus la couverture, et là finoit[32] en pavillon[33]. Par icelle viz on entroit de chascun cousté en une grande salle, et des salles es chambres.

Depuis la tour Artice jusques à Cryere estoient les belles grandes librairies[34], en Grec, Latin, Hebrieu, Françoys, Tuscan et Hespaignol[35], disparties[36] par les divers estaiges selon iceulx langaiges.

Au mylieu estoit une merveilleuse viz, de laquelle

35. Dans la lettre de Gargantua à Pantagruel (*Pantagruel,* chap. VIII), Rabelais cite le grec, l'hébreu, le chaldéen, le latin, et omet l'italien et l'espagnol. Sous les Valois, le toscan sera parlé fréquemment par les courtisans.

36. *Réparties.*

37. L'escalier à vis de Thélème est encore plus large que celui d'Amboise où peuvent passer deux cavaliers.

38. Ces galeries ornées de peintures à caractère historique sont fréquentes sous la Renaissance : à Ancy-le-Franc (Bourgogne) décoré par des élèves du Primatice, on peut encore voir des scènes inspirées de l'*Iliade* ou de l'*Enéide,* mais dont les héros sont des personnages du temps.

39. En capitales romaines.

l'entrée estoit par le dehors du logis en un arceau large de six toizes. Icelle estoit faicte en telle symmetrie et capacité que six hommes d'armes, la lance sus la cuisse, povoient de front ensemble monter jusques au dessus de tout le bastiment[37].

Depuis la tour Anatole jusques à Mesembrine estoient belles grandes galleries, toutes pinctes des antiques prouesses, histoires et descriptions de la terre[38]. Au milieu estoit une pareille montée et porte comme avons dict du cousté de la rivière. Sus icelle porte estoit escript, en grosses lettres antiques[39], ce que s'ensuit :

1. Cette « inscription » rappelle le genre poétique appelé *cri*, en usage dans les *Mystères* et *Soties,* qui invite certaines catégories de spectateurs ou en exclut d'autres. Comme dans le *Prologue* et la *Conclusion* du *Pantagruel,* Rabelais se déchaîne contre les hypocrites de toute sorte.

2. Variété de singes, d'où « grimaciers » et par suite « hypocrites »; *marmiteux :* hypocrite (employé en ce sens dans le *Roman de la Rose*).

3. *Boursouflés :* les moines sont bien gras.

4. *Cous-tordus* ou *torticolis* (cf. *Pantagruel,* chap. XXXIV).

5. Autrement dit, les *peuples sauvages.*

6. Porteurs de *haire* ou chemise de crin destinée à mortifier la chair; cf. *Tartuffe,* III, II :

« *Laurent, serrez ma haire avec ma discipline.* »

7. *Hypocrites* (du béarnais *cagot,* lépreux).

8. *Chaussés de pantoufles,* chaussures à hauts talons, faisant paraître plus grand.

9. *Gueux emmitouflés de fourrure :* opposition entre la pauvreté simulée et le luxe réel.

10. *Débauchés* (cf. *Pantagruel,* chap. XXXIV).

11. *Bafoués;* de même *befflez.*

12. *Fagoteurs d'intrigues.*

13. *Retirez-vous.*

14. L'interdiction s'adresse cette fois aux gens de justice.

15. *Mâchefoins,* c.-à-d. *insatiables.*

16. La Fontaine se souviendra de l'expression :

« Au lieu qu'on nous mange, on nous gruge,
On nous mine par des longueurs... »

(*Les Frelons et les Mouches à miel,* I, 21).

17. Juges écclésiastiques.

18. Sens possible : *à l'attache, au chenil* (?).

19. *Gibet.*

CHAPITRE LIV

Inscription mise sur la grande porte de Theleme.

Cy n'entrez pas[1], hypocrites, bigotz,
Vieulx matagotz[2], marmiteux, borsouflez[3],
Torcoulx[4], badaux, plus que n'estoient les Gotz,
Ny Ostrogotz[5] precurseurs des magotz
Haires[6], cagotz[7], caffars empantouflez[8],
Gueux mitouflez[9], frapars[10] escorniflez[11],
Befflez, enflez, fagoteurs de tabus[12];
Tirez[13] ailleurs pour vendre vos abus.

> Vos abus meschans
> Rempliroient mes camps
> De meschanceté;
> Et par faulseté
> Troubleroient mes chants
> Vous abus meschans.

Cy n'entrez pas[14], maschefains[15] practiciens,
Clers, basauchiens, mangeurs du populaire[16],
Officiaulx[17], scribes et pharisiens,
Juges anciens, qui les bons parroiciens
Ainsi que chiens mettez au capulaire[18];
Vostre salaire est au patibulaire[19].

407

20. Marot, l'ami de Rabelais, fait également le procès de la justice dans son *Épître au Roi* et dans l'*Enfer...* (1539) :

« Là sans argent pauvreté n'a raison.
Là se détruit mainte bonne maison.
Là biens, sans cause, en causes se dépendent.
Là les causeurs les causes s'entrevendent... »

21. Maintenant, au tour des usuriers et des avares.

22. *Chiches.*

23. *Gloutons,* de même *les chars.*

24. Littéralement : *Attrape-minet.* Rabelais avait d'abord donné ce nom à un capitaine de Picrochole (chap. xxvi). On retrouvera *Grippeminaud* comme archiduc des Chats-fourrés au livre V, *L'Isle sonante,* chap. xi; cf. La Fontaine, livre VII, 16, *Le Chat, la Belette et le petit Lapin :*

« *Grippeminaud, le bon apôtre...* »

25. *Frimas;* cf. chapitre xx (fin, note 38); synonyme de : *fainéants.*

26. *Bassins.*

27. *Dégoûtés.*

28. *Amassez dans vos cabas.*

29. *Aussitôt.*

30. *Raser.*

31. Dernière catégorie d'exclus : les jaloux et les vérolés.

32. *Mâtins radoteurs :* les maris jaloux sont traités de chiens de chasse.

33. Dans le *Roman de la Rose, Dangier* représente le mari jaloux qui tient la jeune femme prisonnière, à l'aide de gardes qualifiés ici de *larves* (farfadets) et de *lutins.*

34. *Galeux.*

35. *Os.*

36. *Ulcères;* jeu de mots sur *loups,* désignant à la fois l'animal et la maladie de peau; avec, par surcroît, le rapprochement *loups-gualous,* qui évoque *loups-garous.*

37. *Couverts de croûtes,* épithète habituelle des vérolés.

Allez y braire, icy n'est faict exces
Dont en voz cours on deust mouvoir proces.

> Proces et debatz
> Peu font cy d'esbatz,
> Où l'on vient s'esbatre.
> A vous, pour debatre
> Soient en pleins cabatz
> Proces et debatz[20].

Cy n'entrez pas[21], vous, usuriers chichars[22],
Briffaulx[23], les chars, qui tousjours amassez,
Grippeminaulx[24], avalleurs de frimars[25],
Courbez, camars, qui en vos coquemars[26]
De mille marcs jà n'auriez assez.
Poinct esgassez[27] n'estes, quand cabassez[28]
Et entassez, poiltrons à chiche face :
La male mort en ce pas[29] vous deface.

> Face non humaine
> De telz gens, qu'on maine
> Raire[30] ailleurs : céans
> Ne seroit séans ;
> Vuidez ce dommaine,
> Face non humaine.

Cy n'entrez pas[31], vous rassotez[32] mastins,
Soirs ny matins, vieux chagrins, et jaloux ;
Ny vous aussi, seditieux mutins,
Larves, lutins, de Dangier palatins[33],
Grecs ou Latins, plus à craindre que loups ;
Ny vous gualous[34], verollez jusqu'à l'ous[35] ;
Portez vos loups[36] ailleurs paistre en bonheur,
Croustelevez[37], remplis de deshonneur.

> Honneur, los, deduict,
> Ceans est deduict

38. Rabelais insiste sur la santé du corps, qui doit accompagner la santé de l'âme.

39. L'appel des élus, maintenant! Les chevaliers, les partisans de l'Évangile et les dames de haute lignée.

40. *Particuliers.*

41. *Pimpants.*

42. *Aimant plaisanter.*

43. *Vilenie.*

44. *Qui annoncez l'Évangile activement.*

45. *Cherche.*

46. *Écrit.* Ces élus sont-ils les « bons évangéliques », dont il a été déjà question, ou les Luthériens? Il est difficile de départager alors les Humanistes demeurés catholiques des Réformés, qui se rencontrent dans la plupart de leurs critiques. C'est seulement en 1536 que Calvin publie son *Institution chrétienne.*

>   Par joyeux acords;
>   Tous sont sains au corps[38];
>   Par ce, bien leur dict
>   Honneur, los, deduict.

Cy entrez[39], vous, et bien soyez venus
Et parvenuz, tous nobles chevaliers!
Cy est le lieu où sont les revenuz
Bien advenuz; affin que entretenuz
Grands et menuz, tous soyez à milliers.
Mes familiers serez et peculiers[40] :
Frisques[41], gualliers[42], joyeux, plaisans, mignons
En general tous gentilz compaignons.

>   Compaignons gentilz,
>   Serains et subtilz,
>   Hors de vilité[43],
>   De civilité
>   Cy sont les oustilz,
>   Compaignons gentilz.

Cy entrez, vous, qui le sainct Evangile
En sens agile annoncez[44], quoy qu'on gronde :
Ceans aurez un refuge et bastille
Contre l'hostile erreur, qui tant postille[45]
Par son faulx stile empoizonner le monde :
Entrez, qu'on fonde icy la foy profonde,
Puis, qu'on confonde, et par voix et par rolle[46],
Les ennemys de la saincte parolle!

>   La parolle saincte
>   Jà ne soit extainte
>   En ce lieu très sainct;
>   Chascun en soit ceinct;
>   Chascune ayt enceincte
>   La parolle saincte.

47. *Au buste droit,* par opposition aux hypocrites qui vont courbés.

48. Titre d'un poème d'Octavien de Saint-Gelais; le *séjour d'honneur* est la cour.

49. *Bienfaiteur,* renforce *donneur.*

50. *A donné beaucoup d'or pour payer les frais.*

51. *Récompense.*

52. Ce poème, composé de strophes de huit décasyllabes et de sizains de cinq pieds, est conforme aux règles des Grands Rhétoriqueurs, p. ex. de Jean Bouchet, dont Rabelais était ami; la plupart des rimes sont « équivoques » : elles ont une identité de son sur les deux dernières syllabes. La rime des vers 1, 3, 4, 5, 6 est « batelée », c.-à-d. reprise à l'hémistiche du vers suivant. Sur *Rabelais versificateur,* cf. Droz, *H. et R.,* tome III (1936).

Cy entrez, vous, dames de hault paraige!
En franc couraige entrez y en bon heur,
Fleurs de beaulté à celeste visaige,
A droit corsaige[47], à maintien prude et saige.
En ce passaige est le sejour d'honneur[48].
Le hault seigneur, qui du lieu fut donneur
Et guerdonneur[49], pour vous l'a ordonné,
Et pour frayer à tout prou or donné[50].

      Or donné par don
      Ordonne pardon
      A cil qui le donne,
      Et très bien guerdonne[51]
      Tout mortel preud'hom
      Or donné par don[52].

1. *Cour intérieure.*

2. Les fontaines à motifs mythologiques caractérisent la Renaissance ; cf. la *fontaine des Innocents* aux trois grâces, édifiée par Pierre Lescot et Jean Goujon, à l'angle des rues Saint-Denis et « aux Fers », en 1549.

3. *Calcédoine.*

4. *Remarquables.* Cette profusion de *curiosités* est dans le goût italien.

5. Enceintes destinées aux tournois.

6. *Piscines.*

7. *A trois gradins.*

8. *Eau de myrrhe* ou *eau d'ange,* parfum très employé au XVIe s.

9. Petit bosquet aux allées entrelacées placé dans les parcs ou jardins à l'italienne.

CHAPITRE LV

Comme estoit le manoir des Thelemites.

Au milieu de la basse court[1] estoit une fontaine magnificque de bel alabastre; au dessus les troys Graces, avecques cornes d'abondance, et gettoient l'eau par les mamelles, bouche, aureilles, yeulx, et aultres ouvertures du corps[2].

Le dedans du logis sus ladicte basse court estoit sus gros pilliers de cassidoine[3] et porphyre, à beaux ars d'antique, au dedans desquelz estoient belles gualeries, longues et amples, aornées de pinctures, de cornes de cerfs, licornes, rhinoceros, hippopotames, dens de elephans, et aultres choses spectables[4].

Le logis des dames comprenoit depuis la tour Artice jusques à la porte Mesembrine. Les hommes occupoient le reste. Devant ledict logis des dames, affin qu'elles eussent l'esbatement, entre les deux premieres tours, au dehors, estoient les lices[5], l'hippodrome, le theatre, et natatoires[6], avecques les bains mirificques à triple solier[7], bien garniz de tous assortemens, et foyzon d'eau de myre[8].

Jouxte la riviere estoit le beau jardin de plaisance; au milieu d'iceluy, le beau labirynte[9]. Entre les deux aultres tours estoient les jeux de paulme et de grosse

10. L'architecte Philibert de l'Orme avait envisagé pour les dépendances du château de Saint-Germain des portiques, un amphithéâtre, des étuves et des bains. Chaque château avait son jeu de paume.

11. *Bêtes sauvages :* c'est la ménagerie.

12. *Autoursiers* (de *autour*), valets s'occupant des *oiseaux de volerie.*

13. Les Crétois exportaient des oiseaux de chasse par l'intermédiaire des Vénitiens; d'autres oiseaux venaient des pays du Nord (les Sarmates), Prusse, Pologne ou Norvège.

14. *Paragon,* modèle : ce sont les oiseaux les meilleurs de leur espèce.

15. Énumération des principaux oiseaux de volerie, du plus grand (l'aigle) au plus petit (l'émerillon, sorte de petit faucon); l'aigle servait à chasser le renard; le *gerfaut* est un grand faucon; l'*autour,* un oiseau de chasse encore utilisé de nos jours en Europe centrale et au Maroc, le *sacre* est une variété de faucon; les *laniers, faucons* et *éperviers* attrapaient les lapins, l'*émerillon* les moineaux.

16. *Dressés.*

17. *Chenil.* La chasse à courre exigeait de nombreuses meutes.

18. *Cristal :* miroir de cristal importé de Venise, d'ordinaire fort petit; ceux de Thélème sont d'une dimension exceptionnelle; l'usage en France datait seulement de quelques années (1530).

19. *Coiffeurs.*

20. *Eau de fleurs d'oranger.*

21. Eau parfumée obtenue par la distillation du myrte.

22. *Exhalant des vapeurs.*

balle[10]. Du cousté de la tour Cryere estoit le vergier, plein de tous arbres fructiers, tous ordonnées en ordre quincunce. Au bout estoit le grand parc, foizonnant en toute sauvagine[11].

Entre les tierces tours estoient les butes pour l'arque-buse, l'arc, et l'arbaleste; les offices hors la tour Hespe-rie, à simple estaige; l'escurye au dela des offices; la faulçonnerie au davant d'icelles, gouvernée par asturciers[12] bien expers en l'art, et estoit annuellement fournie par les Candiens, Venitiens et Sarmates[13], de toutes sortes d'oiseaulx paragons[14], aigles, gerfaulx, autours, sacres, laniers, faulcons, esparviers, esmeril-lons[15], et aultres, tant bien faictz[16] et domesticquez que, partans du chasteau pour s'esbatre es champs, prenoient tout ce que rencontroient. La venerie[17] estoit un peu plus loing, tyrant vers le parc.

Toutes les salles, chambres et cabinetz, estoient tapissez en diverses sortes, selon les saisons de l'année. Tout le pavé estoit couvert de drap verd. Les lictz estoient de broderie. En chascune arriere chambre estoit un miroir de christallin[18], enchassé en or fin, au tour garny de perles, et estoit de telle grandeur qu'il pouvoit veritablement representer toute la personne. A l'issue des salles du logis des dames, estoient les parfumeurs et testonneurs[19], par les mains desquelz passoient les hommes, quand ilz visitoient les dames. Iceulx fournissoient par chascun matin les chambres des dames d'eau rose, d'eau de naphe[20], et d'eau d'ange[21], et à chascune la precieuse cassollette, vapo-rante[22] de toutes drogues aromatiques.

1. Toujours l'opposition avec la discipline imposée du couvent.

2. *Bas.*

3. *Drap fin.*

4. Les *jarretières* étaient souvent très ornées et enrichies de motifs d'or ou de pierres précieuses.

5. *Basquine :* corset à busc moulant la taille.

6. Étoffe de poil de chèvre mêlée de soie : elle est très forte pour faire la gaine.

7. *Vertugade,* jupon bouffant, dont la mode, venue d'Espagne, s'établit sous François Ier.

8. *En tortillé à l'aiguille.* Le *tortillé* est une décoration vermiculée; la *cotte* était une tunique, mais le mot au XVIe s. désigne une robe de dessous.

CHAPITRE LVI

*Comment estoient vestuz les religieux
et religieuses de Theleme.*

Les dames, au commencement de la fondation, se
habilloient à leur plaisir et arbitre. Depuis, feurent
reforméez par leur franc vouloir[1] en la façon que
s'ensuyt :

Elles portoient chausses[2] d'escarlatte, ou de migraine[3] et passoient lesdictes chausses le genoul au
dessus par troys doigtz justement, et ceste liziere estoit
de quelque belles broderies et descoupeures. Les
jartieres[4] estoient de la couleur de leurs bracelletz,
et comprenoient le genoul au dessus et dessoubz.
Les souliers, escarpins et pantoufles de velours cra-
moizi rouge ou violet, deschiquettées à barbe d'escre-
visse.

Au dessus de la chemise vestoient la belle vasquine[5]
de quelque beau camelot[6] de soye. Sus icelle vestoient
la verdugale[7] de tafetas blanc, rouge, tanné, grys, etc.,
au dessus la cotte de tafetas d'argent faict à broderies
de fin or et à l'aguelle entortillé[8], ou, selon que bon
leur sembloit, et correspondent à la disposition de l'air,
de satin, damas, velour orangé, tanné, verd, cendré,

9. Fil fin tortillé en spirale.

10. *Serge.*

11. *De fil d'or.*

12. *Modèles.* Rabelais énumère les tissus précieux en usage au XVIe s.

13. Manteau court ouvert sur le devant.

14. Manteau court, mais sans manches, les bras passant par des fentes latérales : sorte de casaque ou chasuble.

15. *Coutures.*

16. Les perles venues de l'Inde étaient les plus réputées.

17. Pendeloques en forme d'ailes de papillon.

18. Grands chapelets pendus à la ceinture et très ornés, puis pendants de ceinture.

19. Chaînes d'or ornant le corsage.

20. *Colliers.*

21. Une des variétés de rubis.

22. *Béryls* : variété d'émeraude.

23. *Perles.*

24. La coiffure *à la française* était une coiffe recouverte d'un chaperon à queue pendante, qui abritait bien la tête; l'*espagnole* était faite de voiles et de dentelles; la *toscane* (ou italienne) laissant les cheveux à découvert, se composait de rouleaux et de torsades ornés de joyaux et de pierres précieuses.

25. Convenant mieux à la pudeur féminine.

26. *Étamet,* tissu léger de laine; le *bas de chausse,* collant, montait jusqu'à mi-cuisse; le *haut-de-chausse* était attaché au pourpoint par des aiguillettes : c'était une sorte de caleçon court à braguette.

* *Et tousjours... papillettes* manque dans les premières éditions.

bleu, jaune clair, rouge cramoysi, blanc, drap d'or, toille d'argent, de canetille[9], de brodure, selon les festes.

Les robbes, selon la saison, de toille d'or à frizure d'argent, de satin rouge couvert de canetille d'or, de tafetas blanc, bleu, noir, tanné, sarge[10] de soye, camelot de soye, velours, drap d'argent, toille d'argent, or traict[11], velours ou satin porfilé d'or en diverses protraictures[12].

En esté, quelques jours, en lieu de robbes portoient belles marlottes[13], des parures susdictes, ou quelques bernes[14] à la moresque, de velours violet à frizure d'or sus canetille d'argent, ou à cordelieres d'or, guarnies aux rencontres[15] de petites perles Indicques[16]. * Et tousjours le beau panache, scelon les couleurs des manchons, et bien guarny de papillettes[17]. En hyver, robbes de tafetas des couleurs comme dessus, fourrées de loups cerviers, genettes noires, martres de Calabre, zibelines, et aultres fourrures precieuses.

Les patenostres[18], anneauls, jazerans[19], carcans[20], estoient de fines pierreries, escarboucles, rubys balays[21], diamans, saphiz, esmeraudes, turquoyses, grenatz, agathes, berilles[22], perles, et unions[23] d'excellence.

L'acoustrement de la teste estoit selon le temps : en hyver à la mode Françoyse[24]; au printemps à l'Espagnole; en esté à la Tusque, exceptez les festes et dimanches, esquelz portoient accoustrement Françoys, parce qu'il est plus honorable et mieulx sent la pudicité matronale[25].

Les hommes estoient habilléz à leur mode : chausses, pour le bas, d'estamet[26] ou serge drapée, d'escarlatte, de migraine, blanc ou noir; les hault de velours d'icelles couleurs, ou bien près approchantes, brodées et deschiquetées selon leur invention; le pourpoint de drap d'or, d'argent, de velours, satin, damas,

27. *De façon parfaite.*

28. Les *ferrets,* souvent enrichis d'émaux, de perles, ou de pierreries, terminaient les aiguillettes.

29. Les *saies* (vêtement de dessus) et les *simarres,* vestes très amples.

30. Jusqu'au XVIe s, les hommes ont porté des robes.

31. Chapeau à coiffe ronde et basse.

32. *Petites baies, fruits d'or.*

33. *Divisée par des paillettes terminées par des pende-loques ornées de beaux rubis,* etc...

34. *Vêtements.*

35. Réponse à une critique faite généralement aux femmes : elles passent trop de temps à se parer. Les Thélémites échappent à ce travers.

36. *Garni.*

37. *Hautelissiers.*

38. Effet comique : tant d'artisans au service de la parure de « religieux »!

39. Épithète homérique appliqué aux Phéaciens dans l'*Odyssée : Célèbre par ses vaisseaux.*

tafetas, de mesmes couleurs, deschiquettés, broudez et acoustrez en paragon[27]; les aguillettes, de soye de mesmes couleurs; les fers[28] d'or bien esmaillez; les sayes et chamarres[29] de drap d'or, toille d'or, drap d'argent, velours porfilé à plaisir; les robbes[30] autant precieuses comme des dames; les ceinctures de soye, des couleurs du pourpoint; chascun la belle espée au cousté, la poignée dorée, le fourreau de velours de la couleur des chausses, le bout d'or et de orfevrerie; le poignart de mesmes; le bonnet[31] de velours noir, garny de force bagues[32] et boutons d'or; la plume blanche par dessus, mignonnement partie à[33] paillettes d'or, au bout desquelles pendoient en papillettes beaulx rubiz, esmeraudes, etc.

Mais telle sympathie estoit entre les hommes et les femmes que par chascun jour ilz estoient vestuz de semblable parure, et pour à ce ne faillir, estoient certains gentilz hommes ordonnez pour dire es hommes, par chascun matin, quelle livrée[34] les dames vouloient en icelle journée porter, car le tout estoit faict selon l'arbitre des dames.

En ces vestemens tant propres et accoustremens tant riches ne pensez que eulx ny elles perdissent temps aulcun[35], car les maistres des garderobbes avoient toute la vesture tant preste par chascun matin, et les dames de chambre tant bien estoient aprinses que en un moment elles estoient prestes et habillez de pied en cap. Et, pour iceulx acoustremens avoir en meilleur oportunité, au tour du boys de Theleme estoit un grand corps de maison long de demye lieue, bien clair et assorty[36], en laquelle demouroient les orfevres, lapidaires, brodeurs, tailleurs, tireurs d'or, veloutiers, tapissiers, et aultelissiers[37], et là œuvroient chascun de son mestier, et le tout pour les susdictz religieux et religieuses[38]. Iceulx estoient fourniz de matiere et estoffe par les mains du seigneur Nausiclete[39], lequel

40. Les Petites Antilles. Qu'il s'agisse de l'Amérique ou de l'Orient, l'exotisme est toujours caractérisé par des trésors fabuleux.

41. *Perles.*

42. *Naturelle.*

43. Recette décrite par Averroès (XIIe s.) et signalée encore au XIXe s.

44. *Pâtée destinée à purger.*

par chascun an leurs rendoit sept navires des isles de Perlas et Canibales[40], chargées de lingotz d'or, de soye crue, de perles et pierreries. Si quelques unions[41] tendoient à vetusté et changeoient de naïfve[42] blancheur, icelles par leur art renouvelloient en les donnant à manger à quelques beaulx cocqs[43], comme on baille cure[44] es faulcons.

1. Contrairement aux ordres religieux.

2. *Libres*. Les qualités nécessaires à cette liberté : libres, de bonne naissance, cultivés.

3. Il s'agit bien d'une morale aristocratique comparable à la *prud'homie* des romans de chevalerie, et plus tard à la *gloire* des héros et héroïnes de Corneille. L'idéal de Thélème est limité à une élite.

4. Ce trait général du caractère humain a inspiré à Montaigne le titre d'un *essai* : « Que notre désir s'accroît par la malaisance » (II, xv).

CHAPITRE LVII

Comment estoient reiglez les Thelemites à leur maniere
de vivre.

Toute leur vie estoit employée non par loix, statuz
ou reigles, mais selon leur vouloir et franc arbitre[1].
Se levoient du lict quand bon leur sembloit, beuvoient, mangeoient, travailloient, dormoient quand
le desir leur venoit; nul ne les esveilloit, nul ne les
parforceoit ny à boyre, ny à manger, ny à faire chose
aultre quelconques. Ainsi l'avoit estably Gargantua.
En leur reigle n'estoit que ceste clause :

FAY CE QUE VOULDRAS,

parce que gens liberes[2], bien nez, bien instruictz, con-
versans en compaignies honnestes, ont par nature un
instinct et aguillon, qui tousjours les poulse à faictz
vertueux et retire de vice, lequel ilz nommoient
honneur[3]. Iceulx, quand par vile subjection et contraincte sont deprimez et asserviz detournent la noble
affection, par laquelle à vertuz franchement tendoient,
à deposer et enfraindre ce joug de servitude; car nous
entreprenons tousjours choses defendues et convoi-
tons ce que nous est denié[4].

5. *Chasser avec des oiseaux de volerie.*

6. Jument paisible montée par les dames ou les ecclésiastiques.

7. *Palefroi fier.* Le *palefroi* était le cheval de chasse, le *destrier,* celui de combat.

8. *Ganté.*

9. Cf. chap. LV, note 15.

10. *Vers* (du latin *carmina*) : d'où le titre du recueil de Paul Valéry : *Charmes.*

11. *Prose.* Cet idéal de culture sera réalisé à la cour de Catherine de Médicis par ses filles d'honneur; Hélène de Surgères, la dernière inspiratrice de Ronsard, connaissait plusieurs langues et était experte en vers et prose.

12. *Adroits.*

13. *Verts* : Vigoureux.

14. *Armes.*

15. *Ennuyeuses,* « maladie incurable », selon Marguerite de Navarre (*Heptaméron,* prologue).

16. *Aiguille.*

17. *Féminin.*

18. *Sortir.* Les vœux des Thélémites ne sont pas à perpétuité!

19. Panurge, qui n'est pas Thélémite, n'aura pas cet optimisme à l'égard du mariage (cf. *Tiers Livre*).

20. Précision destinée à donner un air d'antiquité à l'*énigme,* œuvre de Mellin de Saint-Gelais, fils du rhétoriqueur Octavien de Saint-Gelais, poète de cour, rival de Ronsard à ses débuts. L'*énigme,* exercice de virtuosité poétique était très goûtée au XVIe s. Selon Thomas Sebillit (*Art poétique françoys,* 1548), c'est une « *allégorie obscure* », dont le sujet est « *toute chose particulière et singulière qui se peut descrire, comme les dés, l'œil, la chandèle, la balle et semblables…* » L'*énigme* diffère peu du *blason,* mais comporte, comme ici, deux ou plusieurs interprétations, les unes concernant la vie courante, les autres symbolisant une position philosophique ou religieuse; cf. M. A. Screch, « Bibliothèque d'Humanisme et Renaissance », 1956.

Par ceste liberté entrerent en louable emulation de faire tous ce que à un seul voyaient plaire. Si quelq'un ou quelcune disoit : « Beuvons, » tous buvoient; si disoit : « Jouons, » tous jouoient; si disoit : « Allons à l'esbat es champs, » tous y alloient. Si c'estoit pour voller[5] ou chasser, les dames, montées sus belles hacquenées[6] avecques leurs palefroy gourrier[7], sus le poing, mignonement enguantelé[8], portoient chascune ou un esparvier, ou un laneret, ou un esmerillon[9]. Les hommes portoient les aultres oyseaulx.

Tant noblement estoient apprins qu'il n'estoit entre eulx celluy ne celle qui ne sceust lire, escripre, chanter, jouer d'instrumens harmonieux, parler de cinq et six langaiges, et en iceulx composer tant en carme[10], que en oraison solue[11]. Jamais ne feurent veuz chevaliers tant preux, tant gualans, tant dextres[12] à pied et à cheval, plus vers[13], mieulx remuans, mieulx manians tous bastons[14], que là estoient, jamais ne feurent veues dames tant propres, tant mignonnes, moins fascheuses[15], plus doctes à la main, à l'agueille[16], à tout acte muliebre[17] honneste et libere, que là estoient.

Par ceste raison, quand le temps venu estoit que aulcun d'icelle abbaye, ou à la requeste de ses parens, ou pour aultres causes, voulust issir[18] hors, avecques soy il emmenoit une des dames, celle laquelle l'auroit prins pour son devot, et estoient ensemble mariez; et si bien avoient vescu à Theleme en devotion et amytié, encores mieulx la continuoient ilz en mariaige[19] : d'autant se entreaymoient ilz à la fin de leurs jours comme le premier de leurs nopces.

Je ne veulx oublier vous descripre un enigme qui fut trouvé aux fondemens de l'abbaye en une grande lame de bronze[20]. Tel estoit comme s'ensuyt :

1. Ces deux premiers vers, d'une gravité affectée, ne figurent pas dans l'édition posthume (1574) de Saint-Gelais, non plus dans les dix derniers. Il est difficile de savoir s'ils figuraient dans un manuscrit du poète, ou s'ils sont l'œuvre de Rabelais. Ce ton oratoire oriente le lecteur vers un symbole métaphysique, qui contrastera avec l'explication finale.

2. *Parvenir à.*

3. Rabelais, comme plus tard Montaigne, s'est élevé à plusieurs reprises contre l'astrologie divinatoire.

4. *Discours certain.*

5. *Dégoûtés du loisir.*

6. *Partis.*

7. Comparer avec Ronsard déplorant les guerres civiles, *Discours des Misères de ce temps,* 1562 :

« Ce monstre arme le fils contre son propre père,
Le frère factieux s'arme contre son frère,
La sœur contre la sœur et les cousins germains
Au sang de leurs cousins veulent tremper leurs mains... »
Dans la propre famille de Montaigne, resté catholique, un de ses frères était Réformé. Mais s'il s'agit d'une partie de paume, il faut entendre les deux camps des joueurs.

* Dans les premières éditions, le titre est : *Énigme trouvé ès fondemens de l'abbaye des Thelemites.*

CHAPITRE LVIII

Énigme en prophetie*.

Pauvres humains qui bon heur attendez,
Levez vos cueurs et mes dictz entendez[1].
S'il est permis de croyre fermement
Que par les corps qui sont au firmament
Humain esprit de soy puisse advenir[2]
A prononcer les choses à venir[3],
Ou, si l'on peut par divine puissance
Du sort futur avoir la congnoissance,
Tant que l'on juge en asseuré discours[4]
Des ans loingtains la destinée et cours,
Je fois sçavoir à qui le veult entendre
Que cest hyver prochain, sans plus attendre,
Voyre plus tost, en ce lieu où nous sommes
Il sortira une maniere d'hommes
Las du repoz[5] et faschez du sejour,
Qui franchement iront, et de plein jour,
Subourner gens de toutes qualitez
A different et partialitez[6].
Et qui vouldra les croyre et escouter
(Quoy qu'il en doibve advenir et couster),
Ilz feront mettre en debatz apparentz
Amys entre eulx et les proches parents[7];

8. *La honte.*

9. *Prendre parti.*

10. *Issus.*

11. *Discernement.*

12. Est-ce la roue de la Fortune, qui tantôt élève et tantôt abaisse, ou bien les joueurs qui changent de terrain après chaque partie?

13. *Émeutes, bouleversements;* on trouve également ce sens dans les *Essais.*

14. *Peu de temps.*

15. *Croyance.*

16. Montaigne, livre I, chap. LVI, *Des prières,* reprochera à la Réforme d'avoir mis les Saintes Écritures à la portée du vulgaire, qui tranche des mystères sacrés : « *Ce n'est pas raison qu'on permette qu'un garçon de boutique, parmy ces vains et frivoles pensemens, s'en entretienne et s'en joue… C'estoyent autrefois mystères; ce sont à présent desduits et esbats… Ce n'est pas l'estude de tout le monde, c'est l'estude des personnes qui y sont vouées, que Dieu y appelle.* »

17. Au jeu de paume, *le plus lourd* (le plus sot) est pris comme marqueur.

18. Un nouveau déluge ou bien la sueur qui trempe les joueurs?

19. *Temps.*

20. *Vivement.*

21. *Modérés;* jeu de mots sur *attrempez,* tempérants, et *trempés,* mouillés.

22. *Vils.* Les Anciens dans leurs sacrifices offraient les entrailles des victimes. Dans le *Quart Livre* (chap. VI), Dindenault énumère tous les usages de ses moutons : « *Des boyaulx, on fera chordes de violons et harpes…* » On en garnissait aussi les raquettes.

Le filz hardy ne craindra l'improbere[8]
De se bender[9] contre son propre pere;
Mesmes les grandz, de noble lieu sailliz[10],
De leurs subjectz se verront assailliz,
Et le debvoir d'honneur et reverence
Perdra pour lors tout ordre et difference[11],
Car ilz diront que chascun à son tour
Doibt aller hault et puis faire retour[12],
Et sur ce poinct aura tant de meslées,
Tant de discordz, venues et allées,
Que nulle histoyre, où sont les grands merveilles,
A faict recit d'esmotions[13] pareilles.
Lors se verra maint homme de valeur,
Par l'esguillon de jeunesse et chaleur
Et croire trop ce fervent appetit,
Mourir en fleur et vivre bien petit[14].
Et ne pourra nul laisser cest ouvrage,
Si une fois il y met le couraige,
Qu'il n'ayt emply par noises et debatz
Le ciel de bruit et la terre de pas.
Alors auront non moindre authorité
Hommes sans foy que gens de verité;
Car tous suyvront la creance[15] et estude
De l'ignorante et sotte multitude[16],
Dont le plus lourd sera receu pour juge[17].
O dommaigeable et penible deluge[18]!
Deluge, dy je et à bonne raison,
Car ce travail ne perdra sa saison[19]
Ny n'en sera delivrée la terre
Jusques à tant qu'il en sorte à grand erre[20]
Soubdaines eaux, dont les plus attrempez[21]
En combattant seront pris et trempez,
Et à bon droict, car leur cueur, adonné
A ce combat, n'aura point perdonné
Mesme aux troppeaux des innocentes bestes,
Que de leurs nerfz et boyaulx deshonnestes[22]

23. *Querelle.*

24. Périphrase désignant la Terre, mais aussi les balles rondes ou *esteufs.*

25. *Dépendront.*

26. *Avant d'être à son couchant.*

27. *Laissera.*

28. Les *esteufs* seront enfermés dans une boîte obscure (?).

29. Jupiter écrasa le Titan Typhoée sous l'Etna.

30. L'île d'*Ischia* personnifiée. Une partie du corps de Typhoée était couverte par Inarimé, qui tremblait à chaque convulsion du Titan, se débattant.

Il ne soit faict, non aux Dieux sacrifice,
Mais aux mortelz ordinaire service.
Or maintenant je vous laisse penser
Comment le tout se pourra dispenser
Et quel repoz en noise[23] si profonde
Aura le corps de la machine ronde[24]!
Les plus heureux, qui plus d'elle tiendront[25],
Moins de la perdre et gaster s'abstiendront,
Et tascheront en plus d'une maniere
A l'asservir et rendre prisonniere
En tel endroict que la pauvre deffaicte
N'aura recours que à celluy qui l'a faicte;
Et, pour le pis de son triste accident,
Le clair soleil, ains que[26] estre en Occident,
Lairra[27] espandre obscurité sur elle
Plus que d'eclipse ou de nuict naturelle,
Dont en un coup perdra sa liberté
Et du hault ciel la faveur et clarté[28],
Ou pour le moins demeurera deserte.
Mais elle, avant ceste ruyne et perte,
Aura longtemps monstré sensiblement
Un violent et si grand tremblement,
Que lors Ethna ne feust tant agitée
Quand sur un filz de Titan fut jectée[29];
Et plus soubdain ne doibt estre estimé
Le mouvement que feit Inarimé[30]
Quand Tiphœus si fort se despita
Que dens la mer les montz precipita.
Ainsi sera en peu d'heure rengée
A triste estat, et si souvent changée,
Que mesme ceulx qui tenue l'auront
Aulx survenans occuper la lairront.
Lors sera près le temps bon et propice
De mettre fin à ce long exercice :
Car les grans eaulx dont oyez deviser
Feront chascun la retraicte adviser;

31. *Départ.*

32. *Ouvertement, clairement.*

33. *Allumée.* R. Morçay (*L'Abbaye de Thélème,* éd. Droz) interprète cette *flamme* comme les boissons distribuées aux joueurs après la partie. Selon lui, une allusion aux bûchers des protestants serait un anachronisme.

34. *Achevés.*

35. Les joueurs victorieux ou les élus de Dieu?

36. *De plus.*

37. *Démunis.* Allusion au châtiment des Méchants au Jugement dernier.

38. S'agit-il du dogme de la prédestination, qui oppose les théologiens réformés aux catholiques? Les analogies sont troublantes.

39. *Document.* L'*énigme* était gravée sur une *lame de bronze,* comme les lois antiques (cf. chap. LVII).

40. Ils le seront surtout après l'*affaire des placards,* mais Gargantua exprime déjà les craintes des Humanistes devant une persécution prévisible.

41. *Droit au but;* le centre de la cible était blanc.

42. *Fixé d'avance.*

43. *Détourné.*

44. *Cours.*

45. Évêque de Saintes et abbé de Maillezais de 1060 à 1073, où il fut enterré; Rabelais, ancien bénédictin de Maillezais, invoque un saint de son ancienne abbaye.

* A partir de *Reste...* les vers suivants ne font pas partie de l'édition de Mellin de Saint-Gelais. Variante de l'édition de 1535 :

> *Reste en après que yceulx trop obligez*
> *Penez, lassez, travaillez, affligez*
> *Par le sainct vueil [vouloir] de l'éternel Seigneur*
> *De ces travaulx soient refaictz en bon heur.*
> *Là verra a l'on par certaine science*
> *Le bien et fruict qui sort de patience*
> *Car cil qui plus de peine aura souffert*
> *Auparavant, du lot pour lors offert*
> *Plus recepvra. O que est à revérer*
> *Cil qui pourra enfin persévérer.*

Et toutesfoys, devant le partement[31],
On pourra veoir en l'air apertement[32]
L'aspre chaleur d'une grand flamme esprise[33]
Pour mettre à fin les eaulx et l'entreprise.
Reste*, en après ces accidens parfaictz[34],
Que les esleuz[35] joyeusement refaictz
Soient de tous biens et de manne celeste,
Et d'abondant[36] par recompense honeste
Enrichiz soient; les aultres en la fin
Soient denuez[37]. C'est la raison, affin
Que, ce travail en tel poinct terminé,
Un chascun ayt son sort predestiné[38].
Tel feut l'accord. O qu'est à reverer
Cil qui en fin pourra perseverer!

La lecture de cestuy monument[39] parachevée, Gargantua souspira profondement, et dist es assistans :

« Ce n'est de maintenant que les genz reduictz à la creance Evangelicque son persecutez[40]; mais bien heureux est celluy qui ne sera scandalizé et qui tousjours tendra au but, au blanc[41] que Dieu, par son cher Filz, nous a prefix[42], sans par ses affections charnelles estre distraict ny diverty[43]. »

Le moyne dist :

« Que pensez vous, en vostre entendement, estre par cest enigme designé et signifié?

— Quoy? (dist Gargantua). Le decours[44] et maintien de verité divine.

— Par sainct Goderan[45] (dist le moyne*), telle n'est mon exposition[46]; le stille est de Merlin le Prophète[47]. Donnez y allegories et intelligences tant graves que vouldrez, et y ravassez, vous et tout le monde, ainsy que vouldrez. De ma part, je n'y pense aultre sens enclous[48] q'une description du jeu de paulme soubz obscures parolles. Les suborneurs de gens sont les faiseurs de parties, qui sont ordinairement amys, et,

46. *Explication*.

47. Jeu de mots sur Merlin l'Enchanteur et le poète Mellin, appelé aussi *Merlin* par des contemporains.

48. *Enfermé*, d'où *caché*.

49. *Services* (dans la langue du tennis).

50. *Balle*.

51. Comme aujourd'hui le *filet* dans le tennis. Il s'agit sans doute du jeu de *longue paume*, ancêtre du tennis, qui se jouait avec une raquette, et non du *jeu de paume* où la balle est renvoyée à la main.

52. De même au chap. XXIII, Gargantua après avoir joué changeait de chemise et se reposait (*refraischit*).

53. Quelle intention avait Rabelais en insérant cette *énigme?* Est-ce du point de vue artistique pour faire pendant avec *Les fanfreluches antidotées...* du chapitre II? Ou bien parce qu'elle résumait la doctrine des Évangélistes, l'interprétation de Frère Jean étant une adresse pour détourner l'attention des censeurs de la Sorbonne? Rabelais laisse le choix à son lecteur.

---

* Variante des éditions antérieures : « ... *moyne, je pense que c'est la description du jeu de paulme, et que la machine ronde est l'esteuf, et ces nerfz et boyaulx de bestes innocentes sont les racquestes, et ces gentz eschauffez et desbatans sont les joueurs. La fin est que, après avoir bien travaillé, ilz s'en vont repaistre et grant chière! la fin de Gargantua.* »

après les deux chasses[49] faictes, sont hors le jeu celluy qui y estoyt et l'aultre y entre. On croyt le premier qui dict si l'esteuf[50] est sus ou soubs la chorde[51]. Les eaulx sont les sueurs; les chordes des raquestes sont faictes de boyaux de moutons ou de chevres; la machine ronde est la pelote ou l'esteuf. Après le jeu, on se refraischit devant un clair feu, et change l'on de chemise[52], et voluntiers bancquette l'on, mais plus joyeusement ceulx qui ont guaingné. Et grand chere[53] ! »

BIBLIOGRAPHIE SOMMAIRE

Édition des œuvres complètes

Œuvres de François Rabelais, édition critique (encore en cours de publication), entreprise sous la direction d'Abel Lefranc; à Paris, chez Champion, 1912-1931 : *Gargantua, Pantagruel, Tiers Livre;* à Genève, chez Droz, et à Lille, chez Giard, 1955 : *Le Quart Livre.*

Études

J. Plattard, *L'Invention et la composition dans l'œuvre de Rabelais,* Paris, Champion 1909.

L. Febvre, *Le Problème de l'incroyance au XVI*e *siècle,* Paris, Albin Michel, 1942.

A. Lefranc, *Rabelais, Études sur Gargantua...,* Paris, Albin Michel, 1953.

Actes du Congrès de Tours et de Poitiers, Paris, Les Belles Lettres, 1954.

V.-L. Saulnier, *Le Dessein de Rabelais,* Paris, S. E. D. E. S., 1957.

R. Morçay et A. Müller, *La Renaissance,* Paris, Del Duca, 1960.

Revue des Études rabelaisiennes, (R. E. R.) Paris, Champion, 1903-1912.

BIBLIOGRAPHIE

Revue du XVIe siècle, Paris, Champion, 1913-1933.

Humanisme et Renaissance, Paris et Genève, Droz, depuis 1941 (en cours).

Bibliothèque d'Humanisme et Renaissance, Genève, Droz, 1964.

A. Glausser, *Rabelais créateur*, Paris, éd. Nizet, 1966.

M. Bakhtine. *L'œuvre de François Rabelais*, Paris, éd. Gallimard, 1970.

* La biographie de Rabelais figure dans notre édition de *Pantagruel*.

TABLE

TABLE

TABLE

IMPRIMÉ EN FRANCE PAR BRODARD ET TAUPIN
7, bd Romain-Rolland - Montrouge - Usine de La Flèche.
LIBRAIRIE GÉNÉRALE FRANÇAISE - 14, rue de l'Ancienne-Comédie - Paris.

ISBN : 2 - 253 - 01494 - X   ◈ 30/1589/8